# 대만신

大萬神

김재성 지음

운명과 모성 사이
모든 것을 걸어 지킨 단 하나의 이름

# 대만신

"대만신 한미영."

죽음 너머, 아들을 위한 어머니의
'영원한 단절'이 시작된다.

바른북스

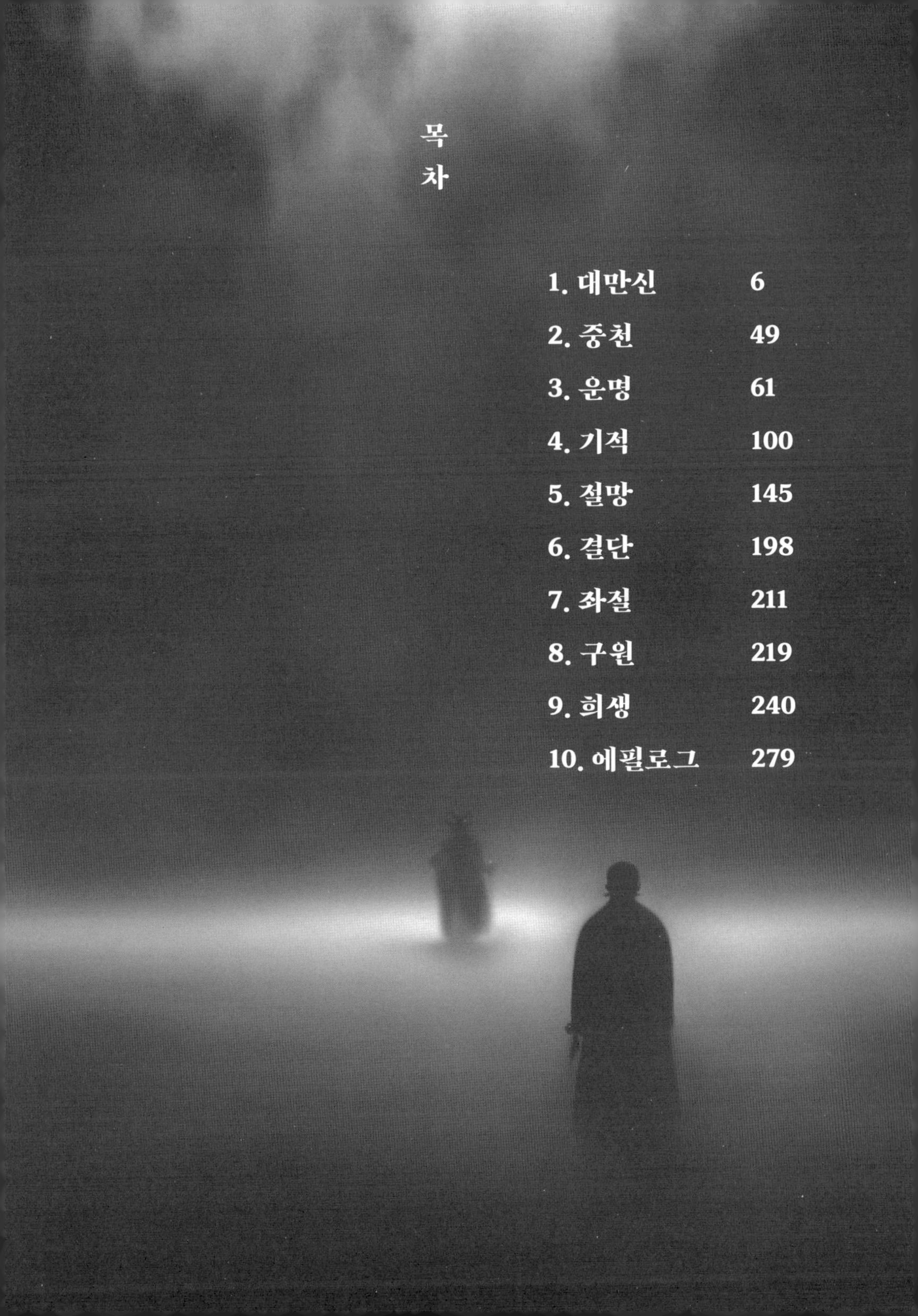

# 목차

# 1. 대만신

“하… 한… 민영….”

누군가가 한민영을 부르는 목소리가 들려왔다. 그 목소리는 아주 섬세한 떨림으로 시작되었다. 마치 얇은 유리를 누군가 조심스레 두드리는 것처럼, 그 안에 감춰진 고통과 절절함이 느껴졌다.

그것은 죽을 듯이 무언가 무거운 것을 가슴 깊이 억누르며, 터지지 않도록 조심조심 쌓아 올린 목소리였다.

“한… 민… 영….”

마치 세계의 이음새가 한순간 멈춘 듯한 고요 속에서, 그 목소리가 다시 울려 퍼졌다. 이번엔 이름이 아니라, 존재 전체를 불러내는 부름처럼 들렸다.

그리고 마지막, 세 번째.

"대만신 한민영!"

어느 날, 이승의 시간으로 쉰일곱 해. 무당이라는 숙명을 지닌 채, 그 모든 시간을 온몸으로 살아낸 여인이 있었다.

이름은 한민영. 신령과 인간 사이에서, 줄다리기처럼 아슬아슬하게 균형을 잡아온 대만신이었다. 굿을 하는 순간에도 그녀는 사람이었고, 유일한 가족인 아들 최한진을 바라보는 순간에도 무당이었다. 때로는 신명의 부름에 따라 이승을 뛰어넘었고, 때로는 인간의 감정에 붙들려 울고 또 울었다. 그렇게 길고도 굵은 삶을 걸어온 그녀에게도, 죽음은 결국 예고 없이 찾아왔다.

비극은 항상 예외 없는 방식으로 온다. 누구도 알지 못했고, 그녀조차 알지 못했다. 오히려 그날은 평온했다. 너무도 평범해서 오히려 불안할 정도로, 조용한 하루였다.

굿판의 모든 일정을 마치고 지친 몸으로 잠시 낮잠을 청하던 중이었다. 햇살이 창가를 넘어와 포근하게 그녀를 감싸고, 새소리가 들려오는 평화로운 순간. 어떠한 통증도, 예고도 없이, 그녀의 숨은 덧없이 끊어졌다. 탁하게 흐려지는 시야 속에서 그녀는 마지막으로 아들 한진의 얼굴을 떠올리며 가늘게 신음을 흘렸고, 그 잔상이 사라짐과 동시에 육신은 싸늘하게 식어갔다. 주변에는 아무도 없었다. 오직 침묵만이 그녀의 마지막을 지켰다.

그러나 모든 것이 끝이라고 생각했던 순간, 그녀의 영혼은 마치 깊은 잠에서 깨어나듯, 무의식의 가장 깊은 심연 속에서 서서히 몸을 일으키듯 깨어나고 있었다. 시간도 공간도 존재하지 않는 어둠 속에서, 민영은 자신이 '존재한다'는 감각 하나로만 스스로를 붙잡았다.

이승에서의 익숙했던 공기는 이미 어디에도 없었다. 대신 그녀의 온몸을 감싸는 것은, 묘하게 서늘하면서도 투명한 기운이었다. 그 기운은 단순히 차가운 것이 아니었다. 말로 설명할 수 없는 정적이 흐르는데도, 그 안엔 거대한 파동이 숨어 있는 듯한 느낌, 마치 누군가가 아주 오래전부터 그녀를 기다리고 있었던 것처럼. 잿빛 안개처럼 흐릿하던 시야가 천천히 맑아지기 시작했고, 그 틈 사이로 누군가의 형상이 서서히 모습을 드러냈다.

알 수 없는 검은 기운에 둘러싸인 채, 고요한 눈빛으로, 차갑지 않지만 애써 짓는 차가운 눈빛으로 그녀를 바라보는 한 존재. 그를 보는 순간, 민영은 설명할 수 없는 전율을 느꼈다. 그것은 기억 속 어딘가에 꼭꼭 숨어 있던 얼굴이었다.

민영은 깨달았다. 자신이 느끼는 것은 착각이 아니라, 그 존재가 바로 '죽음'을 넘어선 문 앞에서 그녀를 맞이하고 있기 때문이었다.

그는 검은색 슈트를 완벽하게 차려입은 남자였다. 마치 어둠 그 자체를 옷으로 짜낸 것처럼, 그의 슈트는 깊이를 알 수 없는 밤하늘처럼 짙고 단단했다.

눈을 조금만 오래 두고 있으면, 그 검은색이 오히려 빛을 삼켜 버릴 듯한 착각마저 들었다.

슈트는 한 줄의 주름도 없이 재단되어 있었고, 안에 입은 와이셔츠와 넥타이까지 모두 검은색이었지만 결코 단조로워 보이지 않았다. 검정이 이토록 위엄 있게 느껴지는 것은, 단지 색의 문제가 아니라 그가 품고 있는 분위기 때문이었다.

그의 얼굴은 이질적으로 매끈했다. 그 표면에는 어떤 감정의 흔적도 남아 있지 않았고, 오히려 너무 매끄러워서 진짜 얼굴이 아닌 가면처럼 느껴질 정도였다.

굳게 다문 입술은 말보다 침묵에 익숙한 자의 태도였고, 눈매는 날카로웠다.

그 눈동자 안엔 고요한 분노 같은 것이 잠재되어 있는 듯했고, 보는 이로 하여금 함부로 말을 붙일 수 없게 만들었다.

그의 왼손에는 낡고 검은색 종이봉투와 흰색 카드가 들려 있었다. 하지만 그 카드는 단순한 물건이 아니었다. 종이로 만들어진 것도 아니고, 글씨가 쓰인 것도 아닌데, 그것을 바라보는 순간 민영은 알 수 있었다.

저 장부에는 죽은 자들의 이름이 실려 있다. 그리고 그 이름을 호출하는 자가 바로, 지금 이곳에 나타난 자였다.

저승사자(使者) 월직차사.

그 이름 하나로 설명이 충분한 존재였다.

하지만 그는 여느 사자들과는 달랐다. 그의 무표정한 얼굴 뒤에는, 말로 설명할 수 없는 미묘한 감정의 파동이 서려 있었다.

그것은 결코 격한 감정은 아니었다. 오히려 너무 조용해서 더 깊게 스며드는, 조용한 파동이었다. 슬픔. 분명히, 슬픔이었다.

그러나 그것은 단지 죽은 자를 맞이하는 존재로서의 일상적인 감정이 아니었다. 의무감에서 비롯된 형식적인 감정, 또는 매번 반복되는 일에서 생기는 담담한 슬픔과는 전혀 달랐다.

그가 머금은 슬픔은 어떤 구체적인 얼굴을 가진 사연처럼 느껴졌다. 마치, 그 자신이 직접 누군가를 잃어본 자처럼. 혹은 이승과 저승 사이를 수없이 오가며, 한 사람의 마지막을 너무 많이 지켜본 자처럼.

연민.

그리고 아픔.

그는 분명 슬픔을 지니고 있었다.

그리고 그것은 도저히 이 죽음이 믿기지 않는다는 듯한 표정이었다. 마치 민영을 오랫동안 알고 지내왔던 사람처럼.

민영은 그를 바라보며 희미한 기억의 조각들을 더듬었다. 망자를 저승까지 인도하는 진오기굿. 그 굿이 한창일 때마다 민영은 늘 봐왔었다. 어느 순간, 신명이 내리고, 영혼이 떠나는 경계에 닿을 즈음이면, 그림자 하나가 굿판의 문턱 너머에 조용히 드리워졌다는 것을. 그 그림자는 한 번도 방 안으로 들어오지 않았다. 아니 들어올 수 없다는 게 맞을 것이다.

신령의 공간이자, 인간과 영혼 사이의 절박한 다리가 놓이는 그 자리에는 감히 발을 들이지 못했다. 그러나 늘 그 자리에 있었다. 누구보다 조용하게, 누구보다 무겁게, 굿판에서 망자를 기다리고 있던 존재였다.

처음엔 민영도 그 기척을 착각이라 여겼다. 피로가 만든 환영일 수도, 긴장감이 만들어 낸 착시일 수도 있다고 생각했다. 굿판이 아니라면 보여서는 안 될 존재였기 때문이다.

하지만 그건 환영이 아니었다. 진오기굿을 할 때마다, 빠짐없이 그 자리에 모습을 드러낸 저승의 사자.

언제나 같은 태도, 같은 시선, 같은 정적. 그림자처럼. 그러나 너무도 낯익은 그림자처럼. 그가 바로 그 남자였다. 민영은 이제야 확실히 알 수 있었다.

민영의 굿판에서 죽은 이의 넋을 데려가기 위해 문밖에 항상 대기하던 저승사자, 그가 바로 그 남자였다.

언젠가부터는 그는 단지 일을 수행하는 존재 같지 않았다. 처음엔 단순한 기척, 무표정한 저승사자. 하지만 시간이 흐르면서 민영은 그를 마주할 때마다 묘한 이질감을 느끼기 시작했다.

그건 이승과 저승을 오가며 수많은 죽음을 지켜본 자의 눈빛이 아니었다. 민영은 알 수 없는 감정이 서려 있는 그 눈빛을 몇 번이나 마주친 기억이 있었다.

굿에서 문턱 밖의 조용한 기척. 문을 닫기 직전 마주친 짧은 눈빛 속에는 설명할 수 없는 낮은 슬픔과 깊은 고요가 깃들어 있었다. 특히, 그녀가 '대만신'이 되고 나서부터는 그의 존재를 눈으로도 볼 수 있었기에 더 강하게 느껴졌다.

사자의 눈빛은 마치 말없이 질문을 던지는 듯했고, 민영은 대답하지 못한 채 그 눈빛을 외면해야 할 때가 많았다.

처음엔 그와 말은 나누지 않았지만, 사자의 고요한 눈빛과 무겁게 내려앉은 숨결은 점점 민영의 마음 한자리를 차지했다.

그리고 어느 시점부터인가, 민영은 그의 존재에서 어딘가 기울어 있는 슬픔을 보았다. 죽음을 지켜보는 일. 그것을 직업으로 살아야 하는 자의 깊은 침묵. 민영은 그가 지닌 그 무게를 알아보았고, 그 또한 민영이 건넨 작은 배려와 침묵 속의 위로를 잊지 않았다.

그렇게 둘 사이엔 말로 설명되지 않는, 굿판보다 더 오래되고, 사명보다 더 묵직한 인연이 자라나 있었다.

그리고 민영은 어렴풋이 알고 있었다. 자신이 단순한 무당이 아닌, 중천의 구조 안에서 하나의 지위로 존재하던 존재라는 것을.

저승사자들조차, 특히 무조신 바리데기의 권한을 위임받은 자 앞에서는 쉽게 고개를 들지 못한다는 것.

대만신(大萬神). 그 호칭은 단지 명예가 아니라, 중천과 이승, 저승 사이를 관통하는 매우 드문 권한과 위상의 징표였다. 그것은 신과 사자, 혼령과 인간을 연결하는 '중개자'라는 개념을 넘어서, 중천 질서 그 자체를 조율할 수 있는 존재를 의미했다.

민영은 언제부터인가 월직차사의 태도에서 존경과 거리감이 뒤섞인 눈빛을 읽어냈다. 그 눈빛은 결코 오만하지 않았고, 감히 친밀해질 수도 없다는 듯한 조심스러운 경계가 늘 깃들어 있었다.

사자는 민영을 똑바로 바라보았다. 그 눈빛은 어딘가 깊은 밤하늘 같았다. 어둠 속에 떠 있는 별 하나처럼 멀고도 또렷하게, 가까이 다가갈 수는 없지만 분명히 존재를 비추는 빛이었다. 시선에는 흐트러짐이 없었고, 눈동자에는 망설임도 없었다.

그것은 명확했다. 이 존재 앞에서는 어떤 가벼움도 허용되지 않는다는 것을, 그는 누구보다 잘 알고 있었다. 그는 고개를 뻿뻿하게 세우지 않았고, 의도적으로 권위를 드러내려는 몸짓도 하지 않았다. 대신, 침묵 속에서 천천히 한 걸음 앞으로 다가섰다. 그리고 허리를 아주 살짝 숙였다.

그 동작은 군더더기 없이 간결했지만, 그 안에 담긴 예의와 진심은 결코 작지 않았다. 마치 귀한 손님을 모시듯, 사자는 손을 내밀었다.

그것은 의무로 건네는 손이 아니었다. 존중과 경외, 그리고 약간의 따뜻함이 깃든 손이었다.

“대만신 한민영님.”

사자의 목소리는 낮고 또렷했다. 단호하면서도 예를 갖춘 음색이, 허공을 가로질러 정중히 그녀를 불렀다.

“본래 사람은 죽음을 맞이한 후, 저희 저승사자와 함께 머나먼 구천의 길을 돌고 돌아 저승으로 향하게 됩니다.”

그는 잠시 말을 멈췄다. 마치 이 말을 꺼내는 것 자체가 쉽지 않다는 듯, 짧은 숨을 고르듯 눈빛을 가다듬고 다시 말을 이었다.

“하지만 대만신께서는 예외적인 허가를 받으셨습니다. 중천(中天)에 임시 입장하실 수 있도록, 상계로부터 허가가 내려졌습니다. 이제 저와 함께 중천으로 가셔야 합니다.”

그의 말은 단지 안내가 아니었다. 그것은 사자의 공식적 선언이자, 중천의 명확한 명령이었다. 그리고 동시에, 이승과 저승을 가르는 가장 정교한 경계 위에 선 존재로서 민영에게 허락된 특별한 통로였다.

민영은 그 말을 듣고서야 비로소 자각했다. 자신의 몸과 영혼이 분리되었다는 것. 지금까지 느끼고 있던 서늘함, 부유감, 공명음 같은 정체불명의 감각들이 하나의 이름으로 정확히 설명되었다.

죽음.

그녀의 영혼은 공중에 떠 있는 것이나 마찬가지였다. 무게도 없고, 온도도 없는 허공 속에서, 그녀는 아래를 내려다보았다.

소파 위. 낮잠을 자는 듯 평온하게 누워 있는 한 사람이 보였다. 익숙한 얼굴. 익숙한 손. 바로 자신이었다.

표정은 고요했고, 마치 피곤한 오후의 짧은 휴식처럼 보였지만 더 이상 그 안에 '자신'은 없었다. 육신은 그대로였지만, '존재'는 떠나 있었다. 그 인식은 생각보다 차갑고 느리게 다가왔다.

이 모든 것이 너무 생생해서, 오히려 현실감이 없다는 착각이 들 정도였다. 민영은 말문이 막혔다. 아무 말도, 아무 감정도 쉽게 꺼낼 수 없었다.

사자가 천천히 손을 뻗었다. 그것은 명백한 신호였다. 떠날 시간이다. 하지만 손끝이 닿기도 전에, 민영은 반사적으로 몸을 물러섰다.

"잠깐…."

그녀는 숨을 들이쉬었다. 가슴 안에 남은 공기가 있는지도 모르면서, 그렇게 깊이, 서둘러. 눈앞에 펼쳐진 육신, 소파 위에 나른히 누워 있는 '자기 자신'을 향해 손을 뻗어보았지만, 손끝은 허공을 헤맬 뿐 닿을 수 없었다.

그러고 나서야 민영은 사자의 손짓을 보았다. 천천히. 그러나 분명히. 사자는 그녀를 부르고 있었다.

민영은 그 손짓에 무언의 두려움을 느꼈다.

"안 돼. 아직… 잠깐."

그녀는 다급하게 손을 저었다. 마치 그 한 동작으로 시간을 되돌릴 수라도 있을 것처럼. 죽음이 확정되는 찰나, 민영은 삶의 끝자락에 매달리는 영혼의 모습 그대로였다.

"잠시만… 제발, 잠시만!"

민영의 목소리는 갈라졌다. 그것은 이승을 떠나야 한다는 사실보다, 남겨질 '누군가'를 떠올리는 순간 터져 나온 본능적인 절규였다.

"아들… 내 아들… 아들을 보고 가야 해. 응? 안 돼… 그 애는 아직 혼자야. 그 애는 지금, 아무것도 몰라."

그녀는 말을 잇지 못했다. 단어 하나를 말할 때마다 심장이 찢겨 나가는 듯했고, 가슴속에 쌓아 두었던 수많은 후회와 두려움이 한꺼번에 몰려왔다.

"부탁 좀 하자… 응? 제발… 잠깐이라도. 단 한 번이라도. 어, 얼굴이라도 보고 제발…."

민영의 손이 떨렸다. 말보다 손이 먼저 애원하고 있었다.

민영의 간절한 마음이, 차디찬 죽음의 사명을 지닌 사자의 마음을 흔들었다. 그의 표정은 여전히 무표정에 가까웠지만, 그 미세한 떨림 하나, 눈빛의 미묘한 흔들림 하나가 모두 말해주고 있었다.

그도 지금, 흔들리고 있다는 것을. 사자는 잠시 시선을 내렸다. 말없이 고개를 숙이고, 입술을 꾹 다물었다.

짧은 침묵.

그것은 곧 판단의 시간이었다. 그는 생각에 잠긴 듯, 아주 천천히 숨을 들이쉬더니 이내 조용한 한숨처럼 내뱉었다. 그 숨결엔 슬픔과 이해 그리고 어쩌면 동의가 섞여 있었다.

"… 아주 잠시입니다."

그의 목소리는 낮고 차분했다. 그 속엔 흔들림도, 거부도 없었다. 다만, 그 목소리를 감싸고 흐르던 숨결 하나, 존경심은 민영에게 고스란히 전달되었다.

그리고 바로 그 순간. 신당 바깥에서 아주 작고 가벼운 인기척이 들려왔다.

뚜벅뚜벅.

누군가 걸어오고 있었다. 그 리듬에는 긴장도 망설임도 없었다. 도리어 일상의 가벼움이 묻어 있었다. 민영의 눈이 크게 열렸다.

한진.

그녀의 아들, 한진이었다.

그는 아무것도 모른 채, 가볍게 콧노래까지 흥얼거리며 신당 쪽으로 걸어왔다. 바람은 잔잔했고, 한진은 손에 음료를 하나 들고 있었다.

창문 너머로 신당 안을 들여다보며,

"엄마? 엄마~"

몇 번이나 불렀다. 하지만 대답은 없었다. 그리고 그 순간, 소파 위에 평온하게 누워 있는 민영의 몸이 그의 시야에 들어왔다. 웃음기가 사라졌다. 그의 걸음이 멈췄다.

얼굴에는 설명할 수 없는 불안감이 서서히 깔리기 시작했고, 눈동자엔 설마… 하는 공포가 자리를 잡았다.

평소와는 다른 엄마의 모습. 이상했다. 평소 같았으면 벌써 문을 열고 "뭐야, 왜 불러~" 하고 나왔을 터였다.

하지만 오늘은… 아무런 반응도 없었다. 그 정적은 짧았지만, 한진의 본능은 그것만으로도 충분했다. 무언가 심상치 않다. 한진은 손에 들고 있던 음료를 떨어뜨릴 뻔한 채 다급히 몸을 돌렸다.

그 짧은 거리조차 숨이 가빠졌고, 발끝에 힘이 제대로 들어가지 않을 정도로 온몸에 전율이 돌았다. 그의 손이 신당 문을 거칠게 밀쳐 열었다.

문이 열리는 소리보다 더 큰 것은 한진의 가슴속에서 요동치는 막연한 두려움이었다.

그리고 그는,

"엄마!!"

외마디 비명을 토해내며 신당 안으로 뛰어 들어갔다.

"엄마! 엄마! 일어나 봐! 엄마!"

한진은 민영의 차가운 몸을 붙잡고 흔들었다. 그의 손끝은 떨리고 있었고, 목소리는 이미 울음에 젖어 있었다.

"이게 뭐야…. 엄마, 장난하지 마. 엄마!!"

그의 절규는 단순한 슬픔이 아니었다. 믿을 수 없음과 인정할 수 없음이 뒤섞인 처절한 부정이었다. 그 울음소리는 신당을 넘어

집 안 전체를 뒤흔들었고, 마치 벽마다 민영의 이름이 새겨지듯, 슬픔이 공간 전체에 각인되었다.

민영은 가슴이 찢어졌다. 눈물이 나지 않는 이 세계에서, 그녀는 울음을 삼키며 그에게 다가갔다. 손을 내밀었다. 괜찮다고, 이제 곧 괜찮아질 거라고 말해주고 싶었다.

이 엄마가 항상 그래왔듯이, 따뜻한 손길 하나로 모든 걸 감쌀 수 있다고 믿었다. 그러나 그녀의 손은, 그저 허공을 떠돌았다.

아무것도 닿지 않았고, 아무것도 바뀌지 않았다. 아들의 손끝과 단 한 줌의 체온조차 나눌 수 없다는 현실. 그것은 죽음보다 더한 고통이었다.

민영은 그 자리에서 무너졌다. 아니, 영혼으로서 찢겨졌다. 무력함과 죄책감, 그리고 어찌할 수 없는 단절감이 그녀를 덮쳤고, 세상 모든 것을 잃어버린 것 같은 침묵이 그녀의 내면을 집어삼켰다.

"한진아… 엄마 여기 있어…. 울지… 마… 제발…."

민영은 필사적으로 외쳤다. 그러나 그 애절한 목소리는 이승의 공기를 진동시키지 못했다. 그녀의 음성은 그저 영혼의 메아리처럼 공중을 떠돌았다가 사라졌다.

한진은 아무것도 듣지 못했다. 오히려 눈앞의 현실에 더 깊게 빠져들고 있었다. 민영은 당황했다.

절망했다.

“내가… 내가 아무것도 할 수 없어…. 내 새끼가 눈앞에서 무너지고 있는데….”

그녀는 다시 손을 뻗었다. 손끝이 떨렸고, 입술이 파르르 떨렸다. 그러나 그녀의 손은 영원히 닿을 수 없는 곳을 향할 뿐이었다. 차갑고 투명한 벽이 그들 사이에 놓여 있었다. 무언가 안에서 부서지는 소리가 났다.

민영의 영혼 깊은 곳에서, 아주 오래된 무언가가 무너져 내리는 듯한 기척이었다.

그때였다.

민영의 곁에 조용히 다가선 저승사자가 입을 열었다. 그의 목소리는 낮고 조심스러웠다. 마치, 누군가의 슬픔을 방해하지 않기 위해 시간까지 걸어가는 듯한 말투였다.

“시간이 다 되었습니다, 대만신님.”

민영은 천천히 고개를 들었다. 아들의 울음이 아직도 귓가에 맴돌고 있었다.

“가지 마…. 엄마… 가지 마….”

그 목소리는 마치 영혼의 닻처럼 그녀를 이승에 붙잡아 두고 있었다. 하지만 그녀의 시선이 닿은 곳,

사자의 눈빛은 더 이상 여지를 주지 않았다. 말은 없었지만, 그 침묵은 너무도 단호했다.

'시간이 다 되었습니다.'

그 말이 들리지 않아도 들리는 듯했다. 민영은 눈을 질끈 감았다. 그리고 한 걸음, 무거운 발걸음을 옮겼다.

"한진아… 잘 살아야 해…. 제발…."

그녀는 속으로 외치며, 뒤돌아보지 못한 채 걸음을 옮겼다. 아들의 울음은 여전히 그녀의 등을 울렸다. 그 울음은 파문처럼 퍼져 그녀의 영혼을 끌어당기고 있었지만, 그녀는 결국 무너진 마음을 부여잡고 일어섰다.

사자가 손을 내밀었다. 민영은 잠시 망설이다가 그 손을 잡았다. 그 손은 차가웠다. 그런데도 이상하게 안정감이 느껴졌다.

마치 죽음을 두려워하지 말라고, 어두운 길도 함께 걸어줄 테니 걱정 말라는 말 없는 위로처럼 느껴졌다.

둘은 말없이 걸었다. 이승과 저승 사이. 삶과 죽음 사이. 시간도 소리도 멈춘 어둠 속을 천천히, 하지만 분명하게.

그들은 계속 말없이 걸었다. 길은 분명히 존재했지만, 형태는 불분명했다. 끝없이 이어지는 길은 실체를 가늠할 수 없는 안개로 덮여 있었고, 그 안개는 발끝을 덮었다가 사라지기를 반복하며, 마치 꿈속을 걷는 듯한 착각을 불러일으켰다.

민영은 발밑의 감각을 느끼려 애썼다. 그러나 딱딱한 지면은 없었고, 마치 무형의 공기 위를 디디는 것처럼 묘한 부유감만이 존재했다. 구름 위를 걷는 것 같기도 하고, 바람 속을 흘러가는 것 같기도 한 그 감각은 몽환과 현상의 경계에 있었다.

몸이 가벼워졌다. 동시에, 주변이 무겁게 내려앉았다. 그들이 걸음을 옮길수록, 주변 풍경은 명확하지 않게 변화했다. 어떤 풍경은 스쳐 지나가는 기억 같았고, 어떤 풍경은 단 한 번도 본 적 없는 차가운 황야 같았다. 뿌옇게 흐려지는 장면들 사이로, 때때로 섬광처럼 선명한 이미지들이 민영의 눈을 사로잡았다.

이곳은 현실이 아니었다. 그리고 아직 중천도 아니었다. 이승과 중천 사이의, 영혼만이 통과할 수 있는 길. 민영은 점점, 자신이 이승과 멀어지고 있음을 실감하고 있었다.

그리고 민영의 영혼을 감싸는 기운은, 마치 오래 잠들어 있던 감각 하나하나를 깨우는 듯했다. 차갑지도, 따뜻하지도 않은 기류 속에서 그녀의 오감은 과장되게 깨어났다.

희미한 소리가 들렸다. 단순한 바람 소리가 아니었다. 어디선가 오래전 누군가의 기도 소리, 누군가가 울며 외친 이름, 그리고 낮게 속삭이는 방울 소리가 시간을 가로질러 다가오고 있었다.

수많은 영혼의 잔향이 공기 속에 흩어졌고, 그 잔향은 마치 잊힌 사람들의 마지막 말처럼 가슴에 박혔다. 그러나 그런 것들조차 민영을 오래 괴롭히지 못했다.

그녀의 영혼을 가장 강하게 붙잡은 것은 따로 있었다. 그것은 외부의 감각이 아니라, 그녀 자신의 과거였다.

눈앞에서 수없이 펼쳐졌던 굿판들. 신을 맞이하던 그 밤들. 신복을 처음 입고 부채를 들었던 그 순간.

그리고… 잊을 수 없는 누군가의 눈빛. 그 모든 장면들이, 지금 이 길 위에서 살아 움직이듯 되살아나고 있었다.

그녀의 머릿속에서는 마치 오래된 필름 영화처럼, 수많은 삶의 조각들이 스치듯 펼쳐졌다. 젊었을 적의 기억부터였다.

비가 억수같이 쏟아지던 날, 몸이 뜨겁게 달아올랐고, 눈앞에 처음으로 신의 형상이 비쳤던 그날.

고통이었다. 혼란이었다. 젊은 민영은 그저 살고 싶었을 뿐이었다. 그리고 그 길을 받아들이기까지의 긴 싸움.

누군가는 '선택'이라고 했지만, 그녀에게 그것은 '필연'이자 '감당'이었다.

불빛 아래에서 방울을 흔들던 밤. 외마디 비명을 지르며 울던 의뢰인의 손을 잡았던 순간. 신령의 기운이 들어올 때, 민영은 늘 세상의 가장 깊은 고통을 같이 껴안아야 했다.

치유도 있었고, 기적도 있었다. 하지만 그만큼 아픔도, 대가도 컸다. 그리고 마음속 깊은 한편에 늘 그림자처럼 따라다녔던 후회

하나.

한진.

그녀는 아들을 뒤로한 채 신의 길을 걸어야 했다. 사명이라 말하기엔, 모성의 죄책감은 너무 컸다. 아무도 이해하지 못할 그 무게를, 민영은 홀로 짊어지고 살아왔다.

과거의 추억들은 때로는 찬란한 빛으로, 때로는 어두운 그림자로 드리워지며 민영의 영혼을 천천히 스치고 지나갔다. 어떤 기억은 따스했고, 어떤 기억은 날카로웠다. 손끝에 닿는 듯 아련한 장면들이, 시간의 강물 위에 물결처럼 일렁였다.

그녀는 그 모든 순간을 다시 되새겼다. 땀과 눈물, 환희와 고통. 신명과 싸우며 견뎌낸 밤, 그리고 사랑하는 이를 포기하며 감내해야 했던 낮들. 민영은 깨달았다.

자신의 삶은 고요하지 않았다. 파도와 같았고, 바람 같았고, 불꽃 같았다. 그녀는 많은 것을 잃었고, 동시에 그보다 더 많은 것을 얻었다.

눈물은 슬픔만의 것이 아니었고, 손길은 치유만을 위한 것이 아니었다. 지금, 이 순간, 그녀는 자기 삶의 조각을 껴안고 있었다. 그것은 슬픔이 아니라, 완성의 감각에 가까웠다.

그녀의 눈에 천천히 강물이 차올랐다. 그것은 단순한 눈물이 아니었다. 뺨으로 흐르지도 않고, 목울대를 타고 넘치지도 않았다.

그저 '영혼'이라는 그릇에 담긴 모든 감정이 하나의 맑은 호수처럼, 가슴 안에 출렁이고 있었다.

숨소리는 없었고, 고요했다. 그러나 그 안에서 일렁이는 파동은 점점 커져갔다. 그리고 그 중심에….

유영신.

지금은 하늘로 떠난, 스승의 이름이 맨 먼저 떠올랐다. 20여 년 전, 이름도, 힘도, 기술도 아무것도 없었던 젊은 여인이 한 발을 신의 세계에 내딛던 그 순간.

처음 입었던 신복의 무게. 처음 쥐었던 방울의 떨림. 처음 마주한 굿판의 열기. 그리고 누구보다 날카로워 보였지만 누구보다 다정했던 그 여인의 목소리.

"신복은 입는 게 아니라 견디는 거야."

민영은 그 목소리를 지금도 생생히 기억하고 있었다.

*

약 20년 전. 아직 민영이라는 이름 앞에 '무당'이라는 호칭이 붙기 전의 시간. 그 시절 그녀는 시장 골목을 종종걸음으로 뛰어다니는 평범한 장사꾼이었다.

하지만 어느 날부터인가, 설명할 수 없는 이상한 일들이 그녀 주변에서 벌어지기 시작했다. 대낮에도 혼자 있는 방 안에서 누군가의 기척이 느껴졌고, 잠결에는 낯선 여인의 울음소리가 귓가를 맴돌았다.

그리고 그즈음 그녀가 만난 사람이 있었다.

대만신 유영신.

그 이름만 들어도 주변 무속계에서는 고개를 숙이던 인물이었고, "중천과 교통하는 자"라는 수식어가 따라다니는 전설 같은 존재였다.

민영이 처음 유영신을 만난 날, 그녀는 아무 말 없이 민영을 바라보다가 이렇게 말했다.

"너는… 이미 눈에 신이 꽉 찼어."

그리고 이어서 말하였다.

"네가 신을 받지 않으면, 네 아들이 무당이 되어야 해."

그 말은 민영의 가슴을 송곳처럼 찔렀다. 그녀는 자신의 삶이 무너지는 한이 있어도, 사랑하는 아들에게 이 길을 물려줄 수는 없다고 다짐했다. 민영은 그날 밤, 길고 긴 생각 끝에 결심을 내렸다.

"제가 받을게요. 제가 무당이 될게요. 제 아들만은… 절대로 안 됩니다."

그렇게 그녀는 무당으로서 발을 내디뎠다. 그렇게 무당으로서의 첫발. 그것은 두려움이기도 했고, 동시에 피할 수 없는 운명적인 끌림이기도 했다.

신내림을 받기 전, 민영은 이미 신의 기운을 느끼고 있었다. 어떤 손님이 들어오면 그 사람의 기운을 훤히 읽었고, 어떤 이는 얼굴을 보기만 해도 마음속 깊은 상처가 들려왔다.

그녀는 점점 더 무속의 세계로 끌려 들어갔고, 유영신 문하로 들어간 이후, 점사를 보기 시작하면서부터 일이 바빠지기 시작했다.

이상하게도 그녀에게 점을 본 사람들은 거의 빠짐없이 굿 날짜를 잡았다.

"떡살을 담그셔야겠어요."

그 말 한마디에 손님들은 쌀을 올리고 굿판을 예약했고, 그렇게 굿판 일정은 연달아 잡혔다. 민영의 손님은 날이 갈수록 늘어났고, 그녀의 이름은 유영신 문하에서도 점점 더 눈에 띄게 되었다.

하지만 그것이 문제였다. 이미 오래전부터 유영신의 밑에서 수련 중이던 신언니들과 신오빠들은 신내림도 정식으로 받기 전인 민영이 일이 많은 것에 불편함을 감추지 못했다.

그녀가 신복을 손에 들기라도 하면 눈빛이 달라졌고, 함께 굿판에 섰을 때면 노골적인 군기가 들어왔다.

“야! 네 일이라고 벌써 신복을 만져?”

“아니요…. 그게 아니라….”

“이제 막 신내림 받은 애가 신복을 만진다는 게 말이 돼? 이 바닥은 군법보다 무서운 줄 몰라?”

민영은 말없이 고개를 숙였다. 본인 덕분에 돈을 벌어가는 사람들이 오히려 큰소리치며, 괘씸하다는 듯한 시선으로 바라보는 것이 이해가 안 갔다.

굿이 많아진다는 건 손님이 많다는 뜻이고, 손님이 많다는 건 신이 민영에게 더 강하게 깃들고 있다는 것이었기에, 그것이 그들에겐 곧 위협이자 질투였다.

하지만 민영은 그런 구박과 시선에도 아랑곳하지 않았다. 하루라도 빨리 제대로 된 무당이 되고 싶었다.

하지만 그런 핍박 속에서도 민영은 꿋꿋이 버텼다. 마음 한편에는 항상 이런 생각이 자리하고 있었다.

'빨리빨리 굿을 먼저 배워야겠다.'

그러나 그것은 생각만큼 쉬운 일이 아니었다. 무속계는 말 그대로 눈으로 훔쳐 배우는 세계였다. 이 바닥에서는 절대 1:1로 곁에 끼고 가르쳐 주는 일이 없었고, 더군다나 민영처럼 입문 초기인 제자에게는 문서 하나조차 내어주지 않았다.

굿을 할 때 쓰는 주문과 같은 글들, 일명 '문서'라고 불리는 것들이 있는데, 그것은 단순한 대사가 아니라, 신과의 대화를 가능케 하는 언어에 가까웠다.

그런 문서들은 외워서 익혀야 했고, 그마저도 대부분은 귀로 듣고 눈으로 훔쳐보며 외우는 것이 전부였다.

민영은 절박했다. 하루라도 빨리 굿을 익혀야 했다. 그래야 신언니들과 신오빠들의 멸시와 구박에서 벗어날 수 있다고 믿었다.

그녀는 굿판이 열리면 굿의 순서와 말의 흐름을 기억해 뒀다가 품속에 항상 작은 종이와 펜을 넣고 다니며, 화장실에 다녀오는 척하며 조용히 굿에서 들은 문구들을 옮겨 적었다.

그 일이 반복되면서, 민영은 점점 더 굿의 흐름과 구조를 꿰뚫어 보기 시작했다.

하지만 그런 노력도 마음만으로는 될 수 없는 일이었다. 굿판은 시끄러웠고, 그 안에서 누군가의 대사 하나를 또렷하게 기억하기란 쉬운 일이 아니었다.

하지만 민영은 포기하지 않았다. 굿이 끝난 뒤 신언니들이 담배를 피우러 나간 틈에 또는 화장실을 다녀온다는 핑계로 그녀는 몰래 품 안의 쪽지를 꺼내어 적어 내려갔다.

그러나 불행은 언제나 사소한 순간에 찾아온다. 어느 날 굿이 끝난 직후, 평소 민영을 못마땅하게 여기던 신언니 하나가 그녀를 지켜보다가 그녀가 화장실에서 조용히 무언가를 쓰고 있는 장면을 목격했다.

"어머! 이 도둑년!! 이게 뭐야? 감히 신어머니 문서를 빼돌리고 있네~?"

"예?? 그… 그게 아니라…."

하루는 자주 화장실을 들락거리는 그녀를 보고 그녀를 노리고 있던 신언니가 그녀의 품속에서 문서를 적어 놓은 종이와 펜을 뺏어 들고 말했다. 순간 굿판의 모든 이목은 그녀에게 집중되었다. 그녀는 이번 사건이 그녀의 무당 인생을 끝나게 할 줄로만 알았다. 하지만 대만신 유영신은 별일 아니라는 듯 자기 제자에게 말했다.

"놔둬라. 그까짓 게 뭐라고. 문서만 달달 왼다고 되는 것도 아니고."

"예? 하지만…."

"그냥 놔두라니까."

"예, 어, 어머니."

대만신 유영신은 그런 그녀의 행동이 너무 귀여웠다. 그리고 민영은 그 말의 깊이를 이해했다. 문서만 외워서 되는 것이 아니라는 것을. 밤낮으로 문서를 끌어안고 씨름했다.

"아! 그렇구나. 일종의 패턴이라는 게 있구나!"

민영은 어느 날, 굿판에서 반복되는 흐름 속에 규칙이 있다는 걸 직감했다. 처음에는 단순히 말의 나열이라 생각했다. 그러나 유심히 듣고 또 듣다 보니, 모든 굿에는 하나의 길이 있었다. 신이 자신을 소개하고 자랑하는 도입부, 이어지는 의뢰자에 대한 언급과 칭찬, 그다음은 액운을 걷어내고, 마지막은 복을 내려 주는 결말. 그 구조는 마치 이야기의 기승전결처럼 질서 정연했다. 이 깨달음은 그녀에게 새로운 지평을 열어 주었다.

그녀의 노력은 그뿐만이 아니었다. 언젠가부터는 유영신의 발동작을, 또 언젠가부터는 손동작을 눈으로 익힌 후에 집에 와서는 꼭 복습하며 자신의 것으로 만들었다. 그렇게 그녀는 만 3년이 지날 때쯤 신언니들보다, 신오빠들보다 더 자연스럽게 굿을 할 수 있게 되었다.

유영신은 여자이지만 성격이 대쪽 같았다. 사소한 일에 휘둘리지 않았고, 무당으로서의 자존과 기강을 누구보다 중시했다.

굿판에서는 흐트러진 옷매무새 하나에도 눈살을 찌푸렸고, 제자들 사이의 서열 다툼에는 단호하게 선을 그었다. 그리고 공과 실은 확실한 사람이었다. 말보다는 결과를 보았고, 시간보다는 실력을 따졌다. 유영신은 제자들의 서열과는 상관없이 철저히 '능력' 있는 사람을 굿판에 세웠다.

굿판이 열리면 신어머니인 유영신과 다른 선생들이 있다고 하더라도 해당 굿판의 주인 무당인 이른바 '당주'도 한 거리를 해야 당주의 몸주신이 노하지 않는다고 해서 꼭 굿판 무대에 세우게 된다. 그 사람이 아무리 실력이 없어도 몸주신을 위한 거리는 해야 한다는 것이고 그렇게 해야 몸주신이 노하지 않는다는 의미가 있다.

민영은 그런 몸주신을 위한 굿거리를 하면서도 나날이 다르게 발전된 모습을 보여 주었다. 그녀의 손짓은 점점 자연스러워졌고, 부채를 휘두를 때마다 뿜어져 나오는 기운은 굿판 전체의 흐름을 흔들 정도였다.

어느 날은 신어머니 유영신이 직접 발을 멈추고 민영의 손짓을 가만히 바라보았다. 말은 없었지만, 그 눈빛 속엔 무언가를 결정한 사람의 확신이 담겨 있었다. 그리고 드디어 민영은 처음으로 정식 굿거리의 한 파트를 맡게 되었다.

"내 밑에 몇 년간 있으면 뭘 해? 굿판에서 한 거리도 제대로 못하는 것들이. 야! 오늘 마무리 거리는 민영이 네가 해라!"

"예? 아…. 예. 어머니."

굿판이 모두 끝난 후, 제자들 중 막내였던 민영은 마지막 뒷정리를 도맡아 하고 있었다. 떡이며 술잔, 굿상이 올려졌던 자리까지 조심스레 닦아내고, 사용한 신물들을 하나하나 본래 자리에 정리하느라 손이 쉴 틈이 없었다.

그때, 구석에 서서 담배를 피우고 있던 유영신이 민영을 향해 퉁명스럽게 말했다.

"얘, 민영아."

"예? 어머니."

"그건 특별히 조심해야 하니까. 오늘 네가 들고 우리 집에 모셔놔라."

"네? 아… 예, 어머니."

유영신은 민영을 따로 집으로 부르기 위해서 무언가 하나 이유를 만든 것이다. 민영은 유영신이 시키는 대로 물건을 들고 유영신과 같이 집으로 향했다.

집에 도착한 영신은 신복 하나를 가방에서 다시 꺼내어 들더니 무심한 척 민영에게 툭 하고 집어 던져서 안겼다. 무슨 뜻인 줄도 모르고 깜짝 놀란 민영은 그저 신복을 받아 들고 멍하니 서 있었다.

"뭐 해? 입어."

"예??"

"답답하기는… 어서 입으라고. 방울 부채 들고!"

민영은 영신이 시키는 대로 신복을 챙겨 입고 부채 방울을 들었다. 그걸 보고 영신이 말했다.

"자. 걸음걸이부터 해봐."

영신은 여태껏 무당으로 살아오면서 그 누구에게도 1:1로 가르쳐 본 적이 없는 무심한 스승이었다. 그런 영신이 민영을 따로 불러 1:1 과외하듯 가르치기 시작했다.

민영은 방울로 머리통을 맞아가면서 배웠다. 하지만 그것이 민영에게는 너무나도 감사하고 또 고마운 일이 아닐 수 없었다.

"내일 저녁에 또 와!"

민영은 그제야 좋아서 입가에 미소를 지으며 웃어 보였다. 민영 역시 그 누구에게도 아부를 떨거나 애교를 피우는 성격은 아니었지만, 유영신 앞에서만큼은 그게 아니었다. 영신에게 팔짱을 끼우고 웃으면서 말했다.

"그럼 어머니~ 내일도 또 가르쳐 줄 거예요?"

"그럼! 식모살이하라고 부른 줄 알았냐?"

"아이구~ 식모살이라도 해야죠!!"

"쓰잘데기 없는 소리 하지 말고 어여 가! 오늘부터 자시 기도 들어가는 것 잊지 말고!"

"헤헤~ 네엡~"

민영은 신이 나서 집으로 돌아와서는 집에서도 영신이 가르쳐 준 것을 몇 번이나 더 해보고 완전히 자기의 것으로 만든 다음에야 자시 기도를 마치고 잠이 들었다.

민영은 그날 이후로 굿판에서 영신과 맞짱을 뜰 정도로 많은 굿거리를 소화했다. 그리고 어느덧 굿판에서 민영은 없어서는 안 될 존재로 거듭났다.

그렇게 몇 년 후, 민영도 어느새 중견급 무당으로 성장했고, 민영의 제자들도 많아졌다. 영신은 이제 나이가 들어 몸이 노쇠해졌다. 영신 자신도 더 이상 욕심을 부리는 건 늙어서 객기를 부리는 것이라고 생각이 들었나 보다.

"무슨 일일까? 어머니께서 제자들을 모두 부르셨다는데…."

영신은 어느 날 자신의 제자들을 모두 한자리에 모아 불렀다. 신당에서 기도를 하고는 힘겹게 나오는 영신을 민영이 부축하여 앞쪽 중앙에 앉혀 드리고는 제자리로 돌아왔다. 그리고 영신이 자신의 많은 제자들 앞에서 드디어 입을 열었다.

"일주일 뒤, 사월 스무닷새. 하직굿을 한다."

제자들은 유영신이 하직굿을 하고 무당으로서 은퇴하겠다는 말을 듣고 너무나도 놀랐다. 무당이 하직굿을 하는 것은, 무당이 몸주신들을 더 좋은 곳으로 성불시켜 보내드리고 자신의 신당 또한 정리를 하고 오로지 불사단지와 방울 부채만 가지고 여생을 보내겠다는 은퇴식에 해당하는 것이다. 그 소리를 듣고 민영 또한 너무나도 놀랐다. 평소에 그렇게 대쪽 같았던 신어머니가 이제 노쇠해져서 무당으로서 은퇴를 한다니, 그 소리를 듣고 벌써 눈가에 눈물이 고이기 시작했다. 제자들이 유영신을 말릴 새도 없이 유영신이 말을 계속 이었다.

"하직굿을 할 때 지금 너희들 중에서 대만신을 이어받을 사람을 정하겠다. 그러니 준비들 철저히 해라. 너희들도 알다시피 나 역시 내 스승님으로부터 대만신의 칭호를 받았다. 이 대만신의 칭호를 이어받은 사람은 중천과 교통할 수 있다. 그건 바리데기님의 권한 중 일부를 이양받은 덕분이지."

저승 세계의 최고 정점에 있는 무조신. 그것이 바로 바리데기이다.

그 옛날, 한 왕실에서 왕과 왕비는 오랫동안 아들을 얻지 못했다. 여섯 명의 딸을 차례로 낳았지만, 왕은 점점 실망을 감추지 못했다. 그리고 마침내 일곱 번째 자식마저 딸로 태어나자, 왕은 노여움에 차 아이를 옥함에 담아 강가에 버리라 명했다.

그러자 왕비는 차마 이름조차 없이 아이를 떠나보낼 수 없다며 간청했다.

"제발… 이름 하나라도 붙여주고 보내시지요."

왕은 마지못해 대답했다.

"버릴 자식이니, '버린 데기'라 하라."

그렇게 이름 붙여진 아이가 바로 바리데기였다. 강물에 흘려보내진 바리데기는 죽음의 길목에서 한 노부부의 손에 의해 기적처럼 구조되어 자라게 된다.

세월이 흘러, 바리데기는 자신을 버렸던 왕이 위독하다는 소식을 듣는다. 그녀는 그 어떤 원망도 없이 자식으로서의 도리를 다하기 위해 저승의 약초를 구하러 죽음의 세계로 길을 떠난다. 험난한 여정 끝에 바리데기는 약을 구해 돌아와 아버지의 생명을 살리고, 그 공덕으로 저승의 신들 앞에 서게 된다.

이후, 바리데기는 죽은 이들의 넋을 인도하는 무조신이 되었고, 그 남편은 장승이 되어 길목에서 노잣돈을 받는 수호자가 되었으며, 그녀의 아들들은 저승의 십대왕이 되어 사후세계를 다스리는 존재가 되었다.

대만신은 바리데기로부터 직접 권한을 이양받은 존재다. 저승으로 향하는 영혼을 굿을 통해 이승에서 중천까지 그리고 중천에서 가시문까지 인도할 수 있으며, 그 과정에서 살아 있는 사람으로서는 유일하게 중천과 직접 교통할 수 있는 무당이기도 하다. 하지만 대만신이 인도하는 영혼은 신을 모셨던 무당이거나 덕이 높은 사람이 그 대상이다.

일반적인 다른 영혼들은 무당들이 진오기굿을 통해 영혼을 저승으로 인도한다. 무당들은 자신이 모시는 몸주신, 주로 넋대신의 힘을 빌려 이승에서 저승까지 무사히 인도한다.

하지만 대만신은 중천의 위계 속에서도 중간 관리 자격의 특별한 신분으로서, 바리데기의 권한 위임을 통해 중천의 문을 정식으로 여는 인간이다.

그 때문에 중천의 신들 또한 대만신에게 예를 갖추며 깍듯하게 대하고, 대만신이나 중천의 허가 없이는 중천에 들어오지 못하게 된다.

다들 돌아갔는데, 민영만은 도저히 그 소리를 듣고 돌아갈 수 없었다. 영신을 말려볼 작정이었다. 영신은 끝까지 돌아가지 않는 민영을 보고 웃음을 지었다. 그리고 조용히 한마디를 건넸다.

"신당으로 들어오너라."

민영은 눈물을 훔치며 영신을 따라 들어갔다. 영신은 신당 아래 선반에서 옥함 하나를 꺼내었다. 그리고 그것을 민영에게 밀어 건네었다.

"어… 어머니… 이건…."

"네가 갖고 있어라."

민영은 그것이 무엇인지 알고 있었다. 그녀는 이러시면 안 된다며 울면서 거절하려 했지만, 여태껏 영신의 제자로 살면서 영신의 고집을 단 한 번도 꺾은 적이 없었다. 결국 민영은 그 옥함을 받았다.

며칠 후, 유영신의 하직굿이 시작되었다. 하직굿이 열리는 그 굿판은 처음부터 제자들의 눈물로 시작해서 눈물로 끝이 나려 했다. 모든 굿거리가 다 마무리가 될 무렵, 영신이 말했다.

"지금부터 대만신을 뽑는다. 이 산 어딘가 대만신의 증표가 있다. 그걸 찾아오는 사람에게 대만신을 물려주겠다."

그녀의 제자들은 대만신이 되기 위해서 난리가 나서 방을 나갔다. 하지만 민영은 계속 슬퍼하느라 자리를 지키고 있었다. 영신은 민영을 보고 말했다.

"어여~ 대만신은 민영이 네가 되어야 한다. 난 네가 꼭 그 증표를 찾아올 줄을 믿는다. 내가 인정하는 제자는 민영이 너 하나다.”

민영은 울면서 대답했다.

“네…? 흑… 네…. 어머니… 꼬… 꼭 제가 이어받겠습니다.”

민영 역시 영신의 말을 듣고 방에서 나갔다. 하지만 막연하게 어디로 가야 할지 몰랐다. 그녀는 한동안 생각에 잠겼다. 그러다가는 자신의 차에서 부채와 방울을 꺼내 흔들어 대기 시작했다.

얼마나 그랬을까? 갑자기 그녀의 몸주신인 동자신의 목소리가 들려왔다.

‘엄마! 다시 방으로 들어가!!’

“응?? 다, 다시 방으로?”

민영은 동자신의 말을 듣고 하직굿이 열리고 있었던 방으로 들어갔다. 민영이 부채와 방울을 들고 다시 들어오는 모습을 보고 영신은 알 수 없는 미소를 지었다. 그때, 영신이 굿판의 악사들을 향해 소리쳤다.

“쳐라!!!”

그러자 굿판에 있던 악사들이 장구와 제금, 피리와 대금, 해금을 연주하기 시작했다. 신명 나는 소리였다. 그 소리가 울리자, 민영은 갑자기 미친 듯이 부채와 방울을 흔들며 뛰기 시작했다.

방에서 갑자기 굿이 다시 시작되는 듯한 풍악 소리가 들리자, 방 밖으로 증표를 찾아 나섰던 나머지 제자들이 헐레벌떡 뛰어 들어왔다.

방에서는 민영이 한복차림으로 부채와 방울을 들고 미친 듯이 뛰고 있었다. 그러더니 제자리에서 뜀박질을 하던 민영이 갑자기 제자리에서 돌기 시작했다. 그러자 연주하던 풍악 소리마저 그녀의 도는 박자에 맞춰서 매우 빨라졌다. 굿판의 힘은 순식간에 절정에 다다랐다.

민영은 제자리에서 수십 바퀴나 돌다가 그대로 딱! 하고 멈추었고 풍악 소리도 순간적으로 멈추었다. 그 굿판에서 그 누구도 숨소리 하나도 낼 수 없었다. 그리고 우연인지 그녀가 멈춘 방향은 다름 아닌 그녀의 스승 유영신이 앉아 있는 방향이었다.

민영은 그대로 다시 방울을 미친 듯이 흔들었다. 민영의 의지와는 상관없이 흔들리는 방울이었다. 그렇게 흔들어 대면서 민영의 발걸음은 점점 영신이 앉은 쪽으로 다가갔고 영신이 앉아 있는 방석을 향해 방울을 흔들었다. 그리고 민영의 몸에 동자신이 실려서 6살 난 아기처럼 말했다.

"함무니!! 함무니가 갖구 있지!!"

영신은 아무런 말 없이 그저 웃고만 있었고, 답답해진 동자신은 겁도 없이 영신을 밀어내고 영신이 깔고 앉았던 방석을 치워버렸다. 그러자 영신의 방석 뒤쪽에서 매우 낡은 방울 하나가 나왔다.

민영은 그게 보이자마자 그 방울을 독수리가 먹이를 낚아채듯이 홱 하고 낚아채더니 다시 방 중간으로 되돌아가 뛰기 시작했고, 영신은 악사들에게 눈짓했다. 다시 방에는 신명 나는 풍악 소리가 들려왔다. 민영이 그 증표를 찾아낸 것이다. 모든 과정이 끝이 나고 민영은 지친 몸으로 그대로 영신에게 절을 올렸다. 그리고 영신의 선포가 이루어졌다.

"이 방울은 내 스승님께서 내게 물려준 방울이다. 나도 민영이처럼 스승님의 하직굿에서 찾아냈지. 그러고 스승님의 대만신 자리를 물려받았다. 민영아! 이제부터 네가 '대만신'이다!!!"

**

모든 굿판이 끝나고 집으로 돌아왔다. 대만신 한민영은 지칠 대로 지쳐 있었다. 그리고 자신의 스승이 한 말이 떠올랐다.

"너도 들어서 알고 있겠지만, 대만신이 되면 중천과 교통이 가능해진다. 일반 무당들이 영혼들을 위해서 진오기굿을 하면 그들의 넋대신님들이 영혼들을 인도하지만, 대만신은 특별히 중천은 물론이고 중천 너머 가시문 입구까지 다녀올 수 있단다."

"그… 그 말이 사실이었군요?"

"대만신이라고 해서 모든 사람을 네가 인도할 순 없단다. 대만신이 인도해야 할 영혼은 그저 대만신과 인연이 닿는 사람들이라는 것…."

그녀는 왠지 무당으로서 중천에 하루빨리 가보고 싶었고, 중천 너머 가시문까지 가보고 싶었다. 자신이 대만신이 되었다는 기쁨에 지친 몸으로도 입가에 왠지 미소가 지어졌다. 그러나 그녀가 대만신이 되었다는 기쁨은 그리 오래가지 않았다. 하직굿이 끝나고 며칠 후, 그녀의 스승 유영신이 운명을 달리했다는 소식을 그녀의 친자식들로부터 들은 것이다. 숨이 멎을듯했다.

무당은 기구한 운명을 갖고 태어난 사람이다. 무당의 부모가 돌아가실 적에는 장례식장에 가지 못하고 임종 또한 지켜보지 못하는 그런 법도가 있다. 하지만, 신부모가 돌아가셨을 때에는 또 다르게 반드시 가서 자리를 지켜야 한다는 것이다.

민영 역시 자신의 부모가 돌아가셨을 적에는 입지 않았던 상복까지 입고 스승의 장례를 치렀다. 그리고 그녀는 대만신을 이어받은 제자로서 스승을 저승으로 인도하는 진오기굿을 하기로 하고 굿판을 열었다.

그녀가 대만신으로서 중천과 첫 교통을 하려는 순간이었다. 그녀는 굿판에서 유영신이 물려 주었던 옥함을 열었다. 그 옥함 속에는 바리데기를 상징하는 노란색 몽두리(길이가 긴 포 형태의 겉옷)가 있었고, 붉은 허리띠에 금색으로 수를 놓은 술띠가 있었다.

그녀가 바리데기 복장을 모두 차려입고는 장구 앞으로 가서 슬픔으로 잠긴 목소리를 힘겹게 열어 구슬픈 노랫가락을 시작했다.

"넋이야 넋이로다 녹양 양산에 재(灰)만이오
영 이별 하사오라 성수가 없는 넋이로다
세상에 못 나올 망재가 놀고~ 갈까
산하요 산하소사 여망재가 산하요
극락을 바라보시고 시왕 세계로 산하요"

이윽고 그녀의 깃털 같은 발걸음과 방울 부채를 흔들어 가며 굿상 주변을 돌기 시작했다. 그 뒤로 유영신의 자제들이 조상에게 받치는 한복 옷가지류와 향을 들고 서서히 따라오기 시작했다.

그 순간 민영은 점점 무아지경 속으로 빠져들고 있음을 느꼈다. 그리고 곧 그녀가 눈을 뜨자 자신은 어느새 낯선 공간에 와 있었다.

"영아!"

낯선 곳에서 익숙한 목소리가 들려왔다. 그 목소리의 주인공은 바로 민영의 어머니인 넋대신 이말례였다. 넋대신 이말례는 조금 전까지 자기가 입고 있던 바리데기 신복을 입고 있었다. 민영은 그대로 자기 어머니를 끌어안았다.

"엄마!"
"오야. 오야~ 내 새끼. 장하다. 대만신이 되고~"

그 옆에는 소복을 곱게 차려입은 자신의 스승인 유영신이 미소를 짓고 있었다. 민영은 뒤늦게서야 그녀를 발견하고 그녀에게 인사를 했다.

"어머니~"
"응. 이렇게 만나는구나."

민영은 중천에서 그녀를 보고도 아무 말을 할 수가 없었다. 그저 눈물을 흘리며 그녀의 명복을 빌어줄 뿐이었다.

"사람이 죽으면, 이승에서 구천을 떠도는 영혼도 있고, 저승사자의 안내를 받아 먼 길을 돌아오는 영혼도 있어. 그런데 나는 네가 해준 진오기굿 덕분에 짧은 단시간에 헤매지 않고 저승으로 갈 수 있게 되는 것이지. 모든 영혼을 네가 인도할 순 없고, 그저 하늘이 맺어준 인연이 닿는 불쌍한 영혼들을 대만신인 네가 굿을 통해서 이승에서 중천, 그리고 중천 너머 가시문까지 나를 데려다주는 거야. 대만신으로서 바리데기 복을 입고 굿거리가 시작되는 때부터 이승에서 가시문까지 대만신이 데려다주면, 가시문에서는 넋대신님의 안내를 받아 저승으로 가는 거야. 뒤를 봐라. 저승사자도 끝머리에 같이 따라왔단다.”

민영이 뒤를 돌아보사, 이승에서는 없던 검은색 슈트를 입은 남자가 있었다. 그는 정말 한눈에 봐도 얼굴에 핏기 하나 없어 보였고, 이런 순간에 딱 보면 누구나 ‘저승사자’이구나 할법한 느낌을 풍기고 있었다. 민영은 왠지 그를 보고 두려움까지 들었다.

“월직차사입니다.”

민영은 자신에게 고개를 까딱하며 인사를 하고 있는 월직차사를 보고 잔뜩 얼어붙어서, 자신도 인사를 하려 했다. 그러자 유영신이 말했다.

“아냐. 저승사자는 신이 아냐. 그러니 인사를 하지 말아. 뭐, 죽은 자에게 인사하는 것이 의미가 없는 노릇이니….”
“아… 그, 그렇네요.”

더 이상 지체할 시간이 없었다. 좀 더 긴 시간을 스승님과 대화를 하고 싶었지만, 그럴 수 없었다. 민영은 중천 밖 가시문을 향해서 부채와 방울을 흔들며 춤을 추며 걸어갔다. 그 뒤를 따라서 망자가 된 유영신이 대만신 한민영을 따라갔다. 그렇게 가시문으로 향했고, 얼마 후 가시문 앞으로 도달했다. 가시문으로 들어가기 전에 유영신은 대만신 한민영의 손을 맞잡았다. 그리고 떨리는 목소리로 말했다.

"고맙다! 네 덕분에 좋은 곳으로 간다."

민영은 울면서 그녀에게서 살짝 떨어지더니, 그녀에게 큰 절을 올렸다.

"어머니. 좋은 곳으로 가셔요."

그리고는 넋대신 이말례가 바통을 넘겨받아 춤을 추며 가시문 밖으로 건너갔고 그 뒤를 따라서 유영신이 가시문을 넘었다. 유영신이 저승 쪽으로 가는 뒷모습을 보며 민영은 다시 이승으로 돌아왔다. 민영이 중천으로 왔다 갔다 한 시간은 민영이 잠시 눈을 감았다 뜬 그 찰나의 시간이었다. 그 시간이 민영에게는 정말 환상적인 공간에서의, 또 꿈을 꾼듯한 경험처럼 느껴졌다.

# 2. 중천

얼마를 걸었을까. 민영은 문득 발걸음을 멈추었다. 눈앞에는 깊고 짙은 검푸른 강이 유유히 흐르고 있었다. 강물은 잔잔했지만, 그 속은 끝이 없을 만큼 어두웠다. 바람 한 점 없는 강 위로 스치는 기운은 마치 이승과의 마지막 숨결처럼 묘하게 서늘했다.

그리고 그 강 너머, 흐릿한 안개 속에서 천천히 드러나는 구조물 하나가 있었다. 영롱한 빛을 내뿜는 거대한 문. 그 문은 단순한 출입구가 아니었다.

마치 누군가의 기억과 기도를 흡수한 듯, 문 전체가 밤하늘의 별 무리처럼 반짝이고 있었다.

"저게… 중천의 문이구나…."

민영은 속으로 중얼거리며 숨을 삼켰다. 그 문은 산 자와 죽은 자 사이의 최후 경계, 중천에 발을 들이는 첫 관문이었다.

이승에서 아무리 대만신이었더라도 그 문을 실제로 마주하는 것은 전혀 다른 일이었다. 문 위에는 수백 겹의 부적 문양이 겹겹이 새겨져 있었고, 그 안쪽에선 은은하게 종소리처럼 울리는 무언의 소리가 들려왔다. 문은 닫혀 있었지만, 민영의 존재를 인식하듯 안개가 천천히 갈라졌고, 드디어 중천의 강이 그녀를 받아들이기 시작했다.

사자는 강가에 매여 있는 자그마한 나룻배로 민영을 안내했다. 낡고 소박한 나룻배는 강물 위를 고요히 떠 있었다. 사자는 먼저 배에 오르더니, 민영에게 손을 내밀었다. 민영은 그의 손을 잡고 조심스럽게 배에 올랐다. 사자는 노를 잡고 천천히 강물을 저었다. 노 젓는 소리는 고요한 강물 위에서 유일하게 들리는 소리였다.

강을 건너는 동안, 민영은 왠지 모를 평온함을 느꼈다. 과거의 생각들은 점차 희미해졌고, 그녀의 마음속에는 오직 강물처럼 잔잔한 고요만이 남았다. 강 건너편의 문은 점점 더 선명하게 다가왔다. 빛나는 문은 마치 새로운 시작을 알리는 듯했다. 마침내 나룻배는 강 건너편에 닿았고, 사자는 민영을 정중하게 배에서 내리게 했다.

"내리시지요."

그들은 거대한 문 앞에 섰다. 문은 마치 먹물을 풀어놓은 듯 깊은 검은색이었지만, 그 표면에 헤아릴 수 없는 복잡한 문양들이 새겨져 있었는데, 그 문양들은 살아 있는 듯 꿈틀거리는 착각을 불러일으켰다. 문은 마치 빛으로 만들어진 듯 투명하면서도 견고했고, 고풍스러운 아름다움과 신비로운 기운을 동시에 풍기고 있었다. 사자는 다시 한번 허리를 깊숙이 숙여 보이며, 아무 말 없이 문을 열었다. 문이 서서히 열리자, 안쪽에서는 묘한 빛이 뿜어져 나왔다. 따뜻하면서도 서늘하고, 익숙하면서도 낯선, 형언할 수 없는 기운이었다. 그 문 너머는 바로 영혼들이 머무는 곳, 중천(中天)이었다.

“이승에서 계실 적에는 중천의 가망청에 왔다 갔다 하셨지만, 지금은 영혼이신 관계로 체류에 제한이 있습니다.”

대만신인 한민영은 그 말이 무슨 뜻인지 단번에 알아차렸다. 지금 자신이 중천에 들어올 수 있는 것은 ‘대만신’이었던 자격으로 잠시 머무를 수 있는 임시 허가일 뿐, 중천에 정식으로 머무르려면 중천의 공식적인 허가가 내려지거나, 죽은 영혼을 저승까지 인도하는 굿인 진오기굿을 받은 사람만이 들어갈 수 있는 곳이라는 것을. 그녀는 조용히 고개를 끄덕이고 그의 손을 잡았다. 그리고 중천의 문이 천천히 열리기 시작했다.

중천의 문이 천천히 열렸다. 빛과 안개가 뒤섞인 공간 너머에서 한 사람이 모습을 드러냈다. 그는 마치 산처럼 우뚝 서 있었다. 단단하게 각진 어깨, 구릿빛 피부, 그리고 세월을 품은듯한 눈동자가 먼저 다가왔다.

민영의 심장이 요동쳤다. 저 강직한 눈빛, 굳은 인상 뒤로 흐르는 인자한 기운,

바로 그녀의 아버지, 신장(神將) 한철순이었다.

살아생전에도 강하고 듬직한 사람이었지만, 지금 그의 모습은 인간의 껍질을 벗고 신령의 위엄을 완전히 갖춘 존재로 서 있었다. 한철순은 말없이 손을 벌렸다. 민영은 눈물로 젖은 눈으로 그 품에 안겼다.

"아버지…."

말보다 먼저, 어릴 적 기억처럼 깊은 울음이 터져 나왔다.

그는 굳건하게 서서 슬픔이 담긴 미소를 짓고 있었고, 그의 옆에는 역시 같은 느낌의 미소를 머금은 여인이 서 있었다. 곱게 단장한 올림머리와 온화한 눈빛, 그리고 인자한 미소는 그녀가 누구인지 단번에 알 수 있게 했다. 그녀의 어머니이자 역시 그녀가 모셨던 신령 중 한 분인 넋대신 이말례였다.

예상치 못한 만남에 민영의 눈에서는 뜨거운 눈물이 봇물처럼

쏟아져 내렸다. 영혼의 몸이었음에도 불구하고, 그녀는 자신이 살아 있을 때보다 훨씬 더 강렬한 감정을 느꼈다. 오랜 세월 가슴속에 품고만 있었던 그리움과 설움이 한꺼번에 터져 나왔다. 그녀는 망설임 없이 부모님에게 달려가 품에 안겼다. 그들의 영혼은 실체가 없었지만, 민영은 온몸으로 부모님의 따뜻한 온기를 느꼈다. 이승에서의 고단했던 삶, 그리고 헤어져야 했던 오랜 세월의 설움이 마치 밀물처럼 그녀의 영혼을 덮쳤다.

"아버지! 엄마!"

민영은 부모님의 품에 안겨 오열했다.

"제가 왜 죽어요! 왜! 반평생을 신령님을 모시고 살아왔는데, 왜 저를 지켜주지 못했어요! 제가 이렇게 갑자기… 이렇게 외롭게 죽을 리가 없잖아요!"

그녀의 목소리에는 원망과 배신감, 그리고 무엇보다도 갑작스러운 죽음에 대한 깊은 혼란이 뒤섞여 있었다. 뜨거운 눈물이 쉴 새 없이 흘러내렸고, 그녀의 영혼은 격렬하게 떨렸다.

철순과 말례는 말없이 딸의 머리를 쓰다듬었다. 그들의 따뜻한 영적인 기운은 민영의 불안한 마음을 조금이나마 가라앉히려 애썼지만, 민영의 슬픔은 너무나 깊었다. 그들 또한 눈물을 감추지 못했다. 영혼이었음에도 불구하고, 그들의 눈에서는 마치 이슬처럼 투명한 물방울이 흘러내렸다.

"아가… 아가…."

말례가 떨리는 목소리로 속삭였다.

"운명은… 신령의 힘으로도 거스를 수 없는 것이란다. 우리는… 너의 부모이자 네가 모시던 신령이었지만… 너의 운명까지 바꿀 수는 없었어…."

철순 역시 고개를 끄덕이며 깊은 한숨을 내쉬었다. 그들 역시 딸의 갑작스러운 죽음과 그로 인한 슬픔에 잠겨 함께 울었다.

"엄마~ 우리 한진이 어떡해? 응? 세상에 혼자 남은 우리 한진이 어떡해~"

민영은 이승에 홀로 남은 아들 한진이를 외치며 말례를 끌어안고 통곡했다. 말례도 그녀를 말없이 안아줄 뿐, 말례뿐만 아니라 그 누구도 뭐라고 말을 잇지를 못하고 민영과 슬픔을 같이했다.

한참을 그렇게 오열하며 슬픔을 토해내던 민영은 점차 안정을 되찾았다. 부모님의 품에서 흐르는 눈물을 닦아내자, 그녀의 영혼은 조금이나마 평온해지는 것을 느꼈다. 그녀는 부모님의 얼굴을 올려다보았다. 여전히 슬픔이 어린 표정이었지만, 그 안에는 변치 않는 사랑과 위로가 담겨 있었다.

"이곳이 바로 중천이란다."

철순이 부드러운 목소리로 말했다.

"네가 대만신으로 이승과 중천을 오갈 때는 보지 못했던 것들이 많을 거야. 이제 네가 온전히 이곳에 머물게 되었으니, 모든 것을 보여주마."

민영은 고개를 들었다. 그녀의 눈에 들어온 중천의 모습은 이전에 신령의 몸으로 잠시 스쳐 지나갔을 때와는 확연히 달랐다. 살아생전 굿을 통해 영적인 세계를 엿볼 때의 중천은 마치 안개 낀 꿈처럼 모호하고 비현실적인 공간이었다. 그러나 지금 그녀가 발 딛고 서 있는 중천은 실재하는 듯 선명하고 생생했다. 넓게 펼쳐진 대지는 옅은 빛을 발하고 있었고, 그 위로는 셀 수 없는 영혼들이 마치 유영하듯 다니는 모습이 보였다. 그들은 저마다의 사연을 지닌 채, 이곳에서 안식하거나 무언가를 기다리고 있는 듯했다.

중천의 풍경은 말 그대로 경이로움 그 자체였다. 이승에서 아무리 신비롭다고 느꼈던 절경들도, 이곳에서는 단지 스케치에 불과

했다. 하늘은 투명한 유리처럼 빛났고, 구름은 천천히 흐르며 푸른빛과 금빛을 번갈아 반사하고 있었다.

빛으로 지어진 듯 투명하면서도 견고한 건물들이 질서 정연하게 펼쳐져 있었고, 모든 건축물은 고풍스러운 한옥의 형태를 갖추었지만 그 처마 끝에는 오색찬란한 기운이 흐르고 있었다.

각 건물 사이를 잇는 다리는 마치 공중에 떠 있는 무지개 같았고, 사람은 없지만 기척은 존재하는 듯한 조용한 생명력이 주변을 감쌌다. 정원에는 이승에선 단 한 번도 본 적 없는 색도 향도 이름도 없는 꽃들이 만개해 있었고, 그 빛은 바람결마다 살랑이며 민영의 영혼의 몸에까지 따뜻하게 스며들었다.

하늘에는 이승의 별보다 훨씬 크고 밝은 별들이 유유히 떠 있었고, 그 별빛은 땅을 조용히 감싸며 마치 이곳 전체가 한 편의 기도로 구성된 세계처럼 느껴졌다. 민영은 숨을 삼켰다.

그리고 생각했다.

'여기가… 내가 굿판에서 늘 바라보던 곳이구나.'

"저곳은 영혼들이 쉬는 처소이고, 저기 저편은 영혼들의 기록이 보관되는 곳이지."

말례가 손짓으로 하나하나 가리키며 설명해 주었다. 그녀의 손끝이 가리키는 곳은 마치 거대한 도서관처럼 보이는 건물이었다.

수많은 빛의 줄기가 그 건물 안으로 빨려 들어가고 있었고, 그곳에는 셀 수 없는 정보들이 저장되어 있는 듯했다.

"그리고 저 멀리 보이는 곳은…."

그녀의 시선이 닿은 곳은 마치 거대한 폭포처럼 빛의 줄기가 쏟아져 내리는 곳이었다. 그 빛은 너무나 강렬해서 감히 똑바로 쳐다볼 수 없을 정도였다.

"저곳은 모든 영혼의 윤회가 시작되는 곳이자, 이승과의 연결고리가 가장 짙은 곳이란다."

철순은 고개를 돌려 민영을 다른 방향으로 이끌었다.

"그리고 이곳은 너와 같은 만신들이 드나들던 곳이다."

그의 시선이 닿은 곳에는 웅장하면서도 기품 있는 한옥 건물이 보였다. 바로 가망청이었다. 가망청의 겉모습은 웅장하면서도 고요했다. 초록빛 대리석으로 지어진 거대한 전각은 마치 구름 위에 떠 있는 듯했고, 그 외벽은 셀 수 없이 많은 영혼들의 손자국으로 희미하게 빛나고 있었다. 그 손자국들은 이승의 망자들을 위로하고, 길을 열어주기 위해 이곳을 찾았던 수많은 무당들의 간절한 염원이 쌓여 만들어진 흔적 같았다. 전각의 지붕 위에는 황금빛 봉황 조각상이 하늘을 향해 날아오르는 형상으로 세워져 있었는데, 그 봉황의 눈에서는 영롱한 빛이 흘러나와 가망청 전체를 감싸고 있었다.

"저곳이 바로 가망청(歌望廳)이다. 대만신으로서 와봤지? 이승의 만신들이 신명을 통해 신령들과 소통하고, 영험한 기운을 받아 가던 곳이자 진오기굿을 받는 망자가 저승으로 가기 위해서 대기하는 곳이지."

철순의 설명에 민영은 고개를 끄덕였다. 그녀도 살아생전 진오기굿을 할 때마다 이 가망청의 기운을 느꼈고 대만신으로서 왔다 갔다 했다. 하지만 그때와 지금은 또 다르게 느껴졌고, 민영의 눈앞에 실재하는 거대한 공간으로 다가왔다.

가망청에서 시선을 조금 더 멀리 돌리자, 저 멀리 중천의 가장 높은 곳에 자리한 거대한 건물이 민영의 시야에 들어왔다. 너무나 멀리 떨어져 있었지만, 그 규모가 압도적이어서 마치 코앞에 있는 것처럼 느껴졌다. 그 건물은 중천의 다른 건물들과는 확연히 다른, 지상에서는 감히 상상할 수 없는 화려함과 웅장함을 자랑했다. 황금빛 기와는 태양처럼 찬란하게 빛났고, 건물의 벽면에는 정교하게 조각된 용과 봉황이 살아 움직이는 듯한 생동감을 부여했다. 수많은 보석과 영롱한 구슬들이 박혀 있어, 건물 전체가 밤하늘의 별을 모아놓은 듯 반짝였다. 그 위로는 거대한 빛의 기둥이 하늘을 뚫을 듯 솟아 있었는데, 그 기둥은 중천 전체를 밝히는 듯했다.

"그리고 저곳은… 바리데기청(바리데기廳)이다."

말례가 나지막이 말했다. 그녀의 목소리에는 경외심이 담겨 있었다.

"중천에서 가장 높은 곳에 있으며, 모든 영혼의 운명을 관장하는… 무조신 바리데기님의 처소이지."

민영은 그 건물을 바라보며 알 수 없는 경외감과 함께 미묘한 떨림을 느꼈다. 저곳이 바로 모든 무당의 근원, 무조신 바리데기가 계신 곳이라니. 이승에서 망자를 천도하기 위해 수없이 불렀던 이름, 그 신비로운 존재의 거처가 눈앞에 펼쳐져 있다는 사실에 민영은 잠시 말을 잃었다.

민영은 경이로운 눈으로 중천의 풍경을 바라보았다. 살아생전에는 감히 알 수도, 상상할 수도 없었던 세계가 그녀의 눈앞에 펼쳐지고 있었다. 중천의 공기는 이승의 공기보다 훨씬 가볍고 맑았으며, 어딘가 모르게 영적인 기운이 가득했다. 그녀는 이곳이 바로 영혼들이 진정한 안식을 얻고, 다음 생을 준비하는 곳이라는 것을 온몸으로 느낄 수 있었다. 부모님의 설명을 들으며 민영은 중천의 신비로운 광경에 점차 빠져들었다. 그녀는 자신이 이승에서의 삶을 마치고 이곳에 왔다는 사실이 비로소 실감 나기 시작했다.

# 3. 운명

"천무헌(天巫軒)?"

그들이 간단한 중천의 구경을 마치고 마지막으로 도착한 곳은, 천무헌이었다. 천무헌, '하늘의 무(巫)들이 머무는 집'이라는 이름답게, 이곳은 단순한 건축물이 아니라 하나의 살아 숨 쉬는 성소 같았다. 멀리서 보았을 때는 이승의 전통 한옥과 흡사한 곡선미를 지니고 있었지만, 가까이 다가가자 그 유사성은 점차 무너져 내렸다. 무엇인가 조금씩 다른 설명할 수 없는 어긋남이 구조 곳곳에 배어 있었다.

지붕은 전통 기와 대신 하늘빛 결정을 깎아 만든 듯한 영롱한 조각들로 덮여 있었고, 그 위로는 청백색의 기운이 연기처럼 피어올랐다. 단순한 연기가 아니었다. 그 기운은 마치 수천 년 묵은 향

나무가 태워지는 듯한 은은한 향을 풍겼고, 때로는 억울하게 죽은 영혼들의 서러운 울음소리가, 때로는 간절한 기도가, 때로는 승천하는 신명의 웅장한 선율이 아련하게 섞여서 들리는 듯했다.

처마 끝에 달린 풍경은 바람이 없어도 고요한 소리로 울려 퍼졌고, 그 소리는 마치 오래된 무가(巫歌)의 선율처럼 민영의 귓속을 파고들어 잊고 있던 전생의 기억이라도 일깨우려는 듯 아련했다. 기둥은 생명의 기운이 흐르는 듯 미세하게 진동했고, 매끌매끌한 표면에서는 이끼 낀 돌이 지닌 차가움과 나무가 지닌 따뜻함이 동시에 느껴졌다. 바닥엔 별빛을 품은듯한 반투명한 석판이 깔려 있어 발걸음을 디딜 때마다 은은하게 울림이 퍼졌는데, 그 울림은 돌을 밟는 소리라기보다 심장의 고동 소리처럼 느껴져 묘한 생명감을 더했다.

철순의 설명에 따라 민영은 천무헌을 둘러보며 이리저리 발걸음을 옮겼다. 오른쪽으로 한 발, 다시 왼쪽으로 세 걸음. 그렇게 시선을 바꾸면 천무헌의 구조도 함께 바뀌는 듯한 착각이 들었다. 어떤 각도에서 보면 단순한 정자였고, 다른 각도에선 끝없는 복도처럼 이어지는 전각이 되었다.

"천무헌은 어디에도 고정되어 있지 않아. 그러니 어디에서 봐도 정문은 네가 서 있는 곳이 되지. 사람의 감정에 따라서, 상태에 따라서 종종 달리 보이는 곳이 바로 이 천무헌이란다."

민영은 철순의 설명을 듣고 신기한 듯 멍하니 그저 구경만 했다. 그러고는 무언가에 홀리듯 천무헌 가까이 다가갔다. 그런데 그 순간 갑자기 민영의 가슴이 따끔거리더니 아주 순간이었지만 답답함이 느껴졌다. 민영은 자신의 가슴을 손으로 쥐었다. 그때 뒤에서 말례가 그녀의 팔목을 잡아 막았다. 민영이 말례를 보자 말례는 고개를 저으며 입을 열었다.

"영아. 여긴 몸주신들이 머무는 곳이란다. 넌 몸주신이 아니라서 들어갈 수가 없단다."

"어? 아…. 그… 그러… 그렇구나…."

민영은 가슴이 따끔거리고 답답했던 느낌은 금방 잊어버리고는 천무헌에 들어가지 못해 못내 아쉬워했다. 그러는 사이 천무헌 안쪽 멀리에서 누군가 아주 작은 실루엣이 보이기 시작했다. 민영은 그 실루엣을 보면서 왠지 익숙한 듯, 때론 처음 보는 듯한 느낌을 받았다. 그러는 사이 철순과 말례는 민영을 지켜보며 입가엔 왠지 모를 미소가 그려져 있었다.

"민영아!"

그 목소리는 분명 익숙한 목소리였다. 이승에서도 들어본 그 목소리, 그 소리의 주인공은 바로 민영의 오빠인 '동자신'의 목소리였다.

"민영아!"

동자신 오빠의 목소리는 어린아이처럼 맑고 개구진 목소리처럼 들렸지만, 그 속에는 반가움과 동시에 그녀가 죽어 이곳에 오게 된 것에 대한 깊은 슬픔이 뒤섞여 있었다. 그는 해맑게 웃는 동시에 눈물을 글썽이며 민영에게 달려왔다. 그의 작은 몸은 영혼이었지만, 민영은 그를 안았을 때 자신의 어린 시절, 따뜻한 기억들이 밀려드는 것을 느꼈다.

동자신이 살아 있었을 적 대략 6살 정도 되던 시절, 동자신 한민수는 당시 갓난아기인 민영을 그토록 아끼고 사랑했더랬다. 넋대신 이말례가 살아생전 민영에게 동자신에 대해서 이야기를 해 주었는데, 동자신 민수는 어렸을 때부터 똑똑하기가 남달랐다고 했다. 그 어린 나이에 신문에 써 있는 한자들을 줄줄 읽을 정도로 말이다.

그러던 어느 날, 집 앞 바닷가 모래사장에서 놀다가 엎어졌는데, 하필 깨진 병 위로 엎어져서 유리병 조각이 목을 찔렀다. 급하게 병원에 가서 치료했지만 동네 병원이라 그런지 겉만 치료를 하고 꿰매고 집으로 돌아온 것이다. 그날 저녁 당연히 민수는 멀쩡할 리 없었다. 그럼에도 불구하고 혼자 있던 민수는 벽에 기댄 채로 갓난아기 민영을 품에 안고 깊고 깊은 잠에 빠져버렸다고 했다.

민수는 죽는 그 순간까지 동생 민영을 안고 죽을 정도로 민영을 아끼고 사랑했다고 했다. 그리고 죽어서 민영이 민수를 동자신으로서 자신의 몸주신으로 받아들이고, 그 이후부터는 "엄마. 엄마." 하면서 민영의 심부름꾼으로, 다른 몸주신들의 심부름꾼으로, 또 민영의 아주 똑똑한 몸주신으로서 자리 잡은 것이다.

그는 민영의 품에 안겨 마치 어린아이처럼 엉엉 울음을 터뜨렸다. 민영은 오빠의 작은 어깨를 부여잡고 함께 울었다. 이승에서 오빠의 짧디짧은 명 때문에 못다 나눈 정을 이제야 중천에서 나누는 듯, 슬픔과 반가움이 뒤섞인 눈물이었다. 그녀는 오빠의 얼굴을 어루만졌다. 이승에서 보던 동자신령으로서의 모습이 아닌, 진정으로 다시 만난 가족의 얼굴이었다.

"동자야… 아… 아니, 오빠… 이렇게 여기서 만나게 될 줄이야…."

그녀의 목소리에는 깊은 감격이 묻어났다.

철순과 말례는 흐뭇하면서도 애잔한 미소로 그들의 재회를 지켜보았다. 가족이 모두 모인 이 순간, 중천의 공간은 잠시나마 따뜻한 온기로 가득 찼다.

"민영아. 우린 잠시 들어가 봐야 한다. 동자, 아 아니, 민수를 따라서 중천 구경이라도 다녀오렴."

"주, 중천 구경…?"

울먹거리다 중천 구경이라는 말에 울음을 멈추고 오빠인 동자를 바라봤다. 동자 역시 울음을 멈추고 민영을 일으켜 세웠다. 그러고는 철순과 말례가 들어가는 것을 보고 민영의 손을 잡고 이끌었다. 그런데 방금 철순과 말례가 들어간 천부헌으로 누군가 또 들어가는 것이다. 그 모습을 보고 민영이 물었다.

"그… 그런데 여긴 아버지랑 엄마가 계신 곳이 아니야? 그런데…."

"아. 음… 뭐라고 설명할까…. 모든 몸주신들의 공간이야. 한마디로 말하면 민영이 네 몸주신들의 공간이기도 하고 다른 몸주신들의 공간이기도 한 것이지…."

"아…."

민영은 동자의 손에 이끌려 어디론가 향했다. 중천은 매우 아름다운 곳이었다. 이승으로 치면 자연과 도심의 건물, 그리고 전통적인 한옥들이 서로 얽혀져 어우러져 있는 그런 곳이었다. 그러나 분명 이승의 것들과는 분명 달랐다. 무엇이 어떻게 다른 것인지 말로는 설명할 수 없지만 민영에게는 그렇게 느껴졌다. 그들이 제일 먼저 걸어간 곳은 산 아래 있는 '기억의 연못'이었다.

그 연못의 둘레는 조용히 빛나는 백목련 나무로 둘러싸여 있고, 나무 사이사이엔 그리움처럼 피어오르는 흰 안개가 땅과 하늘을 흐릿하게 가렸다. 안개 속에서는 아련한 목소리들이 속삭이는 듯

했는데, 슬픔과 기쁨, 후회와 희망이 뒤섞인 인간들의 감정 조각들이었다. 그리고 그 옆으로 또 하나의 연못이 바로 붙어 있었다. '기억의 연못'은 맑고 투명한 물이 고요히 흐르며 마치 거울처럼 지나온 모든 순간을 비추는 듯했고, 그 옆의 '망각의 연못'은 어슴푸레한 푸른빛을 띠며 모든 것을 집어삼키려는 듯 몽환적인 기운을 뿜어냈다. 두 연못의 물결은 잔잔하게 파도치듯 했는데 두 경계엔 양쪽 물이 서로의 연못에 넘실거렸다. 마치 삶과 죽음, 존재와 소멸의 경계가 희미하게 흐트러지는 것처럼 보였다.

"오른쪽은 기억의 연못이야. 그리고 왼쪽은 망각의 연못이라고 하지. 저기 두 연못 간에 경계 보이지? 저 경계로 서로의 물이 오가며 침범하게 되어 있지."

"그… 그럼 어떻게 되는데?"

"기억들이 아주 조금씩 없어지게 되는 것이지. 저길 봐. 망자들이 기억의 연못으로 들어가서 망각의 연못으로 넘어가고 있지? 왜, 망각은 신의 배려라고 하던 이승의 말이 있잖아? 그런 개념인 것이지. 민영아. 기억의 연못에 가까이 가봐."

"가… 가까이?"

민영이 동자신의 말대로 기억의 연못 가까이 다가갔다. 기억의 연못 근처에서 나고 있는 연기가 민영을 감싸자, 어느 순간 민영의 머릿속에 마치 영화처럼 새록새록 옛 기억들이 떠올랐다. 자신이 태어난 어린 시절부터 초등학교, 중학교를 넘어 성인이 된 날, 그리고 자신이 한진이의 아빠랑 결혼한 날, 더욱이 한진이가 태어나던 날의 기억은 또다시 민영을 울게 하기 충분했다. 자신의 아들이 유치원에 입학하던 날의 기억이 나는 순간, 동자신이 그녀의 손을 잡고 그 연기 속에서 나오게 했다. 그녀의 얼굴은 어느새 눈물범벅이 되어버렸다.

"자~ 그만하고 다른 곳으로 가자~"

민영의 머릿속에서는 온통 자신의 아들 한진이의 생각으로 가득 찼다. 아니, 이제 와서 가득 찬 것이 아니라 이승에서 사자를 따라 중천으로 향할 때부터 지금까지 단 한 순간도 잊히지 않았다.

이들이 다음으로 도착한 곳은 '선몽관'이었다. 선몽관은 둥근 형태의 거대한 수정 구슬처럼 빛나는 건물이었다. 투명한 외벽 너머로는 수많은 영혼들이 떠다니며 이승의 사람들과 연결된 빛의 실타래를 만지고 있었다. 그 실타래는 마치 인간의 꿈처럼 일렁거렸고, 어떤 영혼들은 실타래 속으로 들어가 이승의 잠든 이에게 속삭이는 듯한 움직임을 보였다. 선몽관은 몸주신이 아닌 자들이 이승에 있는 사람의 꿈에 나타나 선몽을 해줄 수 있는 기관이라고 했다. 그것마저도 아무나 할 수 있는 것은 아니고 허가된 사람만이 해줄 수 있다고 했다.

“여기엔 규칙이 있어. 이승에 있는 사람에게 누설해서는 안 될 내용은 허가 없이 말해줄 수 없어. 이를테면 로또 번호라든가…. 사전에 허가되지 않는 천기누설에 해당되는 말들 말이야. 특히 요즘에는 로또 번호는 우리 몸주신들도 금지되어 있지. 사람들은 그것도 모르고 ‘로또 번호 좀 알려 주세요~’라며 기도를 하지.”

그리고 그들이 다음으로 향한 곳은 중천에서 꽤 높은 언덕이었다. 그 언덕 위로 올라가니 중천의 넓은 곳이 한눈에 들어왔다. 너무나도 경이로운 순간이었다. 이승의 그 어떤 곳도 이보다 아름다울 수는 없을 것 같은 느낌이었다.

그리고 언덕에서 중천의 경계 너머로 희미하게 꽃으로 장식된 문이 있는 곳이 있었다. 민영은 그 문을 보고 무언가 떠오르는 듯 동자신을 보고 입을 열었다.

“저…! 저건….”

“응! 맞아. 저게 바로 중천에서 저승으로 가는 길목에 놓인 가시문이야. 중천은 죽은 영혼들이 저승을 가기 위해 머무르는 공간이야. 그리고 이승에서 민영이 너 같은 대만신이나 넋대신님들이 영혼을 위해 진오기굿이나 천도재를 해주면 바로 저 가시문을 통해서 저승으로 향하게 되지. 저길 봐!!”

동자신이 가리키는 곳을 보니 중천 밖 길목에서 가시문 쪽으로 흰색 소창(이불의 안감이나 기저귓감 따위로 쓰는 피륙)으로 만든 이승 베와 삼베 천으로 만든 저승 베가 양쪽으로 갈라져 길을 안내하듯 다리를 만들었다. 그리고 그것은 가시문 밖까지 뻗어 저승으로 가는 길을 안내하고 있었다. 그 길을 따라서 노란 몽두리에 빨간 술띠를 두르고 머리에는 큰 머리를 얹은 말미대신이라고도 불리는 넋대신이 방울 부채를 들고 춤을 추며 가시문을 통과하고 있었다. 그리고 그 넋대신 뒤로 한 여자 영혼이 따라가고 있었다. 그 모습을 보고 동자신이 말했다.

"민영이 너도 알겠지만, 저기 앞장서신 분은 바리데기님으로부터 인도를 허락받은 넋대신님이야. 우리 엄마 같은 분 말이야. 바로 영혼을 저승으로 데려다주는 역할을 하지. 이승에서 무당들이 진오기굿을 하면 바로 넋대신님이 그 영혼을 데리고 저승의 문까지 데려다주시는 거야. 인간으로서는 유일하게 대만신만이 저 가시문까지 갈 수 있지. 너도 가봤지?"

민영은 그 모습을 보고 잠시 생각에 빠졌다. 지난날 무당으로서 수많은 영혼들의 진오기굿을 했었더랬다. 또한 운명을 달리한 무당들이나, 덕이 많은 사람들을 위해 대만신으로서 저 노란 몽두리를 입고 큰 머리를 쓰고 이승 베와 저승 베를 가르며 천도를 했던 그런 기억이 떠올랐다.

*

민영이 노란 몽두리에 빨간 술띠를 두르고 큰 머리를 쓰고 방울 부채를 들고 노래를 부르고 있다. 바로 여자 망자를 위하여 진오기굿을 해주는 것이다.

"고생했어~ 우리 엄마~"
"아휴~ 힘들다~"

한진은 늘 자신의 엄마를 따라다녔다. 민영이 남편도 없거니와 자신의 엄마는 신도 복은 많으나 제자 복은 없던 사람이었으니, 자신이 따라다니면서 불목하니 노릇과 제자 노릇 두 가지를 다 하며 민영을 보조했더랬다. 한진은 집에 와서 힘이 들어 앉아 있는 민영의 뒤로 가서 어깨를 주무르며 말했다.

"엄마는 무당춤이며 그 문서(무당이 굿을 할 때 하는 주문과 비슷한 것)며 다 어떻게 배웠대? 신기하단 말이야. 특히 일반 노래는 그렇게 못하면서 노랫가락이나 창은 잘한단 말이야."
"처음부터 잘했나~ 다 배워서 노력해서 하는 거지~"

한진은 민영의 어깨를 마저 주물러댔고, 민영은 거실 너머 신당 안에 켜진 촛불을 보며 깊은 생각에 빠졌다. 다른 굿도 아니고 늘 이런 망자를 천도하는 굿을 하고 나면 깊은 생각에 빠져 마음 속 깊은 곳에서부터 우러나오는 진심을 담아 망자의 성불을 빌고 또 빌어댔다. 한진 역시 자신의 엄마가 무얼 하는지 알기에 말없이 그저 어깨를 주무르기만 하고 아무 말이 없었다. 최대한 방해를 하기 싫었다.

“진아~ 혹시~ 혹시나 말이야.”

문득 민영은 입을 열어 말을 꺼냈다.

“혹시 말이야. 엄마가 죽으면….”
“또! 또 그 소리 한다. 그러지 말랬지!”
“아니, 엄마가 무당이래두 사람 일이라는 건 혹시나 모르는 일이야. 그러니 엄마가 혹시나 죽으면….”
“아이참… 알아. 알아! 백 번도 천 번도 더 들었다. 엄마가 혹시 죽으면 진오기굿 세 번 하라고?”

그러자 그제야 민영이 웃으면서 자신의 어깨를 주무르던 한진의 손을 잡았다. 한진은 그 모습을 보고 마저 말을 이었다.

“하이고… 참네. 진오기굿 세 번을 해야 내가 엄마처럼 무당이 안 된다며. 알았어. 알았다니까. 그러니까 이제 그 소리 좀 그만해 좀~”

“하하… 알았어. 알았어. 넌 이 엄마처럼 절대 무당이 되면 안 돼. 넌 꼭 평범하게 살아야 해. 엄만 너 무당 안 만들려고 무당이 된 거야.”

그 말에 한진은 살짝 시선을 피하며 대답했다. 그러고는 문득 궁금했는지 이내 입을 열었다.

“근데 엄마. 엄마는 대만신이라 다른 무당들이나 덕이 높은 사람들은 직접 저승에 데려다준다며, 그럼 엄마는?”
“괜찮아. 엄만 그런 욕심은 없어~”

민영은 늘 입버릇처럼 한진에게 그런 소리를 했었다. 자신의 미래를 알고 말했던 것이 아니라 늘 아들 걱정이 많은 성격이라 평소에 한진의 귀에 못이 박히도록 강조하고 또 강조해 대는 것이었다. 그런데 그것이 정말로 자신도 모르게 아들 한진에게 내리는 이른바 공수였다는 것은 민영 자신조차도 몰랐던 것이다.

**

“여기가 바로 제사를 지내면 이승으로 내려갈 수 있는 곳이야. 저승에 간 영혼들도 바로 중천의 이곳까지 와서 제사를 지내러 내려가지.”

동자신의 안내에 따라 들어온 곳은 바로 초연단(超然壇)이었다. '세상의 경계를 넘는 제사의 제단'이라는 뜻으로, 초연단은 중천의 중심부에서도 가장 높고 넓은 공간에 자리하고 있었다. 거대한 돔 형태로 이루어진 천장은 마치 우주를 그대로 옮겨놓은 듯 별들이 반짝였고, 그 빛은 바닥에 깔린 반짝이는 대리석에 반사되어 영롱한 푸른빛을 뿜어냈다. 공기 중에는 옅은 향내와 함께 알 수 없는 숙연함이 감돌았다. 정 가운데에는 둥글게 배치된 백색 기단(基壇)이 있었고, 그 위에는 연향석(燃香石)이라고 불리는 향단이 자리 잡고 있었다. 연향석은 단순히 향을 피우는 돌이 아니었다. 표면에는 고대 문자들처럼 생긴 무늬들이 새겨져 있었고, 그 틈새에서 희미한 빛이 스며 나왔다. 그 주위로 수많은 영혼이 마치 약속이라도 한 듯 질서 정연하게 줄을 지어 대기하고 있었다. 그들은 각자 품에 이승에 두고 온 가족들의 얼굴을 떠올리는 듯, 간절하면서도 애틋한 표정으로 연향석을 응시했다. 몇몇 영혼들은 이미 사라진 가족의 형상이라도 본 듯 손을 뻗으려다 허공을 가르기도 했다.

"갑술년 오월 초닷새에 태어난 김현철!"

그러자 기단 주변에 있던 한 남자가 그제야 표정이 바뀌었다. 드디어 자신의 자손들을 볼 수 있다는 기대감과 슬픔이 섞여 있는 표정이었다. 그 표정을 본 민영은 저 김현철이라는 사람이 어떻게 저런 표정이 나올 수 있는지 느낌으로 알 수 있었다. 그 사람은 기단 위로 올라가 연향석 쪽으로 다가섰다. 그리고 잠시 기다리다 보니 연향석에서 향 연기가 한 줄기 피어올랐다. 그리고 잠시 후 그 영혼이 스르륵 하고 사라져 버렸다.

"이승에서 제사가 시작되고 향을 피우면 저 연향석에서도 향이 피어오르는 거야. 그럼 영혼들이 이승으로 잠시 내려갈 수 있지."

동자신의 말이 끝나자 민영은 뭔가 알았다는 듯한 표정으로 동자신의 말을 받아쳤다.

"아. 그래서 향은 귀신을 부른다는 말이 여기서 나온 것이구나!!"

"응. 맞아. 뭣도 모르는 사람들이 향을 아무 때나 마구 피우는데, 그게 다 귀신을 불러들이는 행동일 수 있어. 민영이 너도 조금 있으면 가게 되겠지."

동자신이 그런 소릴 하자 또다시 민영은 풀이 죽었고 아주 잠시 잠깐 잊고 있었던 슬픔이 계속되고야 말았다. 그들은 초연단에서 나왔다. 초연단에서 나오자 민영의 부모가 있었다.

"아버지! 엄마!"

"응. 네가 당분간 지낼 곳이 생겼다. 중앙청에 어렵게 어렵게 허가를 냈어. 자, 가자."

그들은 민영을 데리고 민영이 잠시 지낼 곳으로 향했다. 원래는 절대 불가한 일이었으나, 어찌 된 일인지 몰라도 민영이 이승에 있었을 때 '대만신'이었다고 허가가 떨어진 것이다. 민영이 지낼 곳은 아주 작은 처소였다. 크기가 무슨 대수랴. 그저 지금 부모님이나 오빠가 있는 중천에 머물 수 있다는 것만으로도 족했다.

민영이 처소에 들어가서 잠시 있으니, 누군가 민영을 찾아왔다. 그것은 바로 민영이 무당으로서 모셨던 '걸립신'이었다. 걸립신은 무당의 집 입구에 모셔진 신인데 밖에서 손님을 이끌고 오는 역할을 하는 신으로 알려져 있다. 민영의 '걸립신'은 다름 아닌 민영의 시댁 쪽 시아버지의 남동생이었다.

민영이 이미 남이 된 최도현을 걸립신으로 모시게 된 것은 특별한 인연 때문이었다. 민영이 이혼하기 전, 그녀의 삶에서 최도현은 유일한 위안이었다. 그는 민영 남편의 작은 아버지였다. 민영에게는 작은 아버님이었지만, 그들의 관계는 호칭이 주는 거리감보다 훨씬 가까웠다.

민영이 시집온 후, 낯선 환경과 고된 시집살이에 지쳐갈 때마다 도현은 그녀의 편이 되어주며 그림자처럼 그녀의 곁을 지켰다. 그의 눈빛은 언제나 따뜻했고, 그의 존재는 민영에게 작은 안식처와도 같았다.

"아이구, 오늘도 너네 시어머니 때문에 또 고생했나 보네. 표정이 영 안 좋은데."

도현은 부엌의 한구석에서 쭈그리고 앉아 나물을 다듬는 민영에게 다가가 나지막이 물었다. 그의 목소리에는 걱정이 가득했다. 민영은 한숨을 푹 내쉬며 고개를 젓기만 했다. 그녀의 얼굴에는 말로 다 할 수 없는 서러움과 억울함이 가득했고, 이내 울상이 되었다. 묵묵히 나물을 다듬는 그녀의 손길에서 지친 기색이 역력했다.

도현은 민영의 옆에 쭈그리고 앉아 함께 나물을 다듬으며 민영의 고충을 헤아렸다.

"에휴… 형수님은 왜 늘 그렇게 깐깐하실까. 민영이 너, 집안일 하느라 잠도 제대로 못 잤을 텐데 말이야. 좀 쉬엄쉬엄 볶아대지 좀…."

민영은 고개를 숙인 채 아무 말 없이 나물만 다듬었다. 도현은 민영의 말을 기다렸지만, 그녀는 그저 힘없이 입술만 깨물 뿐이었다. 도현은 민영의 말을 들으며 고개를 끄덕였다. 그는 언제나 민영의 편이었다.

어느 날이었다. 민영의 엄마가 해산한 지 얼마 되지 않은 딸에게 몸조리에 좋다며 소고기를 듬뿍 사와 미역국에 넣어 먹으라고 건네주고 갔다. 민영은 오랜만에 엄마가 사다 준 고기를 보니 마음 한구석이 따뜻해지는 것을 느꼈다.

그런데 다음 날 아침 식탁에 놓인 미역국을 본 순간, 민영은 그대로 얼어붙었다. 맹물에 미역만 덩그러니 떠 있는 미역국. 아무리 찾아봐도 소고기 한 점 보이지 않았다. 민영은 떨리는 목소리로 시어머니에게 물었다.

"어머니… 저… 우리 엄마가 사다 주신 소고기는 어디 있어요?"

시어머니는 젓가락으로 밥알을 뒤적이던 손을 멈추고는 민영을 향해 통명스러운 눈초리를 보냈다.

"야! 니가 몰라서 그러는데, 산모가 고기를 먹으면 자궁에 염증이 생겨서 못 쓰는 수가 있어! 그래서 막내 도시락 반찬으로 했다!"

그 말도 안 되는 소리에 민영은 그 자리에서 기가 막혀 말문이 막혔다. 방금 들은 말이 현실인지 믿을 수가 없었다. 눈앞이 캄캄해지는 듯했다.

바로 그때, 아침 식사를 하러 온 최도현이 그 장면을 목격했다. 그는 식탁에 놓인 맹물 미역국과 민영의 굳은 표정, 그리고 시어머니의 뻔뻔한 얼굴을 번갈아 보았다. 도현의 얼굴이 순식간에 붉으락푸르락 변했다.

"형수님! 지금 그게 무슨 말씀이세요? 산모가 고기를 먹으면 자궁에 염증이 생겨서 못 쓴다니요? 대체 어디서 그런 말도 안 되는 소리를 듣고 오신 거예요!"

도현의 목소리가 터져 나오듯 튀어나왔다.

시어머니는 눈썹 하나 까딱하지 않고 퉁명스럽게 대꾸했다.

"어? 아, 뭘 그렇게 호들갑이야? 우리 딸내미 공부하느라 기운 빠질 텐데, 고기라도 먹어야지. 민영이도 이제 다 아들 낳고 몸 다 회복했잖아?"

"다 회복했다고요? 민영이 아직 몸도 제대로 못 가누는데 이게 무슨 말도 안 되는 소리예요? 그리고 민영이 엄마가 힘들게 사다 주신 귀한 소고기를, 본인 딸내미 먹으라고 준 걸 어떻게 상의 한마디 없이 막내 도시락에 넣어줄 수가 있어요? 산모가 고기를 먹어야 기운 차리지, 이게 대체 무슨 경우 없는 소리냐고요!"

도현은 주먹을 꽉 쥐며 핏대를 세웠다. 그의 얼굴은 분노로 벌게 달아올랐다. 민영은 도현의 옆에서 놀란 눈으로 그를 바라보았다. 도현이 이렇게까지 자신을 위해 화를 내줄 줄은 상상도 못 했다. 그녀는 그동안 겪었던 서러움과 억울함이 한순간에 해소되는 듯한 기분에 눈시울이 뜨거워졌다.

시어머니는 도현의 예상치 못한 거센 반항에 더 이상 할 말을 찾지 못하고 그저 "쳇." 하고 혀를 차더니, 획 돌아선 채 집을 나섰다. 쾅, 하고 현관문이 닫히는 소리가 정적을 깼다.

시어머니의 모습이 사라지자마자, 민영은 그제야 참고 있던 눈물을 터뜨렸다. 서럽고 억울한 감정이 북받쳐 올라 흐느끼기 시작했다. 도현은 그녀의 어깨를 감싸안으며 따뜻하게 토닥였다.

"울지 마, 민영. 울지 마…. 형수님이 너무 하셨어. 정말 해도 해도 너무하잖아!!"

도현은 민영의 등을 부드럽게 쓰다듬으며, 그녀의 흐느낌이 잦아들 때까지 묵묵히 곁을 지켰다. 그의 존재는 민영에게 그 어떤 위로보다 큰 힘이 되었다.

그 순간, 민영은 최도현이 단순한 작은 아버님이 아닌, 자신에게는 특별한 인연임을 직감했다. 그의 어깨에 기댄 채, 민영은 눈물을 훔쳤다. 그녀의 삶에 드리워진 어둠 속에서, 최도현은 한 줄기 빛과 같은 존재였다.

***

“거… 걸립대감님!!”

걸립신 최도현은 영혼이 되어 중천에 온 그녀를 발견하고 아무 말도 하지 못하고 그저 멍하니 눈가에 눈물만이 고여 우두커니 섰기만 하고 있었다.

“하이고… 우리 애동기자(己者, 몸주신을 모시고 있는 무당을 지칭하는 말)….”

민영은 최도현을 발견하고는 또 눈물을 흘렸다. 그 모습을 보고 도현 역시 참고 참았던 눈물을 보이고 말았다. 도현은 말없이 민영에게 다가가서 끌어안고 등을 토닥여 주었다.

“훌쩍… 에구… 우리 불쌍한 애동기자… 미안하다. 몸주신으로서 지켜주지도 못하고… 면목이 없다.”

민영은 그러고 도현에게 안겨서 한참이나 울어댔다.

“우리 한진이 어떡해요!! 불쌍해서!! 엄마도 없이 어떻게 살라고….”

“에구!! 에구!!”

도현은 그저 같이 울면서 아무런 대답도 해주지 못했다. 그건 자신이 몸주신으로서 민영을 지켜주지 못해서 나오는 미안함 때문이고, 자신의 자손인 최한진을 이승에 홀로 남겨둔 미안함 때문이었다. 그렇게 그 두 사람은 서로를 위로했다.

"이미 한진 애비하고는 이혼하고 남남이 되었는데도 날 위해서 진오기굿도 해주고 걸립신으로 모셔주고, 게다가 우리 형님 내외까지… 정말 고맙다."

그랬다. 민영은 생전에 남편과 이혼을 한 지 20년이 지났지만, 걸립신 최도현을 위해 진오기굿을 해주고 자신의 신당 걸립대감으로 모셨다. 그리고 그녀가 죽기 1년 전, 한진의 할아버지와 할머니가 연달아 돌아가시고 한진이를 위해서 그들의 진오기굿까지 해준 것이다.

"훌쩍… 아니에요. 참, 아버님이랑 어머님은…."
"어? 으… 응… 아직 이 중천에 계셔…."
"예? 여… 여기에요…?"

그때였다. 민영의 가슴 쪽에서 또다시 통증과 함께 답답함이 밀려왔다. 민영은 생전에 시댁 식구들과 사이가 좋지 않아서 그런가보다 하고 이번에도 또 넘겨버렸다.

"응…여기 계셔. 지금 너처럼 중앙청에 허가를 받으셨지. 다 네가 진오기굿을 해줘서 가능했던 일이다."

"아… 그… 그러셨구나…."

"마… 만나볼래?"

민영은 만나보겠냐는 도현의 질문에 잠시 멈칫했다. 한진이네 아빠와 안 좋게 이혼을 한 바람에 시댁 식구와도 당연히 좋지 않은 관계였던 것이다. 그러나 민영이는 곧 마음을 고쳐먹었다.

"네? 아… 네. 그… 그래야죠."

"그… 그래. 그럼 동자를 부를 테니 같이 갔다 오렴."

"대… 대감님은…."

"아…. 나… 난 아직…."

사실, 걸립신 최도현과 도현의 형수인 민영의 시어머니와의 관계는 꽤 좋지 못했다. 도현의 생전에 형수로부터 구박을 많이 받았는데, 그 때문에 형 내외와 싸우게 되었고 같이 살다가 뛰쳐나와 여관방에서 며칠 동안 투숙을 하던 중 불이 나서 사망을 한 것이다. 그 때문에 죽어서도 중천에 온 그 형수와는 웬만하면 피해 다녔다고 했다.

그때 때마침 동자가 민영의 처소로 들어왔다. 동자는 들어오면서 철없는 아이처럼 말을 했다.

"민영아~ 무명원(巫命院)에 안 갈래?"
"무… 무명원?"

그러면서 민영은 도현을 쳐다봤나. 그러자 도현은 동자신의 말을 듣고 놀란 표정을 지었다.

"무… 무명원이라니? 그곳은…."

민영은 무명원이 뭐 하는 곳이냐고 물었고, 도현이 차근차근 설명을 해주었다. 무명원은 바로 이런 곳이다. 중천의 끝부분에 자리 잡고 있으며, 다른 건물들과는 확연히 떨어진 고요하고 엄숙한 공간이다. 외벽은 검은 돌로 이루어져 있었지만, 그 표면에는 희미하게 신령스러운 기운이 맴돌았고, 간간이 푸른빛 섬광이 스쳐 지나가 신비로움을 더한다. 내부는 텅 비어 있었으나, 중앙에는 거대한 용이 조각된 제단이 자리 잡고 있고, 그 주위로는 희미한 영혼들이 명상하듯 떠다니며 알 수 없는 기운을 흡수하고 있는 공간이다.

도현은 이곳은 무속(巫)의 사명(命)을 깨닫는 원(院)이라는 뜻으로, 몸주신이 될 영혼들이 도를 닦는 곳이라고 했다. 즉, 민영이 몸주신이 되기 위해서 도를 닦으라는 뜻이었다. 민영은 그 소리가 무슨 뜻인지 재빨리 알아차렸다. 그것은 아들 한진의 운명과 직접적으로 연결된 이야기였다.

“오빠!! 안 돼!! 한진이는 나처럼 무당은 안 만들어!! 그게 뭐야!!”
“민영아~ 그… 그게….”

동자신이 민영이에게 무언가를 말하려고 했는데, 옆에 있던 도현이가 동자신의 말을 끊었다.

“그래그래, 진정하고. 동자야, 민영이 데리고 내 형님께 데려다주고 와. 응?”
“네? 아… 네…. 가… 가자, 민영아.”

도현이 무언가를 숨기는 듯했지만, 민영은 그 사실조차 인지하지 못했고 그저 동자신의 뒤를 따라가라는 도현의 말에 무언가 생각난 듯 멈칫했다.

*

한진이의 친부인 최영훈, 그리고 그의 부모님. 이승에서 그녀와는 앙금이 깊었던 이들이었다. 시어머니는 물론이고, 최영훈, 그리고 심지어 그에게 우호적이었던 시아버지까지. 민영은 억지로 잊고 지냈던 과거의 기억들이 마치 묵은 먼지처럼 쌓여 있다가 한꺼번에 터져 나오는 듯한 불쾌감에 인상을 찌푸렸다.

그녀의 눈앞에 흐릿한 옛 풍경이 펼쳐졌다. 처음 최영훈을 만났던 스물세 살의 민영. 풋풋하고 순수했던 사랑이었다. 누구보다 자신을 아껴주고 사랑해 줄 것이라 믿었다. 하지만 결혼 생활은 예상과는 너무나 달랐다. 평범하고 행복한 가정을 꿈꾸던 그녀의 소박한 바람은 남편의 외도로 산산조각 났다.

결혼 10년 차, 한진이가 막 아홉 살이 되던 해였다. 영훈의 잦은 외박과 수상한 낌새를 눈치챈 민영은 몇 번이고 물었지만, 그는 늘 시큰둥하게 넘어갔다.

그러다 어느 날, 민영은 영훈의 휴대전화에서 다른 여인과의 다정한 사진과 애정 어린 메시지들을 발견했다. 손이 덜덜 떨렸고, 눈앞이 새하얘지는 기분이었다. 배신감과 모멸감이 온몸을 휘감았다. 민영은 영훈을 다그쳤고, 그는 마지못해 시인했다.

그러나 민영을 더욱 절망하게 한 것은 영훈의 태도였다.

"그래, 어쩌다 그럴 수도 있지. 사회생활 하다 보면… 그럴 수도 있는 거 아니야?"

오히려 당당했다. 죄책감이라고는 찾아볼 수 없는 그의 뻔뻔함에 민영은 말문이 막혔다. 그녀는 시어머니에게 이 사실을 알리고 도움을 청했지만, 돌아온 대답은 민영의 가슴에 비수를 꽂았다.

"아이고, 민영아. 남자가 바깥일 하다 보면 술도 마시고, 어쩌다 실수도 할 수 있는 게야. 너무 큰일로 만들지 마라. 네가 좀 이해해야지. 우리 영훈이가 그럴 애가 아닌데… 네 꼬락서니를 봐라. 내가 남자라도… 참."

시어머니는 아들의 편에 서서 민영을 오히려 질책했다. 모든 잘못이 민영에게 있다는 듯한 뉘앙스였다. 민영은 절규하고 싶었다. 자신이 이 결혼에서 얼마나 외로운 싸움을 하고 있는지 아무도 알아주지 않는다는 사실에 그녀는 억장이 무너졌다.

밤마다 홀로 잠 못 이루며 이불을 뒤집어쓰고 소리 없는 눈물을 흘렸다. 한진이를 보며 참고 또 참았지만, 결국 그녀는 더 이상 버틸 수 없었다. 이혼을 결심했다.

"더 이상 이렇게는 못 살아요. 한진이만 데리고 나갈게요."

민영은 한진이를 데리고 무작정 집을 나왔다. 시댁의 반대와 영훈의 회유가 있었지만, 민영은 단호했다. 그렇게 홀로 한진이를 키우며 살아가던 어느 날, 한진이가 초등학교 5학년이 되던 해였다.

그녀에게 신명(神明)의 부름이 찾아왔다. 갑작스러운 신병(神病)은 민영의 몸과 마음을 갈가리 찢어놓았다. 이유 없는 통증과 환청, 환각에 시달렸고, 그리고 원인을 알 수 없는 하혈도 있었다. 그런 죽을 것 같은 고통 속에서 그녀는 생사의 기로를 헤매야 했다.

병원에서는 아무 이상이 없다고 했고, 그녀는 점차 피폐해져 가는 자신을 느꼈다. 결국 주변 사람들의 권유로 대만신 유영신을 찾아갔고, 그녀는 민영이 신내림을 받아야 할 운명임을 알렸다. 민영은 절규했다. 평범한 삶을 살고 싶었다. 하나뿐인 아들 한진이에게 엄마가 무당이라는 낙인을 남기고 싶지 않았다.

하지만 신병은 그녀를 놓아주지 않았다. 그것까지는 어찌어찌 견뎌낸다 쳐도, 자신이 신을 받지 않으면 그 신이 아들에게 간다는 소리를 듣고 결국 그녀는 모든 것을 포기하고 신내림을 받고 무당의 길로 들어섰다.

민영이 무당이 되었다는 소식은 시댁에 충격으로 다가갔다. 그들은 즉시 민영을 찾아왔다. 시어머니는 얼굴이 새빨개진 채 손가락질하며 퍼부었다.

"아니, 이럴 수가! 무당이라니! 어쩌다 그런 천한 것을…! 당장 한진이를 데려가겠다! 너 같은 무당 밑에서 키울 수는 없어!"

최영훈 역시 얼굴을 일그러뜨리며 삿대질했다.

"한민영! 제정신이야? 애를 무당 아들로 키울 셈이야? 당장 한진이 내놔! 내가 키우든지 우리 엄마 아빠가 키울 거야!"

민영은 아들을 빼앗길까 두려워 온몸으로 그들을 막아섰다.

“안 돼요! 한진이는 제 아들이에요! 제가 어떻게 키웠는데! 당신들이 뭔데 이제 와서 한진이를 데려간다고 하는 거예요!”

“시끄러워! 너 같은 천한 무당한테서 애를 키우느니, 우리가 데려가서 제대로 된 사람 만들 거다!”

시어머니의 날카로운 목소리가 귓속에 울려 퍼졌다. 며칠 밤낮 이어진 격렬한 싸움 끝에, 민영은 피눈물을 머금고 한진이를 친가 쪽과 완전히 인연을 끊게 했다.

아들에게 ‘무당 아들’이라는 낙인이 찍히더라도 그런 인간들과는 더 이상 인연을 계속하게 하고 싶지 않았고, 자신이 무당이 되더라도 그들보다 더 잘 키울 수 있다는 자신감 때문이었다. 그녀는 결연한 표정으로 말했다.

“다시는… 다시는 우리 한진이 앞에 나타나지 마세요. 제가… 제가 이 아이를 지킬 겁니다. 당신들과… 더 이상 엮이고 싶지 않아요.”

그렇게 민영은 아들을 지키기 위해 모든 것을 걸었고, 그 이후로 오직 한진이의 평범하고 행복한 삶을 위해 무당으로서의 고통을 묵묵히 감내했다.

하지만 그것은 어디까지나 과거일 뿐, 이제 와서 그런 감정을 갖고 있어 봤자 소용없는 일이라는 걸 깨달았다. 모든 것을 내려놓고 그저 좋은 모습으로 그들을 만나기로 결심했다.

과거의 아픔이 다시금 그녀의 심장을 짓눌렀다. 민영은 마음속 깊이 자리 잡은 앙금과 불편함에 잠시 망설였다. 하지만 이곳 중천에서는 이승에서의 모든 고통과 갈등이 의미 없는 것이 되어버린다는 것을 깨달았다. 게다가 그들의 영혼은 자신 덕분에 편안해졌다고 했다.

"응? 아… 응. 그… 그래야지."

민영은 이내 마음을 고쳐먹고 대답했다. 과거는 과거일 뿐, 이곳에서까지 그 앙금을 이어 나갈 필요는 없었다.

**

이승의 시간으로 민영이 떠난 지 거의 한 달이 다 되어갈 무렵, 신당은 낯설 만큼 고요했다. 민영이 죽고 난 후, 신당을 정리해야 했지만, 한진은 도저히 자기 손으로 신당을 정리할 용기가 없었다. 그래서 자신의 엄마도, 엄마가 모셨던 신들도 없는 차가운 신당을 그대로 방치했다. 낮에는 간혹 찾아오는 단골 신도들이 삼삼오오 모여 민영의 명복을 빌었지만, 해가 지고 나면 신당 특유의 활기찬 기운은 온데간데없이 사라지고 묵직한 적막감만이 맴돌았다. 한진은 그 적막이, 엄마의 빈자리에서 비롯된 냉기처럼 느껴져 온몸이 시렸다.

아들 한진 역시 민영의 팔자를 닮아서 그런지, 그를 진정으로 위로해 주는 사람이 없었다. 친구들은 잠시 위로의 말을 건넸지만, 이내 자신의 일상으로 돌아갔고, 엄마의 지인들은 그저 형식적인 안부를 물을 뿐이었다. 깊은 슬픔을 나눌 대상이 없다는 사실은 한진의 우울감을 점점 커지게 했다. 그 우울감은 점차 점차 그의 내면을 잠식하며 우울증으로 변해가는 듯했다.

저녁 식사를 마친 한진은 늘 그랬듯 설거지를 하고, 신당 안으로 향했다. 엄마가 살아 계실 때 매일 아침저녁으로 정화수를 올리고 향을 피우던 그곳. 지금은 그저 차갑게 식은 공간일 뿐이었다. 신당 문을 열자 싸늘한 공기와 함께 묵은 향냄새가 코를 찔렀다. 민영의 손때가 묻어 반질거리는 나무 신단 위에는 여전히 촛불이 꺼진 채로 놓여 있었고, 굿을 할 때마다 엄마의 목소리를 실어 나르던 방울과 부채는 먼지를 뒤집어쓴 채 고요했다.

한진은 신당 한가운데에 아빠 다리를 하고 앉았다. 그의 눈은 신당 벽면에 걸린 여러 신들의 탱화를 향했다. 알록달록한 색채로 그려진 천신, 장군신, 대신 등의 그림들. 엄마가 늘 "우리 신령님들"이라 부르며 아끼고 존경했던 그 신들. 한진은 탱화 속 신들의 무표정한 얼굴을 노려보며 따지듯이 입을 열었다.

"왜요? 왜 우리 엄마 안 지켜줬어요?"

목소리가 갈라져 나왔다. 억누르고 있던 감정이 터져 나오려는 듯 가슴이 격렬하게 뛰었다.

“그렇게 평생을 당신들 위해서 빌고 또 빌었는데… 왜, 대체 왜…!”

한진이 주먹을 바닥에 쿵 하고 내리쳤다. 아무리 소리쳐도, 아무리 원망해도 신들은 아무런 대답이 없었다. 그저 무심한 눈으로 자신을 내려다볼 뿐이었다. 답답함이 목까지 치밀어 올랐다. 한진은 고개를 숙여 두 손으로 얼굴을 감싸고, 소리 없는 울음을 터뜨렸다. 흐느낌이 어깨를 들썩이게 했고, 뜨거운 눈물이 손가락 사이로 흘러내려 신당 바닥을 적셨다. 엄마를 지켜주지 못한 무력한 신들, 그리고 그 신들에게 의지하며 살아온 엄마에 대한 복합적인 감정이 그를 짓눌렀다.

한참을 그렇게 울다 지친 한진은 겨우 몸을 일으켜 자신의 방으로 돌아왔다. 신당의 어둠만큼이나 깊은 어둠이 방을 채우고 있었다. 침대에 눕자 엄마의 체취가 희미하게 느껴지는 듯했지만, 그것은 착각임을 알기에 더욱 고통스러웠다. 천장을 응시하며 애써 눈을 감았지만, 잠은 쉬이 찾아오지 않았다. 엄마의 마지막 영원히 잠든 그 모습이, 그 얼굴이 자꾸만 눈앞에서 아른거렸다.

“엄마….”

나지막이 불렀지만 돌아오는 대답은 없었다. 차갑게 식은 공기만이 그의 빈자리를 채웠다. 눈물이 또다시 고였다. 꾹 참고 있던 흐느낌이 다시 터져 나오려 할 때, 한진은 책상 위 액자에 꽂힌 사진을 바라봤다. 한진의 유치원 졸업식 날, 활짝 웃고 있는 엄마와 쑥스러워하는 한진의 모습. 엄마의 얼굴에는 햇살 같은 미소가 가득했다.

사진 속 엄마의 눈빛과 마주하자, 참았던 슬픔이 파도처럼 밀려왔다. 그는 액자를 가슴에 꼭 끌어안고 어린아이처럼 소리 내어 울기 시작했다. 꺽꺽거리는 울음소리가 고요한 밤을 갈랐다. 엄마의 따뜻한 손길, 다정한 목소리, 그리고 무엇보다 자신을 무당의 길로 들이지 않으려 했던 엄마의 간절한 마음이 생생하게 되살아났다.

"엄마… 보고 싶어…. 엄마…."

사진 속 엄마는 여전히 환하게 웃고 있었지만, 그 미소는 한진의 눈물을 더욱 깊게 만들었다. 그는 사진 액자를 품에 안고 밤늦도록 울고 또 울었다. 엄마의 빈자리는, 그 무엇으로도 채울 수 없는 거대한 구멍처럼 한진의 가슴 한가운데를 집어삼키고 있었다. 동이 트기 전까지, 한진의 방에서는 끊이지 않는 흐느낌만이 희미하게 새어 나왔다.

***

막상 그들을 보자 민영의 몸이 조용히 떨렸다. 동자의 안내에 따라 민영은 시부모의 처소 앞에 섰다. 이승에서라면 생각지도 못할 만남이었다. 불편함과 어색함이 공기 중에 흐르는 듯한 기분이 드는 것은 이승에서나 저승에서나 마찬가지였다.

그들은 자신이 시부모의 진오기굿에서 해준 곱고 고운 하얀색 한복을 입고 있었다.

민영이 다가서자 시부모님은 자리에서 일어나 민영을 맞았다. 이승에서 마지막으로 보았던 앙칼지고 냉랭했던 모습은 온데간데없고, 마치 오랜만에 만난 친지처럼 온화한 미소를 띠고 있었다.

"민영아…."

시아버지의 목소리는 한결 부드러웠다. 그의 눈가에는 희미한 후회와 함께 민영을 향한 안쓰러움이 묻어났다. 그는 민영의 진오기굿으로 인해 이승에서의 고통과 번뇌가 사라졌음을 체감하고 있었다.

"어머님… 아버님… 두 분도 편안해 보이셔서 다행입니다."

민영은 진심으로 말했다. 이승에서의 고통이 이곳에서는 의미를 잃는다는 것을 다시금 깨달았다. 그녀의 마음속에는 더 이상 앙금이나 원망이 남아 있지 않았다. 다만, 그들의 영혼이 편안함을 찾았다는 사실에 안도감이 들 뿐이었다. 시어머니는 민영의 손을 잡으며 눈시울을 붉혔다. 그녀의 목소리는 차분했지만, 그 속에는 숨길 수 없는 애잔함이 배어 있었다.

시아버지의 시선은 잠시 민영의 얼굴에 머물렀다. 그의 눈가에 희미한 안쓰러움이 묻어나 있었다.

"너를… 너를 이렇게 다시 보게 될 줄이야…. 정말 고맙다, 민영아. 네 덕분에 우리가 이곳에서 편안히 지낼 수 있게 되었구나. 이승에서… 그 모진 소리 해대고… 너를 힘들게 했던 것이… 얼마나 후회되는지 모른다. 미안하다. 정말 미안하다."

그의 목소리에는 복잡한 감정들이 섞여 있었다. 시어머니는 민영을 향해 한 발짝 다가섰다. 그리고 그녀의 두 손을 꼭 잡고 울먹거리며 말했다.

"어쩌다 이렇게…갑자기…."

그녀의 목소리는 차분했지만, 그 속에는 숨길 수 없는 애잔함이 배어 있었다.

“그리 평생을 남을 위해 살더니, 편히 쉬지도 못하고 여기까지 오게 됐구나.”

민영은 고개를 숙였다.

“죄송합니다. 어머니.”

시어머니는 가벼운 한숨을 쉬었다.

“죄송할 게 뭐야. 명이 거기까지였던 것을, 그래도 나와 영감은 네가 베풀어 준 덕분에… 잊지 않고 있단다. 고맙다. 민영아.”

시아버지도 고개를 끄덕이며 말했다.

“네가 아니었다면, 우리는 아직도 이승에서 헤매고 있었을지도 모른다. 네가 진오기굿을 해준 덕분에 좋은 곳으로 갈 수 있게 되었단다. 그리고 그 덕분에 중천에서 지낼 수 있게 된 것이란다. 우리 영훈이… 그 아이도 결국 네 덕을 볼 수 있을 게다. 그날… 우리가 너무했지. 너와 한진이를 그렇게 힘들게 만들어서는 안 되는 것이었다.”

그의 표정에는 진심 어린 사과와 감사가 서려 있었다. 그리고 시어머니 역시 민영과 손을 마주 잡고 연신 고맙다며 큰 빚을 졌다며 눈물을 흘렸다.

그때였다. 또다시 민영의 가슴이 따끔거리고 답답증이 밀려왔다. 표정이 잠깐 일그러졌지만, 이내 이건 이승에서의 시부모와의 관계 때문에 그런 것일 거라고 지레짐작하고 아무렇지 않은 듯 대화를 이어갔다.

“그저… 홀로 남겨진 한진이가 걱정이지요. 엄마 없이 어떻게 살런지….”

민영의 말에 시부모의 얼굴에도 근심이 드리워졌고, 시어머니는 한숨을 푹 내쉬었다. 그리고 시아버지가 이내 말을 꺼내었다.

“한진이 그 아이 여리고 착한 아이다. 평생을 네 밑에서 자랐지만, 또 그 덕분에 씩씩하게 잘 견뎌낼 거다. 네 아들이니까 말이야.”

“다만… 혹시… 너처럼….”

시아버지의 말끝에 시어머니가 한 말이었다. 시어머니는 혹시나 한진이가 민영처럼 무당이 되는 것이 아닌지 하고 걱정스러운 말을 내뱉었다.

"게다가 동자에게 물어보니 요즘 들어 신당에 들어가 앉아 있는다더구나."

시어머니 딴에는 걱정스러워서 한 말이었지만, 그것은 또다시 철없는 소리가 되어버렸다. 옆에 있던 시아버지가 눈짓을 했지만 때는 이미 늦어버렸다. 그 소리를 듣고 민영의 가슴은 철렁하고 내려앉았다.

"안 돼요! 절대 안 됩니다! 한진이는… 한진이만큼은 저처럼 살게 둘 수 없어요. 그저 평범하게 남들처럼 평범한 행복을 누려야 합니다."

민영의 목소리가 격앙되었고 그녀의 영혼이 격렬하게 흔들리는 듯 또다시 가슴이 따끔하고 답답증을 일으켰다. 그걸 보고 시아버지가 민영의 어깨를 조용히 다독였다.

"네 마음이야 우리가 너무나도 잘 안다. 하지만, 신의 길이라는 것이 그렇게 쉽게 거스를 수 있는 것도 아니고… 운명대로 그리고 한진이가 선택하는 대로 놔두는 것도…."

민영은 그렇게 말하는 시아버지가 야속하게 느껴졌다. 시아버지는 민영의 눈을 똑바로 응시하고 뭔가 의미심장한 말을 꺼내었다.

"너도 이곳 중천에서 네가 해야 할 일이 있을지도 모르겠구나. 무명원을 가보거라."

"네? 그… 그곳은…."

무명원. 민영의 오빠인 동자신도, 걸립신인 최도현도 말하며 게다가 무언가를 숨기는 듯했던 그곳. 시아버지의 말에 민영의 영혼이 다시 크게 요동했다.

"그… 그곳은 몸주신이 되는…."

시아버지는 조용히 고개를 저었다.

"아니야. 무명원은 몸주신이 되기 위해 도를 닦는 곳인 것은 분명하지만, 내 듣기로는 꼭 그렇지만은 않더구나. 나도 잘은 모르지만 말이야."

민영은 더 이상 말을 하지 못했다. 그녀의 머릿속에서는 오로지 자신의 아들인 한진이가 절대로 무당이 되어서는 안 된다는 그 말만 머릿속에 맴돌며 불안감이 계속되었다.

이번 시부모와의 만남으로 이승에서의 묵은 앙금을 다 풀어버린 듯했지만, 오히려 민영의 가슴 한편에 묵직한 돌을 얹어놓기만 한 결과를 낳았다.

# 4. 기적

중천에서의 시간은 이승과 확연히 달랐다. 이곳에서의 하루가 이승의 한 달과 맞먹는다는 사실은, 민영의 불안감을 더욱 증폭시켰다. 시부모와의 만남 이후 또 하루가 지났고, 그녀가 중천에 온 지 벌써 이틀째가 되었다. 이승에서는 두 달이라는 시간이 흐른 셈이었다.

민영은 자신의 아들 한진이가 그 두 달 동안 어떻게 지냈을까. 엄마가 없어도 밥은 잘 챙겨 먹고, 잠은 제대로 잤을까. 그의 어깨를 짓누르는 슬픔이 조금이라도 가셨을까. 민영은 아들의 안위가 무엇보다 걱정스러웠다.

그녀는 자신의 처소로 돌아와 마음을 다잡으려 애썼다. 그러나 며칠 전부터 느껴지던 가슴이 따끔거리고 답답한 그 묘한 기운은 사라지기는커녕 더욱 짙어져 갔다.

그런데 그녀의 몸주신이자 신장 한철순과 넋대신인 이말례의 영혼이 눈에 띄게 희미해지고 있었다. 처음에는 착각이겠거니 했지만, 이제는 확실히 알 수 있었다. 그들의 형체는 마치 옅은 안개처럼 흐릿해져 갔고, 존재 자체가 위태롭게 흔들리는 듯했다.

민영은 불안감에 휩싸여 동자를 찾아갔다. 아니나 다를까, 동자신과 걸립신 최도현 역시 마찬가지였다. 그들의 영혼 또한 마치 연기처럼 옅어져, 이내 사라질 것처럼 불안정하게 떨리고 있었다.

"이게… 대체 무슨…! 왜 이러는 거야, 오빠?"

민영의 떨리는 물음에 동자가 침통한 표정으로 입을 열었다. 그의 맑던 얼굴에도 수심이 가득했다.

"민영아… 민영이 네가 무당이었기에… 우리들을 모셔줄 또 다른 사람이 신내림을 받지 않으면… 우리는 소멸되고 마는 거야."

쿵.

민영의 가슴이 철렁 내려앉았다. 그녀는 자신이 죽으니 몸주신들도 함께 승천하거나 다른 길을 갈 것이라고 막연히 생각했었다. 이렇게 소멸의 위기에 처할 줄은 꿈에도 몰랐다. 더구나 이러한 현상이 자신이 '대만신'이라서 나타나는 특별한 현상이라고는 생각지 못했다.

오빠인 동자신의 말에 따르면, 다른 신들도 이런 현상이 왜 일어나는지 도무지 알 수 없는, 전례 없는 상황인 듯했다. 즉, 원인 불명의 대규모 소멸 위기가 닥쳐온 것이었다.

"소멸이라니… 말도 안 돼! 방법이 없을 리가 없어!"

민영은 필사적으로 반박했지만, 신장 한철순의 차분한 목소리가 그녀의 절규를 가라앉혔다.

"시간이 흐를수록 우리의 존재는 더욱 위태로워질 것이다. 이대로 가다간… 우리는 모두 사라질 수밖에 없어."

몸주신들은 고뇌 끝에 무거운 말을 꺼냈다.

"민영아… 우리의 소멸을 막기 위해서는… 네 아들 한진에게 신을 내릴 수밖에 없어. 그것만이 우리가 살아남을 유일한 방법이다."
"안 돼요! 절대 안 됩니다!"

민영은 울며불며 소리쳤다. 그녀의 영혼이 아픔으로 뒤틀리는 듯했다.

"제 아들 한진이는 절대 무당으로 만들지 않을 겁니다! 평범하게, 행복하게 살아야 해요! 평생을 무당으로 살아온 저처럼 고통받게 할 수는 없어요!"

그녀의 절규는 간절했지만, 신들의 소멸은 피할 수 없는 현실처럼 다가오고 있었다. 신장 한철순의 얼굴에도 깊은 슬픔이 드리워졌다.

"네 마음 모르는 바 아니지만… 그것이 한진이의 운명이라면 어찌하겠느냐. 때가 되면… 한진이 스스로 그 길을 받아들이게 될 것이니…."

"싫어요! 저는… 저는 무슨 수를 써서라도 막을 겁니다!"

다급해진 민영은 방법을 찾기 시작했다. 하지만 그녀 또한 별다른 해결책을 찾지 못했다. 그녀는 여기 중천에서 어렴풋이 들었던 '선몽'에 대한 기억을 떠올렸다. 중천에 온 귀신들이 선몽을 통해 이승의 자손들에게 하고 싶은 말을 할 수 있다는 것. 그것을 통해 한진이가 절대로 신내림을 선택하지 않도록 하고 싶었다. 하지만 아들과 이곳 중천에서 소멸 위기에 처한 가족들 사이에서 고뇌가 그녀를 마구 괴롭혔다.

그녀는 자신이 어떻게 해서든지 몸주신들의 소멸을 막겠다고 다짐하고, 한진이 역시 무당을 만들지 않겠다는 마음으로 선몽관으로 달려갔다. 선몽관의 책임자인 선몽 대감에게 애원하듯 방법을 물었다. 선몽 대감은 난색을 표했다.

"대만신님, 이승에 대한 직접적인 간섭은 엄격히 금지되어 있습니다. 천기의 흐름을 거스르는 일이라…."

"하지만 제 아들이에요! 그리고… 부탁드립니다, 제발… 제 아들에게… 엄마의 진심을 전할 수 있게 해 주세요."

민영의 간절함에 선몽 대감은 결국 고개를 끄덕였다. 하지만 조건이 있었다. 천기누설이 아닌, 오직 '간절한 마음'만을 전하는 선몽이어야 한다는 것. 그리고 그것마저도 영혼의 기운을 소모하는 매우 어려운 일이라는 경고를 덧붙였다.

그날부터 밤마다 민영은 한진의 꿈에 선몽을 하려고 애를 썼다. 온 영혼의 기운을 모아 간절한 메시지를 보내려 했지만, 이승과 중천 사이의 장벽은 높고 견고했다. 한진의 잠든 모습은 선몽을 허락하지 않는 듯 쉽지 않았다.

아니, 어쩌면 한진의 슬픔이 너무 깊어 엄마의 영혼이 다가갈 수 없는 것일지도 모른다는 생각에 민영의 마음은 더욱 아팠다. 그녀는 번번이 실패하고 말았다.

"이게 어떻게 된 거죠? 선몽이 왜 전달이 안 되는 거예요?"

"선몽을 주려면 아드님이 깊은 수면 상태에 빠져야 합니다. 하지만, 지금 아드님은 매우 얕은 수준의 수면에 들어서 지금으로서는 매번 실패를 하네요."

그녀의 몸주신들은 날이 갈수록 더욱 희미해져 갔다. 신장 한철순의 얼굴은 이제 겨우 형태만을 알아볼 수 있을 정도였고, 말례는 거의 투명해지는 듯했다. 마치 언제라도 사라질 것처럼 희박해지는 그들의 존재를 보며 민영의 가슴은 찢어지는 듯했다.

그사이 며칠이 또 지났다. 민영은 몸주신들의 소멸이 임박했음을 직감했다. 선몽을 할 수 없는 무력감 속에 민영은 마지막 희망을 걸고 몸주신들에게 다시 애원했다.

"제발… 한진이만은… 무당으로 만들지 말아 주세요…. 아부지는 여기서 도를 닦으셨잖아요!! 무슨 방법이 있을 거예요. 생각해 보세요…. 제발…."

몸주신들은 그녀의 간절한 부탁을 들어주기라도 하려는 듯, 이미 소멸에 가까워지고 있음에도 불구하고 한진에게 신을 내리는 별다른 행동을 하지 않고 있었다. 그저 조용히, 자신들의 존재가 사라져 가는 것을 받아들이는 듯했다. 그것은 민영에게 더욱 큰 죄책감을 안겨 주었다. 자신의 이기심 때문에 그들이 소멸될 위기에 처했다는 생각에 민영은 고통스러웠다.

그로부터 또 얼마 후 몸주신들이 거의 소멸될 위기에 처했다.

그들의 형체는 마치 새벽안개처럼 사라져 가고 있었고, 민영은 그걸 지켜볼 수밖에 없는 자신의 무력함에 슬픔으로 오열하고 있었다. 그녀의 영혼이 찢어지는 듯한 고통을 느꼈다.

그 순간이었다.

갑자기 희미해지던 그녀의 몸주신들이 점점 되살아나기 시작했다. 마치 사막에 단비가 내린 듯, 투명했던 형체에 색이 돌아오고 기운이 차오르는 것이 느껴졌다. 소멸의 기운이 걷히고 생명의 빛이 그들을 감싸는 듯했다. 민영은 흘리던 눈물이 멈춰졌고 어찌된 영문인지 몰라 어리둥절해 있었다. 다시 또렷한 모습을 찾은 신장 한철순은 놀라움과 기쁨이 뒤섞인 표정으로 동자를 시켜 알아보게 했다.

잠시 후, 번개처럼 빠르게 다녀온 동자가 흥분한 목소리로 외쳤다.

"어머니! 이승에서… 한진이가 민영이를 위한 진오기굿을 진행중입니다! 그… 그런데 하직굿이 포함된… 진오기굿이요!"

그 소식에 민영과 몸주신들은 환희에 찬 표정으로 서로를 바라보았다. 절망의 끝에서 찾아온 기적이었다. 그러나 기쁨도 잠시, 신장 한철순은 의아한 얼굴로 민영을 돌아보았다.

“허나… 하직굿이… 우리의 소멸을 막을 수 있는 것이란 말이냐? 예로부터 하직굿은 무당의 몸주신의 영혼을 편히 보내는 의식이었을 뿐, 몸주신의 소멸과 연관된 적은 없었는데….”

그들은 즉시 중앙청으로 향했다. 이번 일이 어떻게 일어진 일인지 알아보러 말이다. 중앙청에 도착한 그들은 중천 대제에게 면담을 청했다.

“그것은 아주 특수한 경우에 해당되는 것 같네.”

모두의 시선이 일제히 소리 나는 곳으로 향했다. 흰 도포를 걸치고 흰색 부채를 들고 있는 한 존재가 유유히 걸어 들어왔다. 그의 눈빛은 깊고, 형용할 수 없는 지혜가 담겨 있었다. 중천 대제는 중천자미북극대제(中天紫微北極大帝)의 준말로 중천의 질서를 관장하고, 천기의 흐름을 읽는다는 바리데기 다음으로 높은 중천의 총괄 관리자다. 중천 대제는 민영과 몸주신들 앞에 멈춰 서서 말했다.

“그대, 대만신 한민영. 그리고 그대의 몸주신들. 그대들의 연결은 단순한 신과 인간의 관계를 넘어선다. 한진의 어미를 향한 깊은 염원, 그리고 그 어미가 아들을 위해 무당의 길을 막으려 했던 간절함이 얽히고설킨, 실로 복잡하고도 기묘한 인연이라 할 수 있지.”

그의 말에 민영은 혼란스러운 표정으로 중천 대제를 바라보았다.

"하직굿이… 저희의 소멸을 막을 수 있다는 말씀이십니까?"

중천 대제는 고개를 끄덕였다.

"그렇다. 통상적인 하직굿은 죽은 무당의 몸주신들의 업을 끝내고 편히 저승으로 인도하는 의식에 불과하나, 그대의 경우엔 다르다. 그대가 이승에서 아들에게 남긴 편지, 그리고 그 편지에 담긴 유언과도 같은 '하직굿을 통한 운명의 끊어냄'이라는 염원은 단순한 의식을 넘어선다. 아들 한진의 손으로 올려지는 그 하직굿은, 너의 몸주신들이 '소멸'이라는 운명적 굴레를 벗어나 '새로운 길'로 나아갈 수 있게 하는 천기적인 계기가 된 것이다. 참고로 오늘이 바로 그대가 죽은 지 49일째 되는 날이다."

중천 대제의 설명은 명확했다. 그의 목소리에는 단 한 점의 의심도 없었다. 설명에 따르면 49일째 되는 날까지 하직굿을 하지 않았더라면 정말 소멸했을 거라고 했다.

"이러한 특수한 경우는 나조차도 오랜만에 접하는 터라, 미처 그대들에게 미리 일러주지 못했음을 사과한다. 그대들은 절망의 끝에서 스스로 길을 찾아낸 것이나 다름없다."

중천 대제의 말에 민영과 몸주신들은 비로소 안도의 한숨을 내쉬었다. 그들의 얼굴에는 기쁨과 감사함이 교차했다.

"고맙습니다…. 정말… 고맙습니다…."

민영은 떨리는 목소리로 감사 인사를 전했다. 중천 대제는 미소 지으며 고개를 끄덕였다. 그들은 중천 대제의 방에서 나왔다.

사실, 민영은 평소 아들 최한진에게 혹시 모를 상황에 대비하여 자신이 죽으면 어찌어찌하라는 말과 함께 편지를 남겨놓았다. 한진은 자신의 어머니가 돌아가신 후 그 편지를 발견했고, 그것을 유언으로 알고 그대로 행했던 것이다.

그 편지의 내용은 민영의 제자 연화에게 남긴 것으로, 자신의 진오기굿을 어떻게 하는지 그 방법을 써놓은 것이다. 그 첫 번째로 진오기굿을 올리라는 내용이었다.

한진과 민영의 제자 연화는 엄마의 마지막 소원이라 생각하고 엄마의 제자 연화에게 연락해 굿을 의뢰했던 것이다. 그런데 연화는 민영이 유일하게 인정한 제자답게, 민영의 진오기굿에서 하직굿을 겸해서 굿판을 열었던 것이다.

민영의 편지가 이승에서 기적처럼 작동하여 신들의 소멸을 막은 셈이었다. 자신의 첫 번째 진오기굿이 이승에서 진행 중인 것을 알게 된 민영은 문득 생각이 들었다.

"오빠. 지금 진오기굿이 막 시작된 거지?"

"어. 시작된 지 얼마 안 됐어."

"그럼. 다시 들어가서 중천 대제님을 뵈어야겠어."

민영은 자신이 미처 물려주지 못했던 '대만신' 칭호를 연화에게 물려주고 싶었다. 그렇게 되면 연화가 가망청으로 입장이 가능하게 되는 것이고, 그녀와 조우가 가능할 것이라고 생각이 되었다.

"제자 연화에게 '대만신' 칭호를 물려주고 싶습니다. 연화는 제가 유일하게 인정하는 큰 만신입니다. 대제님, 어떻게 방법이 없겠습니까?"

민영은 중앙청에 중천 대제를 만나 무릎까지 꿇고 애원했다. 중천 대제는 이 역시 전례에 없던 일이라 고민을 많이 했다. 그러나 민영의 간절한 바람이 워낙 컸고, 대만신이 민영의 대에서 끊기면 안 된다는 판단하에 중천 대제가 결정을 내렸다.

"연화의 몸주신인 넋대신을 불러와라."

민영은 그제야 간절함 때문에 일그러져 있던 표정이 밝게 변했다. 그리고 잠시 기다리고 있으니 연화의 몸주신인 넋대신이 중앙청으로 왔다.

"대만신 한민영이 자신의 '대만신' 칭호를 연화 기자에게 물려 준답니다."

그러자 연화의 넋대신은 놀란 표정을 지었다. 그리고 중천 대제에게 먼저 인사를 하고, 이어 민영에게도 손을 맞잡으며 인사를 했다.

"감사합니다. 대만신님."
"자, 어서 시간이 없습니다. 연화에게 이 소식을 알려 주세요."
"네. 그리하도록 하지요."

*

매우 화려할 것 같은 외관을 가졌지만, 그 내부는 결코 화려하지 않은 곳. 화려함의 극치를 달리고 있는 그 문을 열고 내부로 들어가면 그와 반대로 아무것도 없는 텅 빈 무한의 공간이 펼쳐진다. 어떻게 지붕이 버티고 있는지는 몰라도 내부에는 그 흔한 기둥 하나가 없고 순백의 공간이, 그리고 대리석도 아닌 그냥 흙으로 된 길이 펼쳐져 있다. 그것이 바로 바리데기가 머무르는 바리데기청 내부의 모습이다.

중천 대제는 그런 바리데기청의 문을 열고 내부로 들어왔다. 그리고 유일하게 나 있는 길을 따라 그저 걷고 또 걸어갔다. 그의 모습이 사라져갈 때쯤, 정면에 누군가 서 있었다. 황금빛 몽두리, 가슴에는 금실로 수를 놓아 만든 붉은색 댓띠가 둘러져 있었고 그는 두 손을 양쪽 소매 안으로 모아 넣고 그저 먼 곳을 바라보고 있었다. 그가 바로 무조신 바리데기이다.

중천 대제가 바리데기 가까이 다가가더니 허리를 숙여 인사를 했다.

"바리데기님."

"때가 되었군요. 곧 올 겁니다."

"월직차사를 준비해 놨습니다."

"그래요. 오면 머무를 곳도 필요하겠군요? 그리고 이것저것 필요한 것이 많을 겁니다."

"예. 모두 준비하겠습니다."

그리고 바리데기는 왠지 모를 미소를 지으며 혼잣말을 했다.

"아플 거야. 하지만 그게 순리인 것을…."

중천 대제는 중앙청으로 돌아왔다. 그리고 월직차사를 불렀다.

"예. 부르셨습니까."

검정 슈트에 검정 중절모를 눌러쓴 월직차사가 영문도 모른 채로 중천 대제 앞에 섰다. 중천 대제는 검정 종이봉투를 건네었다. 그걸 받아 든 월직차사는 조용히 그 종이봉투를 집어 들고 그 자리에서 열어 안에 있던 카드를 열어보았다.

그건 명부였다. 하지만 그 명부에는 적혀 있으면 안 되는 사람의 이름이 쓰여 있었다.

*

저승사자 월직차사의 머릿속에는 그 잠깐의 틈에도 민영과의 옛 기억이 파도처럼 밀려왔다. 지금으로부터 10여 년 전, 아직 저승사자의 길에 막 들어선 풋내기였던 시절이었다. 죽음과 삶의 경계가 흐릿하고, 그 경계에서 사람들을 배웅해야 하는 일이 매일같이 두려웠던 때였다. 저승사자의 검은색 슈트가 아직 몸에 익지 않아, 가는 곳마다 낯설고 무겁기만 하던 시절이었다.

“사재 놈이 여기가 어디라고!! 재수 없으니까 저기 멀리 가 있어!!”

휘청거리는 북소리와 함께 귀를 찌르는 피리 소리가 울리던, 도심 외곽의 산자락에 있는 굿당(굿을 하기 위해 장소를 대여해 주는 곳). 죽은 망자를 위한 진오기굿이 한창 벌어지고 있었다. 바람에 휘날리는 오색 천 사이로, 굿판을 밝히는 횃불이 깜빡이며 그림자를 만들 때마다, 그곳에 서 있던 저승사자 월직차사는 무당의 날 선 시선을 마주해야 했다. 망자를 저승으로 인도하기 위해 와야 하는 것이 저승사자의 일인데, 굿판에 오면 돌아오는 것은 언제나 무당들의 쌍욕과 구박뿐이었다.

“사람 잡아간다.”, “재수 없다.”는 말은 기본이었고, 무당들의 험한 말은 바람을 타고 그의 귀에 박혔다. 그것이 저승사자가 굿판에서 마주하는 일상이었다.

저승사자 월직차사는 자신의 일에 대한 회의감이 점점 커져갔다. 그 회의감은 단순히 굿판에서 무당들이 자신을 내쫓을 때만 느끼는 것이 아니었다. 굿판이나 장례식장 한편에는 늘 ‘사잣밥’이라 불리는 상이 차려졌다. 망자를 저승으로 인도하는 저승사자를 위한 것이라지만, 그 위에 올라오는 것은 썩기 직전의 검붉은 사과, 물기마저 빠진 배, 상에 올리고 남은 음식 찌꺼기가 대부분이었다.

‘이게… 나를 위한 거라고?’

월직차사는 상 위의 과일에서 풍기는 시큼한 냄새를 맡을 때마다, 자신이 거지보다 못한 취급을 받고 있다는 생각에 한숨이 나왔다. 이승의 사람들은 죽음의 경계에서 마지막 길을 인도해 주는 저승사자를 두려워하면서도, 필요할 때만 상을 차려주고는, 그조차도 형편없이 내던지는 것이 일상이었다. 그 현실이, 매일 그를 괴롭혔다.

가망청의 무거운 문을 열고 들어서자, 짙은 향냄새가 희미하게 공기 중에 스며들어 있었다. 그곳을 관리하는 대감이 낮은 목소리로 인사를 건네며, 한 사람을 가리켰다. 하얀 소복 차림의 여인이었다.

낯빛은 창백했고, 눈가에는 말로 설명하기 힘든 슬픔이 묻어 있었다. 이승을 떠나온 자만이 가지는 공허함과, 어디에도 발 디딜 곳 없는 불안이 동시에 배어 있었다. 월직차사는 한눈에 알 수 있었다.

이 여인이 바로, 며칠 전 돌아가셨다고 들었던 '대만신'이라는 것을. 그는 조용히 다가가 고개를 숙였다.

"월직차사입니다. 모시러 왔습니다."

그러나 대만신은 아무 대답도 하지 않았다. 시선조차 주지 않은 채, 자신이 떠나온 이승의 무언가를 애써 붙잡고 있는 듯, 슬픔 속에 잠겨 있었다. 잠시 뒤, 가망청을 관리하는 대감이 낮게 말했다.

"이제 곧, 이승의 현 '대만신'이 올 차례다."

대만신의 영혼이 앉아 있는 그 공간에서, 월직차사는 말없이 대기하고 있었다. 시간이 흐르며 공기는 점점 더 무거워졌고, 허공을 가르는 북소리가 멀리서부터 느릿하게 스며들었다.

늘 굿판에서 들었던 풍악 소리였다. 하지만 오늘은 달랐다. 가망청의 제단 위로 스며든 풍악은 무언가를 부르는 소리처럼 묘하게 떨렸다. 그 순간, 제단 위로 한 인물이 나타났다. 노란 몽두리를 입고 화려한 큰 머리를 쓰고 있었고, 붉은색 띠가 허리에 감겨 있었다. 바로 말로만 들었던 '대만신'이었다. 월직차사는 숨을 삼켰다. 그동안 저승의 영혼을 수없이 마주해 왔지만, 그날 제단 위에 선 대만신의 아우라는 달랐다. 그 눈빛과 기운이, 저승사자인 자신조차 얼어붙게 만들었다.

노란 몽두리와 화려한 큰 머리를 쓴 대만신이 제단 위에 서자, 그 앞에 앉아 있던 소복 차림의 구 대만신의 표정이 변했다. 슬픔에 잠겨 있던 얼굴이, 한순간 부드러워졌다. 그 표정은 기쁨, 그리고 안도였다.

구 대만신의 영혼은 손을 모아 고개를 숙였고, 신 대만신은 잠시 눈을 감아 기도를 올렸다. 멀리서 들려오는 풍악 소리가 제단을 감싸며 더욱 높아지고, 허공에 떠 있는 향 연기가 소용돌이치듯 피어올랐다.

월직차사는 숨을 죽인 채 그 장면을 바라보았다. 그들이 나누는 대화가 들렸다.

"이제 이 칭호는 네 것이야. 자랑스럽다."

"고맙습니다. 어머니."

짧은 말이었지만, 그 짧은 문장 안에 무속의 무게와 책임이 담겨 있었다. 그 순간, 두 대만신의 시선이 동시에 월직차사를 향해 돌아왔다. 눈이 마주치자, 그의 온몸이 굳어졌다. 심장이 귀 옆에서 쿵쿵 뛰는 소리가 들렸고, 식은땀이 등을 타고 흘렀다. 떨리는 목소리를 간신히 붙잡으며 말했다.

"워… 월직차사입니다."

그런데 그 순간, 월직차사의 눈앞에서 믿기 어려운 일이 벌어졌다. 자신은 이제 막 저승사자의 길에 들어선 풋내기였다. 굿판마다 무당들에게 쫓겨 다니며 "사람 잡아가는 놈"이라는 소리를 듣는, 그저 구박받는 존재일 뿐이었다.

그런데 지금, 저승의 질서를 관장하는 무조신 바리데기님의 권한을 이어받았다는 '대만신'이, 제단 위에서 고개를 깊이 숙이며 자신에게 인사를 하고 있었다. 순간, 머릿속이 하얘졌다. 숨이 멎는 것 같았고, 손끝이 저릿하게 떨렸다.

'왜… 나에게?'

얼굴이 달아올랐다. 얼결에 자신도 고개를 깊이 숙였다.

그때, 옆에 있던 구 대만신의 영혼이 가볍게 웃으며 말했다.

"아냐, 저승사자는 신이 아니야. 그러니 인사하지 말아라. 죽은 자에게 인사하는 것은 의미 없는 노릇이니까."

월직차사는 얼떨결에 고개를 들었다.

"아… 그렇네요."

작게 웃으며 대답했지만, 그 순간만큼은 이상하게도 마음 한구석이 따뜻해졌다.

그렇게, 월직차사는 대만신을 처음 보았다. 제단 위에 서서 고개를 숙여 주던, 엄숙하고도 따뜻한 눈빛의 그 모습이 머릿속에서 쉽게 떠나지 않았다.

그날 이후, 시간은 흘렀다. 어느 날, 평소처럼 망자를 인도하기 위해 굿판으로 향했다. 낯선 동네, 처음 가는 골목, 좁은 길을 빠져나오자 산 아래에 굿당이 있었다. 가까워질수록 장구 소리와 피리 소리가 얽히며 귀를 찔렀다.

풍악 소리는 언제나 그의 귓가에 거칠게 박혔고, 그날도 예외는 아니었다. 풍악 소리가 울릴 때면, 죽음을 앞두고 있는 이들의 한숨, 울부짖는 이승의 목소리, 그리고 저승으로 향해야만 하는 발걸음의 무게가 동시에 덮쳐왔다. 월직차사는 늘 그 소리가 괴로웠다.

'어…?'

월직차사는 걸음을 멈췄다.

늘 다니던 굿판의 풍경과는, 무언가가 달랐다. 굿판 바깥, 한편에 차려진 사잣밥이 눈에 들어왔다. 보통이라면 시들고 검게 변한 과일, 형편없이 부친 전, 차마 먹을 수 없을 정도의 음식이 덩그러니 놓여 있는 것이 사자상이었다.

하지만 오늘은 달랐다. 상 위에는 싱싱해 보이는 빨간 사과, 노란빛의 탐스러운 배가 가지런히 놓여 있었다. 개수는 많지 않았지만, 그 정성스러운 배치와 신선한 향이 분명 달랐다. 옆에 놓인 음식들도, 먹다 남은 것이 아니라 '이건 사자의 몫으로 준비된 음식이구나.' 하는 것이 한눈에 느껴졌다. 그 순간, 저승사자가 된 이후 한 번도 느끼지 못했던 감정이 찾아왔다.

'… 먹고 싶다.'

월직차사는 놀랐다.

저승사자가 된 이후, 사자상을 보며 '먹고 싶다.'는 생각이 든 것은 처음이었다. 월직차사는 주변을 두리번거렸다. 굿판을 울리는 북소리와 풍악이 고막을 때리는 와중에도, 그의 시선은 끊임없이 주위를 살폈다.

혹시 무당들이 가까이 있진 않을까. 혹시 자신을 보고 있는 건 아닐까. 굿을 진행하느라 무당들이 정신이 없는 것을 확인한 순간에야, 그는 숨을 삼켰다.

'지금밖에 없어.'

조심스럽게, 상 위로 손을 뻗었다.

흠향(歆饗).

저승사자가 사자의 몫으로 제물을 받아먹는, 짧고 조용한 의식이었다. 손끝이 과일의 매끄러운 껍질에 닿자, 순간 따뜻한 피가 온몸을 도는 듯한 기분이 들었다. 배고픔도 아닌, 탐욕도 아닌, 살아 있음을 느끼게 해주는 작은 위로였다.

그러나 마음은 여전히 불안했다. 무당들이 보기 전에 빨리 끝내야 했다. 여태까지의 무당들은,

사자를 위해서 사자상을 차려놓고도 저승사자가 상에 가까이 가기만 하면 "죽일 놈"이라며 욕을 퍼붓고 쫓아냈다. 월직차사는 그 기억이 떠올라, 손끝이 떨리는 걸 느꼈다.

그때였다. 굿이 한창 진행 중인 방 안, 창문 너머로 시선 하나가 느껴졌다. 월직차사는 깜짝 놀라 고개를 들었다. 창문 틈 사이로, 한 무당이 자신을 바라보고 있었다. 그 시선은 날카롭지도, 적대적이지도 않았다.

그저 조용히, 그리고 깊게 자신을 보고 있었다. 그 짧은 순간, 마치 시간이 멈춘 듯 주변의 풍악 소리가 멀어졌다. 월직차사는 그

무당이 보통의 무당들과는 다르다는 것을 느꼈다. 그 눈빛에는 경계가 없었고, 저승사자를 보며 욕설을 내뱉던 이들의 눈빛과는 전혀 달랐다.

'…들켰다.'

"죄… 죄송합니다."

작은 목소리로 중얼거리며, 월직차사는 황급히 고개를 숙였다. 그리고 무당들의 시야에서 벗어나기 위해, 조용히 뒷걸음질 쳤다.

그 순간, 창문 너머의 무당이 피식 웃었다. 그 웃음은 조롱도, 비웃음도 아니었다. 마치 "괜찮아."라고 말해 주는 듯한, 짧고 부드러운 웃음이었다. 그리고 무당은, 다시 굿을 이어가기 시작했다.

굿판은 여전히 장구 소리로 울리고 있었지만, 한차례 굿거리가 끝나자 잠시 고요가 찾아왔다.

쉬는 시간을 알리듯 무당들이 한숨을 내쉬며 방 안을 나섰다. 그때, 방에서 막 나온 그 무당이 월직차사를 향해 시선을 주었다. 그러고는, 손짓했다.

가까이 오라는 신호였다. 월직차사는 숨을 멈췄다. 여태까지 수많은 굿판을 다녔지만, "멀리 떨어지라."고 쫓아내는 무당만 봐왔지, "가까이 오라."고 손짓하는 무당은 처음이었다.

망설이던 그는, 천천히 발걸음을 옮겼다. 심장이 장구의 북편 소리처럼 쿵쿵 울렸다. 가까이 다가가자, 그 무당의 얼굴이 또렷이 보였다.

'… 어?'

그는 순간 숨이 멎었다. 지난번 가망청에서 마주쳤던, 바리데기의 권한을 이어받았다는 그 대만신 한민영이었다. 월직차사는 급히 허리를 깊게 숙였다.

"대만신을 뵙습니다."

그러자, 한민영은 해맑게 웃으며 손을 내저었다.

"하하… 구면이네? 와서 먹어. 사잣밥으로 차려놓은 거니까, 네 몫이야."

그 목소리는 굿판의 북소리보다도 더 크게, 월직차사의 귀에 깊이 울렸다. 여태껏 만나온 무당들과는, 정말로 달랐다. 저승사자를 보면 "재수 없다."며 쫓아내기 바빴던 이들이 대부분이었다.

굿판 한편에 서 있기만 해도 욕설을 퍼붓거나, 눈길조차 주지 않던 것이 보통이었다. 하지만 대만신 한민영은 달랐다.

그는, 사람 잡아간다는 오명 아닌 오명 속에서 늘 숨죽여 있던 월직차사에게도, 따뜻하게 말을 걸어 주었다.

"왜 자꾸 멀리 가 있는 거야?"

갑작스러운 물음에 월직차사는 당황했다.

"예? 그… 그게… 다른 무당분들은 저승사자를 싫어하십니다. 그래서… 멀리 있으려고…."

그 말을 들은 한민영은, 허리를 한껏 펴고 크게 한숨을 내쉬었다.

"웃기고 있네. 못된 것들 같으니라고."

그의 눈매가 살짝 올라갔다.

"저승사자가 밖에서 가까이 있어야 망자가 안심이 되지. 이따가 넋대신님이랑 가시문 넘어 저승으로 가야 할 텐데, 망자랑 넋대신님이 그 좁은 문 앞에서 기다려야 하겠냐?"

그러고는 혀를 차며 중얼거렸다.

"뭣도 모르는 무당들이 그저 주댕이만 나불나불… 에휴!"

그 투덜거림은 이상하게도, 월직차사의 가슴을 따뜻하게 덮었다. 월직차사가 저승사자가 된 이후, 처음으로 편을 들어준 무당이 바로 대만신 한민영이었다.

“네가 가까이 있어야 망자가 안심한다.”는 말 한마디는, 그가 매일 굿판 구석에서 움츠리고 있던 마음을 녹였다. 하지만 그것이 전부는 아니었다.

어느 날, 사람의 마지막과 영혼의 첫 만남을 동시에 지켜봐야 하는 그 일의 무게가 너무 벅차, 저승사자로서 절대 흘려서는 안 될 눈물이 눈가까지 차올랐던 날이 있었다. 그때, 한민영은 굿을 멈추고 잠시 그를 바라보았다. 그리고 조용히 말했다.

“괜찮아. 힘든 거 알아. 하지만 네가 있어서, 망자가 길을 잘 찾아갈 수 있는 거야.”

그 말은 짧았지만, 월직차사의 무너질 듯한 마음을 단단히 붙잡아 주었다. 그 이후로, 다른 것은 몰라도 대만신 한민영의 굿판으로 영혼을 인도해야 할 때면 월직차사는 그 어떤 때보다 마음을 다해, 영혼을 ‘데려가는’ 것이 아니라 ‘모셔 가야 한다.’고 생각했다.

그의 마음속에서 한민영은, 그저 바리데기의 권한을 이어받은 ‘대만신’이 아니었다. ‘무당’으로서, 그리고 ‘사람’으로서, 진심으로 존경하는 존재가 되었다.

**

[신축생 동짓달 스무엿새 한민영. XX년 X월 XX일 오후 5시 05분. 질식사]

월직차사는 평소와는 다르게 정말 놀란 토끼눈을 뜨고 카드와 중천 대제를 번갈아 보았다. 중천 대제는 그를 보고 조용히 말했다.

"원래는 명부는 저승에서 관리하는 것이 맞다. 하지만 이번만큼은 특별한 이유로 내가 네게 주는 것이다."

월직차사는 중천 대제의 말을 왠지 알 것 같았다. 명부의 주인이 대만신 한민영이라는 점에서 이번에는 특별한 케이스로 중천 대제가 직접 나선 것이라고 판단했다. 차사는 떨리는 목소리로 대답했다.

"예… 아… 알겠습니다. 모셔 오겠습니다."
"그래. 정중히 모셔 오거라."

하지만 월직차사가 생각한 것은 틀렸다. 그녀가 단지 대만신이라서 중천 대제가 나선 것이 아니라, 저승을 총괄하는 무조신인 바리데기가 직접 나선 일임을 전혀 알아차리지 못했다.

월직차사는 저승사자의 신분으로서 그러면 안 되는 줄 알면서도 명부를 보고는 가슴과 손이 떨려왔다. 그러다가도 이내 정신을 차리고는 이승에 있는 민영의 집으로 향했다.

민영은 굿판이 끝나고 피로한 몸을 겨우겨우 이끌고 낮인데도 불구하고 수면제 하나를 입으로 털어 넣었다. 그러고는 그대로 신당 거실 소파에 드러누워 쪽잠을 청했다.

바로 그 약이 문제였다. 민영은 사실 불면증에 시달리고 있는 상태여서 낮에 잘 적에도 수면제가 없이는 잠을 청하지 못하는 극한의 불면증을 앓고 있는 상태였다. 그날도 잠시 잠깐이라도 잠에 들려 수면제를 먹고 누웠는데, 어느 정도 시간이 지나고 그녀가 자면서 구토를 한 것이다. 그녀가 하늘을 보고 누워 있었으므로 그 토사물은 그대로 목구멍으로 넘어가게 되었고, 수면제 기운이 없었더라면 금방이라도 '켁' 하고 일어나 뱉었겠지만 수면제 기운으로 그러지 못하고 토사물이 기도를 막은 것이다. 민영은 그렇게 젊다면 젊은 나이에 어이없이 생을 마감했다.

진오기굿을 하지도 않은 그녀가 그토록 쉽게 중천에 들어올 수 있게 된 것은 다만 대만신이라서가 아니었다. 바리데기의 허가가 있었기 때문이고, 신장 한철순이 민영이 중천에서 자리를 잡을 수 있도록 건의를 해오자, 중천 대제가 마지못해 허가를 해주는 척하며 허가를 내어준 것도, 대가 끊어진 '대만신' 칭호를 수월하게 물려줄 수 있게 허락한 것도 모두 바리데기의 뜻대로 한 것이다.

**

민영은 이내 몸주신들과 함께 가망청으로 향했다. 가망청은 이승의 무당들과 중천을 이어 주는 유일한 통로이자, 이승의 굿 소리가 중천에 닿는 창구 기능을 하는 곳이었다. 굿을 통해 조상 영혼을 천도하고 신을 부르는 모든 행위가 바로 이 가망청을 통해 중천에 전달되는 곳인 것이다.

가망청의 문은 굳게 닫혀 있었으나, 문틈 사이로는 은은한 향내가 새어 나왔고, 이따금 이승에서 울려 퍼지는 듯한 굿 소리가 아련하게 들려오는 듯했다.

그 소리는 멀리서 들려오는 종소리처럼 평화로웠지만, 동시에 수많은 삶과 죽음의 이야기가 담긴 듯 비장하게 느껴졌다.

가망청으로 들어선 민영은 잠시 기다리니, 자신의 제자였던 만신 연화가 초록빛 가망 신복을 입고 나타났다. 신복을 완벽하게 갖춰 입고 춤을 추는 연화의 움직임은 그녀의 스승인 민영을 빼다 박은 듯 닮아 있었다. 멀리서도 느껴지는, 이제는 어엿한 연화의 강인한 기운에 민영은 뿌듯함을 느꼈다. 그 둘은 서로를 향해 손을 뻗었지만, 영혼과 인간의 몸은 서로 만질 수 없었다.

눈빛으로, 마음으로 재회의 기쁨을 나누는 수밖에 없었다.

"연화야… 네가 정말 자랑스럽구나."

"어머니~"

서로를 만질 수는 없지만, 구태여 만지지 않아도 그 둘은 서로의 마음을 알 수 있을 것 같았다. 민영은 연화를 보고 자신의 신어머니가 민영에게 그러했듯 민영 자신도 자신의 대만신 칭호를 연화에게 물려줄 수 있음을 알렸다.

민영은 무형의 기운을 담아 간절한 메시지를 전했다. 그녀의 영혼에서 빛이 뿜어져 나와 연화에게로 흘러 들어가는 듯했다.

"대만신 칭호를 네가 이어받고, 나의 길을 완성해 다오. 그리고… 나의 아들, 한진이를 잘 부탁한다."

그녀의 메시지에는 스승으로서의 믿음과, 어머니로서의 마지막 염원이 담겨 있었다. 연화는 민영의 메시지를 온몸으로 받아들이는 듯, 잠시 멈칫하더니 이내 고개를 끄덕였다. 그녀의 눈빛에서 강한 의지가 느껴졌다.

그리고 연화가 잠시 사라졌다. 다음으로 나타난 것은 연화의 넋대신이었다. 민영을 연화의 몸에 실어주기 위해서 길을 인도하려 나타난 것이다.

"자~ 갑시다. 아들 만나러~"

연화의 넋대신의 입에서 '아들 만나러'라는 소리를 듣자 벌써부터 민영의 눈에는 눈물이 한껏 고여버렸다. 뒤를 돌아 자신의 몸주신들을 보자, 신장 한철순과 넋대신 이말례가 그녀를 보고 잘 다녀오라는 듯 미소를 지으며 고개를 끄덕였다. 그러고 연화의 몸주신 넋대신을 따라서 자신의 굿판이 열리는 곳으로 내려왔다.

자신도 살아 있을 적에 했던 것이지만, 영혼으로서, 조상으로서 온 것은 처음이기에 지금, 이 상황은 매우 낯설게 느껴졌다. 그 순간 연화의 주문에 따라 넋대신이 뭐라고 뭐라고 그러더니 민영은 그만 정신을 잃었다.

그녀의 정신이 잠시 혼미해진 후, 민영은 자신이 어디에 있는지 깨달았다. 방금까지 이승에서 굿을 하던 제자 연화의 몸이었다. 자신도 했었던 것이지만, 믿을 수 없는 일이었다. 그녀는 지금 연화의 몸에 영혼이 실려, 이승의 감각을 다시 느끼고 있었다. 몸을 움직이자 연화의 손이 자신의 의지대로 움직였고, 지금 이 굿판의 향내와 사람들의 웅성거림이 선명하게 들려왔다.

연화의 눈을 빌려 굿판을 둘러보자, 촛불이 일렁이는 제단 옆으로 익숙한 뒷모습이 보였다. 흐트러진 머리칼, 축 처진 어깨. 그리고 그 익숙한 뒷모습에서 느껴지는 깊은 슬픔.

"하… 한진아…."

민영은 저도 모르게 연화의 입을 통해 아들의 이름을 불렀다. 목소리가 떨렸다.

그 소리에 한진이 천천히 숙이고 있던 고개를 들었다. 퉁퉁 부은 눈, 야윈 얼굴. 엄마의 죽음 이후, 밤늦도록 울어댔을 아들의 모습은 민영의 가슴을 미어지게 했다. 눈물이 왈칵 쏟아지려는 것을 겨우 참았다.

한진의 눈이 연화의 얼굴에 닿았다. 그리고 그 눈동자가 연화의 몸에 실린 민영의 영혼을 읽어내는 듯, 형언할 수 없는 놀라움과 함께 뜨거운 눈물이 차오르기 시작했다.

"어… 엄마…?"

한진의 목소리가 갈라졌다. 민영은 더 이상 참을 수 없었다. 그녀는 연화의 몸을 움직여 한진에게 달려갔다. 그리고 아들의 야윈 몸을 온 힘을 다해 끌어안았다.

"한진아… 내 아들…!"

민영은 연화의 입을 통해 아들의 이름을 부르며 한진의 등골이 휘어질 듯 끌어안았다. 한진 역시 엄마의 익숙한 체온과 품에 안기자 억눌렀던 슬픔이 폭발하듯 터져 나왔다.

"엄마! 엄마! 보고 싶었어! 엄마… 흐읍… 흐윽…."

두 사람은 한동안 울음을 멈추지 못했다. 민영은 아들의 머리칼을 쓸어주고, 앙상하게 마른 어깨를 다독였다. 아들의 등에서 느껴지는 뜨거운 눈물은 민영의 영혼을 녹아내리는 듯했다. 살아생전 한 번도 경험해 보지 못한, 영혼이 직접 아들을 끌어안는 듯한 기이하고도 강렬한 감각이었다.

한참을 그렇게 서로를 끌어안고 울고 난 뒤, 민영은 겨우 마음을 다잡았다. 아들을 남겨두고 온 슬픔은 여전히 가슴을 짓눌렀지만, 지금은 엄마로서 아들에게 힘을 주어야 할 때였다. 그녀는 연화의 몸을 통해 한진의 얼굴을 두 손으로 감쌌다.

"우리 아들… 얼굴이 왜 이렇게 야위었어. 밥은 잘 먹고? 엄마 없다고 끼니 거르면 안 돼."

억지로라도 밝은 목소리를 내려고 노력했다. 한진은 고개를 저으며 눈물을 닦았다.

"엄마… 엄마 정말 맞아…? 꿈 아니지…?"
"그럼, 엄마지. 우리 아들 이렇게 보고 있는데, 냉장고에 참기름 없다고 사다 놓으라고 종이에 써 붙여놨는데. 사다 놨어?"

그 소리를 하자, 한진이가 또다시 목을 놓아 울기 시작했다. 그건 연화도 모르는 사실이었고, 지금도 냉장고에 붙여져 있는 종이쪽지이기 때문이다. 한진이는 그제야 연화의 몸에 빙의된 것이 자신의 엄마임을 확신했다. 민영은 그런 자신의 아들의 눈물을 닦아 주며 말했다.

"이게 어떻게 꿈이야. 엄마 괜찮아. 걱정하지 마. 외할아버지도 계시고, 외할머니도 계셔. 엄마 이제 하나도 안 외로워. 외롭지 않아."

민영은 아들의 눈을 똑바로 바라봤다. 그 눈빛 속에 강한 의지를 담으려 애썼다. 딱 한 사람, 오로지 아들을 위해서 죽어서도 강한 엄마가 되어야만 했다.

"네가… 네가 엄마를 살렸어, 한진아. 네가 엄마를 위한 굿을 올려줘서, 엄마가… 좋은 곳으로 갈 수 있게 될 거야."

그녀는 하직굿이 몸주신들의 소멸을 막고 자신에게도 영향을 미쳤음을 에둘러 표현했다. 아들이 자신에게 해준 일이 얼마나 대단한 일인지, 그리고 그것이 아들의 삶에 어떤 의미가 될지 알려주고 싶었다.

"엄마… 정말…? 그럼… 같이 살 수 있는 방법은 없는 거야?"

한진의 눈에 간절한 소망이 스쳤다. 그 소망을 보고 민영은 다시 한번 가슴이 저며 왔다. 하지만 그녀는 단호하게 고개를 저었다.

“아니. 엄마는… 이제 가야 할 곳이 있어. 이곳은… 엄마가 잠시 들른 곳이야. 알잖아. 너도. 하지만 기억해라, 한진아.”

민영은 한진의 두 손을 연화의 손으로 꼭 잡았다.

“엄마는… 언제나 네 곁에 있을 거야. 보이지 않아도, 언제나 널 지켜볼 거야. 너는… 이 세상 그 누구보다 소중한 엄마의 아들이고, 엄마는 너를 위해서라면 무엇이든 할 수 있어.”

그녀는 한진의 눈빛에서 다시금 불안감이 피어오르는 것을 느꼈다. 엄마 없는 홀로 남겨진 길에 대한 막연한 두려움, 민영은 그런 아들을 다독였다.

“엄마가 항상 말했지? 너는 절대… 이 엄마처럼 무당이 되면 안 된다고. 평범하게 살아야 한다고. 그 마음 변함없어. 네가 원하는 삶을 살아. 엄마는 네가 행복하기만 하면 돼. 알겠지?”

그녀의 목소리는 흔들림이 없었다. 마지막까지 아들의 어깨에 힘을 실어주고 싶었다.

“사랑한다, 한진아. 엄마는… 우리 아들 정말 많이 사랑해.”

민영은 한진의 뺨에 연화의 얼굴을 가져다 댔다. 아들의 체온이 영혼에 스며드는 듯했다. 그녀는 더 이상 버틸 수 없음을 느꼈다. 몸주신들이 있는 곳으로 그녀를 다시 중천으로 이끌고 있었다.

"엄마… 가지 마요! 엄마!"

한진의 절규가 귓가에 박혔지만, 민영은 억지로 그를 밀어내고 연화의 몸을 돌렸다. 슬픔을 겨우겨우 억누르며, 그녀는 마지막까지 힘을 실어주는 말을 남겼다.

"울지 마, 한진아. 씩씩하게 살아. 엄마는… 늘 네 옆에 있어!"

그녀의 목소리가 점점 희미해져 갔다. 굿청의 풍경이 멀어지고, 한진의 울음소리가 아련하게 사라지는 순간, 민영의 영혼은 연화의 몸에서 스르륵 빠져나왔다.

그녀의 영혼은 다시 중천의 가망청에 홀로 서 있었다. 가슴의 통증은 여전히 남아 있었지만, 아들을 만난 후의 벅찬 감동과 그에게 전한 마지막 메시지의 여운이 그녀를 감쌌다.

그녀는 뒤를 돌아보았다. 굿판 안에서 연화의 넋대신이 마무리하고 막바지를 준비하고 있는 듯했다. 넋대신은 민영을 발견하고 고개를 끄덕였다.

그리고 잠시 후, 가망청 안에는 또다시 연화가 나타났다. 이번엔 바리데기를 상징하는 노란 몽두리와 빨간 댓띠, 그리고 손에는 부채와 방울을 들고, 머리에는 자신이 물려준 옛날 왕비들이 큰 행사 때나 쓰는 대수 머리같이 생긴 큰 머리를 쓰고 춤을 추며 나타났다. 이게 바로 진정한 대만신의 모습인 것이다.

민영은 연화의 뒤를 따라서 가시문으로 향했다. 하지만 그녀는 아직 중천에 남아 있길 원했으므로, 실제로 가시문 밖으로 나가 저승으로 가지는 않았고 그저 자신이 갈 길을 닦아주는 것에서 그쳤다.

그리고 다시 가망청으로 돌아왔다. 가망청 안에서 연화와 마지막 인사를 하고 연화의 모습이 희미해지며 사라지자, 민영은 가망청을 나가려고 몸주신의 뒤를 따랐다.

그런데 나가려던 그때였다. 갑자기 그녀는 가슴을 부여잡고 털썩 주저앉았다. 이윽고 격렬한 가슴 통증이 시작되었다. 단순히 심장이 아픈 것이 아니었다. 마치 영혼의 근원이 뒤틀리는 듯한 고통이 그녀를 덮쳤다. 얼굴이 하얗게 질렸고, 그녀의 영혼이 순간적으로 흐려지는 듯했다.

몸주신들이 되살아났음에도 불구하고, 이 통증은 이전의 따끔거림과는 차원이 달랐다. 마치 그녀의 영혼이 어떤 새로운 변화를 겪고 있다는 듯, 알 수 없는 힘이 그녀의 존재를 흔들고 있었다. 그녀는 비틀거리는 몸을 일으키려 애썼지만, 고통은 걷잡을 수 없이 파고들었다. 과연 이 통증의 의미는 무엇일까. 민영은 알 수 없었다.

"영아!! 왜 이러니!!"

"으… 몰라. 가…가슴이…."

민영도 몸주신들도 이런 일은 처음이었기에, 그저 민영이 자신의 아들을 보고 와서 그런가 보다 하고 넘기고 그저 민영의 옆에 앉아서 그녀를 다독이며 위로를 해주었다.

***

민영이 중천에서 또 며칠이 지난 시각. 그동안 민영의 가슴 통증은 계속되었다. 처음엔 이따금씩 아파오고 했지만, 지금은 아프지 않을 때가 없을 정도로 통증이 계속되었다.

이승의 최한진은 싸늘하게 식어가는 자신의 집 안에서 깊은 절망의 심연으로 가라앉고 있었다. 엄마를 위해 처음으로 올렸던 진오기굿이 끝나고, 모든 사람들이 떠난 후 집은 그 어느 때보다 적막하고 텅 비어 있었다. 그것은 며칠이 지난다고 해도 달라질 것은 없었다. 언제나 한진의 집은 적막감만이 감싸고 있었다.

현관문이 "딸깍" 소리를 내며 닫혔다. 그 소리 하나로 집 안이 다시 완벽한 침묵 속에 잠겼다. 한진은 가만히 선 채로 신발을 벗지 않은 채 몇 초간 멈춰 있었다. 발끝에 얹힌 먼지, 엷게 꺼져가는 햇빛, 그리고 모퉁이에 기운 듯 놓인 작은 구두장이. 모든 것이 그대로였고, 그 '그대로'라는 상태가 그를 한층 더 어지럽게 했다.

천천히 한 발, 두 발. 복도를 따라 거실로 향했다. 그는 마치 누군가가 자고 있는 방 안에 들어가는 사람처럼 조심스레 걸었다.

소리 한 점 낼 수 없을 것처럼 조용히. 거실엔 아직 정리되지 않은 촛대 하나가 있었다. 민영이 늘 앉던 자리, 소파 끝부분은 여전히 살짝 꺼져 있었고, 그 위에 접힌 담요 하나가 얌전히 놓여 있었다.

그는 무심코 그것을 손끝으로 만졌다. 담요가 가진 부드러움이 손바닥으로 전해졌지만, 그 감촉은 오히려 더 생생하게 부재를 말하고 있었다.

"…."

그는 입을 열었지만, 어떤 말도 새어 나오지 않았다. 입술이 가볍게 떨렸고, 숨이 섞인 공기만이 공간을 살짝 일렁였다. 한진은 부엌으로 갔다.

개수대 위에 엎어둔 찻잔 하나. 반쯤 남은 간장병, 냉장고 문 위에 적힌 손글씨 메모.

"진아, 참기름 떨어졌다."

연화의 몸에 실렸던 엄마가 했던 말이다. 엄마가 쓴 이 글씨가, 지워지지 않은 메모 하나가 폭발처럼 심장을 때렸다. 그는 그 메모를 손으로 쓸어내렸다. 지우려는 것도 아니고, 보려는 것도 아닌, 다만 '접촉'하고 싶었던 무언가. 그 손끝은 너무 조심스러워서, 차라리 떨리는 것 같았다.

한진은 안방 문을 열었다. 신당은 이미 정리되어 있었고, 안에는 아무런 형체도 없었다. 향내도, 북소리도, 방울 소리도 사라진 자리. 그 자리에 남은 건, 아무런 냄새도 내지 않는 먼지뿐이었다.

그는 가만히 바닥에 앉았다. 손등으로 바닥을 쓸었다. 찰박찰박 먼지가 모였다. 그 안에서 마치 오래전의 목소리들이 깃들어 있는 듯했다.

"엄마…."

입에서 새어 나온 소리는 너무 작아, 말한 사람조차 듣지 못할 정도였다. 하지만 그 목소리는 벽에 부딪히지 않고 그대로 가슴으로 되돌아왔다.

그는 문득 다시 거실로 돌아갔다. 불을 켜지 않은 집은 이제 바깥 어둠과 다르지 않게 변해 있었다. 소파에 앉지 않았다. 그냥 서서, 아무것도 없는 거실 한가운데에서 아주 오래도록 아무 생각 없이 멍하니 서 있었다.

적막은 너무 조용해서, 그 자신이 마치 소리 없는 유령이 된듯한 착각마저 들게 했다.

그리고 그 상태가, 놀랍게도 싫지 않았다. 그는 이제 이 집과 함께, 고요하게 썩어 들어가고 있었다.

굿의 시끌벅적함과 사람들의 온기는 사라지고, 차가운 공기만 이 한진을 감쌌다. 하직굿을 하면서 엄마의 신당마저 정리를 했다. 그 텅 빈 신당에서 엄마의 체취마저 희미해지는 듯했다.

처음 며칠은 그저 멍했다. 진오기굿에서 엄마를 봤음에도 불구하고 엄마가 없다는 사실이 현실로 와닿지 않았다. 아니, 와닿았지만 받아들이고 싶지 않았다. 이내 극심한 무기력감이 한진을 덮쳤다.

이불을 뒤집어쓰고 선잠만 잤다. 잠에서 깨어나도 아무것도 하고 싶지 않았다. 침대에서 벗어나지 못한 채 천장만 바라보며 멍하니 누워 있는 시간이 길어졌다. 며칠을 굶다시피 했고, 물 한 모금 넘기기도 힘들었다.

가장 먼저 찾아온 것은 지독한 외로움이었다. 엄마가 세상의 전부였던 한진에게, 엄마의 부재는 뿌리째 뽑힌 나무와 같았다.

휴대폰을 들어 친구 목록을 뒤적였지만, 누구에게 전화해야 할지 알 수 없었다. 어릴 적부터 '무당 아들'이라는 꼬리표는 한진을 따라다녔다.

"쳇…. 연락할 인간도 없군…."

초등학교 6학년 때, 운동장에서 친구들과 축구를 하고 있었다. 공이 골대 안으로 빨려 들어가자 한진은 환호성을 질렀다. 그때 옆에서 서성거리던 같은 반 아이가 툭 던지듯 말했다.

"야, 너희 엄마 무당이래매? 그러면 너도 귀신 보냐? 무당 아들이랑 같이 놀면 재수 없대."

그 말이 시작이었다. 순식간에 아이들은 웅성거렸고, 몇몇은 뒷걸음질 쳤다. 평소 친하게 지내던 아이들마저 그날 이후로 한진이를 피하기 시작했다. 그는 갑자기 혼자가 되었다. 그 후로 어떤 친구를 사귀어도, 언제든 자신을 떠나갈 수 있는 존재로 여겼다.

진정한 속마음을 털어놓을 친구는 없었다. 고등학교, 대학교를 거치며 사회성 좋게 두루 어울리기는 했지만, 깊은 속마음을 나눌 수 있는 진정한 친구는 없었다.

어쩌다 그들에게 엄마의 죽음을 이야기하고 위로를 받아도, 결국 그들은 각자의 일상으로 돌아갔다. 한진은 다시 혼자가 되었다. 밤마다 울다가 지친 목소리로 "엄마…." 하고 불러도, 돌아오는 것은 메아리뿐이었다.

한진이는 지인이나 친척을 통해 소개팅을 몇 번 나갔었다. 첫 번째 소개팅. 상대방은 밝고 상냥한 미소를 가진 여성이었다. 화기애애한 분위기 속에서 대화가 이어졌다. 그녀는 한진의 유머에 웃었고, 진지한 이야기에 귀 기울였다. 희미한 희망이 그의 가슴 한편에 피어올랐다. 그러다 대화는 자연스럽게 가족 이야기로 흘렀다.

"부모님은 뭐 하세요?"

그녀의 질문에 한진의 심장이 쿵 내려앉았다. 그는 숨을 고르고 겨우 입을 열었다.

"어머니가… 무속인으로 일하셨습니다."

순간, 그녀의 얼굴에서 웃음기가 사라졌다. 얼굴은 경직되었고, 눈빛에는 미묘한 불편함과 거리감이 드리워졌다.

"아… 그러시군요."

그 짧은 한마디가 모든 것을 말해 주었다. 그 이후의 대화는 어색함의 연속이었다. 그녀는 이내 "급한 일이 생겼다."라며 자리를 떴고, 며칠 후 소개를 주선해 준 지인으로부터 "아무래도 인연이 아닌 것 같다."는 정중한 거절의 메시지가 왔다.

두 번째, 세 번째 소개팅도 마찬가지였다. 어떤 이는 노골적으로 불쾌감을 드러냈고, 어떤 이는 애써 괜찮은 척했지만, 대화 속에서 느껴지는 경멸을 숨길 수는 없었다.

"저는 그런 쪽으로는 좀… 집안 어른들이 안 좋아하셔서요…."

수도 없는 변명과 거절의 말들이 그의 마음에 비수가 되어 박혔다. 그래도 한진이는 이런 일들로 인해서 엄마를 원망할 생각은 없었다. 한진이에게 엄마는 그저 그런 무당이 아닌, 대한민국 최고 무당으로 굳건히 자리 잡고 있었기 때문이다.

민영이 죽고 난 후 한진이에게 닥친 가장 큰 문제는 경제적인 부분이었다. 엄마가 돌아가신 후, 한진은 생계를 꾸려 나가야 했다. 구인 구직 사이트를 뒤적이며 이력서를 써 내려갔지만, 쓸만한 경력이 없었다. 그의 삶은 오직 '엄마를 돕는 것'에만 맞춰져 있었다.

이력서 '특별활동 및 경력'란에 '어머니의 무업(巫業)을 보조'라고 말도 안 되는 말을 적으려다 망설였다. 무슨 말을 써야 할까? 굿당 세팅, 손님 응대, 장구재비. 이것들이 과연 '직무 경험'으로 인정될 리 없었다.

결국 '개인 사업 보조 및 관리'라고 애매하게 적었다. 면접에 불려 가면 항상 같은 질문이 돌아왔다.

"최한진 씨, 이력서에 경력이 특이하게 기재되어 있는데… 구체적으로 어떤 일을 하셨는지 설명해 주시겠어요?"

그는 솔직하게 말했다.

"어머니께서 무속인이셔서… 어머니 일과 손님 관리 등을 도왔습니다.”

면접관들의 얼굴에는 당혹감과 동시에 이해할 수 없다는 표정이 스쳤다. 몇몇은 노골적으로 껄끄러워했다.

“아… 그렇군요. 알겠습니다. 저희 쪽에서 연락드리겠습니다.”

물론, 연락은 오지 않았다. 수없이 면접에서 떨어지고 나서야, 한진은 깨달았다. 삶의 전부였던 것들이 엄마가 없는 이 세상에서는 아무런 쓸모가 없다는 것을. 그는 자신이 세상에서 가장 쓸모없는 존재처럼 느껴졌다.

엄마 없이 홀로 남겨진 세상은 냉혹했다. 친구도, 사랑도, 직업도 어느 것 하나 그를 받아주지 않는 것 같았다. 매일 밤, 한진은 이제는 텅 비어버린 신당 앞에서 멍하니 앉아 있었다. 한때 엄마의 기운으로 가득했던 신당은 이제 차갑고 고요했다.

‘엄마는 평생 신들을 위해 사셨는데, 왜 신들은 엄마를 지켜주지 않았지? 왜 날 이렇게 외롭게 내버려두는 거지?’

신에 대한 원망과 회의감이 그의 마음을 잠식했다. 씻지 않아 떡 진 머리카락, 며칠째 갈아입지 않은 옷. 거울 속 자신의 모습은 점점 더 초췌해졌다. 밥을 삼키는 것조차 고통스러웠고, 잠은 오지 않거나 악몽에 시달렸다. 그는 점차 세상과의 연결을 끊어냈다. 휴대폰은 무음으로 해두었고, 외부 연락은 모두 무시했다. 그저 자신의 방 안에 갇힌 채, 서서히 무너져 내리고 있었다.

그의 우울증은 날이 갈수록 심해졌다. 삶의 모든 의미를 잃어버린 듯, 그는 그저 존재하는 것에 대한 고통만을 느끼고 있었다. 그의 영혼은 바닥을 모르고 추락했다. 그리고 그 고통은 중천에 있는 엄마에게 고스란히 전달되고 있다는 것도 모른 채 말이다. 민영의 가슴을 짓누르던 원인 모를 통증은, 바로 이승에서 아들 한진이 겪는 절망의 무게였다.

# 5. 절망

민영이 이곳 중천에 머물게 된 지도 며칠이나 지났다. 그 사이 이승의 시간도 그만큼 많이 흘러갔다. 그러나 민영의 가슴 통증은 계속되고 있었다. 하지만 민영은 통증이 '지난번 진오기굿 때 아들을 보고 와서 그런 것이겠지.'라고 생각했다.

"엄마~"

엄마 하며 들어온 사람은 바로 동자신인 오빠였다. 동자신도 민영의 몸주신으로서 이승의 시간으로 몇십 년 동안이나 동생인 민영을 '엄마'라고 불러왔다. 그러던 습관을 신이라고 단번에 고칠 수는 없었는가 보다.

민영은 그 소릴 듣고 애써 쓴 미소를 보이며 동자신에게 말했다.

"오빠. 이제 엄마라고 부르면 안 돼. 민영아~ 해야지…."

"참참… 깜빡 잊었다. 미안~ 암튼! 지금 중앙청에서 오래~"

"중앙청? 왜 부를까…?"

민영은 동자신을 따라서 중앙청으로 향했다. 중앙청으로 들어서자 한 관리원이 민영과 동자신을 중천 대제에게로 데리고 갔다.

중앙청으로 향하는 길은 중천의 심장부를 가로질러 굽이 없이 곧게 뻗어 있었다. 하늘은 은빛과 회색빛이 뒤엉켜 구름처럼 흘렀고, 길 위에는 연약한 빛의 먼지가 바람에 떠돌았다. 민영의 발목을 스치고 지나가는 바람은 차가웠지만, 피부 대신 영혼의 표면을 스쳐 지나가는 듯한 묘한 감각을 주었다. 발걸음을 내딛을 때마다 은빛 조각들이 반짝이며 일렁였고, 그 파동이 걸음을 따라 길게 이어졌다. 멀리서 보이는 중앙청의 외벽은 밤하늘의 어둠과 닮아 있었지만, 그 위에 수놓인 무수한 별빛이 반사되어 검은 벽면을 은빛으로 물들였다. 바람이 스칠 때마다 벽에 달린 청동 풍경이 소리를 냈고, 그 소리는 가늘지만 단단해 귀 끝을 건드렸다. 가까이 다가서자 거대한 문이 스스로 열렸고, 그 틈 사이로 스며드는 빛이 민영의 앞길을 비추었다. 안으로 들어서자, 공기는 더욱 차갑게 변했지만, 그 차가움 속에 알 수 없는 따스함이 배어 있었다. 그것은 신들의 숨결이 머무는 공간이자, 이곳의 모든 규율이 지켜지고 있음을 말해 주는 무언의 권위였다.

복도를 따라 걸을수록 발걸음 소리가 낮게 울렸다. 천장에서는 은빛의 긴 옥등이 줄지어 늘어서 있었고, 그 안에서 빛의 물결이 잔잔하게 흐르고 있었다. 옥등의 빛이 흘러내리듯 공간을 비추자, 바닥의 문양이 어른거리며 살아 움직이는 듯 보였다. 그 문양 속에는 오랜 세월 동안 무수한 영혼의 소망과 절망이 스며 있었고, 민영은 그 속을 걸으며 한 걸음 한 걸음 자신의 무게를 느꼈다. 복도의 끝, 두꺼운 문이 있었고, 문을 중심으로 흐르는 기운이 한층 무거워졌다. 문이 스르르 열리자 나타난 것은 한가운데 놓인, 옥으로 만든 커다란 둥근 탁자, 그리고 그 뒤에 앉아 있던 중천 대제였다. 그의 존재는 마치 산처럼 무겁고 움직이지 않는 기운을 풍겼다. 그의 눈동자는 검은 바다 속에 떠 있는 별빛처럼 빛나고 있었고, 그 시선이 민영을 향하자 방 안의 공기가 일순간 멈춘 듯 고요해졌다.

"대만신 한민영, 네가 걸어온 길은 끝이 났으나, 아직 끝나지 않은 인연이 널 붙들고 있음을 안다."

중천 대제의 목소리는 낮지만, 공간의 끝까지 흔들리며 스며들었다. 단조롭지만 그 안에 담긴 무게는 바람처럼 스쳐 지나가는 것이 아니라, 공간 곳곳에 내려앉아 벽과 바닥을 진동시켰다. 그 목소리가 공명할 때마다 공기 중의 은빛 먼지들이 떨며 살짝씩 흔들렸고, 그것이 만드는 미세한 울림이 민영의 귀를 간질였다. 그 울림이 닿는 순간, 민영의 가슴은 무겁게 내려앉았다. 숨을 들이

켰지만, 가슴 한가운데가 조여드는 듯했고, 들숨과 날숨이 얽혀 숨이 멎을 것 같았다.

순간 아들의 얼굴이 떠올랐다. 이승에서 마지막으로 보았던, 울음을 꾹 참으며 신당 앞에 앉아 있던 한진의 모습이 번개처럼 스쳤다. 그의 눈가에 맺힌 눈물, 그 눈물이 떨어진 자리에서 퍼져나가던 어둠, 향냄새에 젖은 공기 속에 꺼질 듯 흔들리던 촛불. 굿판에서 울리던 방울 소리가 다시금 민영의 귓가에 되살아났다. 그 방울의 울림은 늘 망자의 혼을 부르고 달래던 소리였지만, 지금은 민영 자신의 내면을 두드리는 망치처럼 느껴졌다.

눈물 젖은 향내가 코끝을 스쳤다. 살아생전 굿판에서 피워올리던 향의 냄새, 죽은 자들의 이름을 부르며 기도를 올리던 순간, 향 연기 속으로 떠나가던 혼백들의 그림자, 그들의 마지막 한숨과 울음소리가 민영의 가슴 깊은 곳에서 되살아났다. 눈으로는 보이지 않지만, 그 향내와 함께 떠난 자들의 혼이 중천의 공기를 따라 민영의 주위를 맴돌았다. 가슴속이 저려왔다. 등 뒤로 한철순의 낮은 기도 소리가 겹쳐지고, 이말례의 부드러운 숨결 같은 위로가 스쳐갔다.

떠난 자들의 혼은 이미 중천으로 돌아왔지만, 그 울음은 여전히 민영의 안에서 살아 숨 쉬고 있었다. 그들의 바람과, 그들의 미련과, 그들의 안타까움이 하나의 물결이 되어 그녀의 심장을 휘감았다. 모든 소리가 잠잠해진 순간, 중천 대제의 목소리만이 천천히, 그러나 무겁게, 민영의 심장을 눌렀다.

"오늘, 이 자리에서 네게 도를 닦을 자격을 부여하겠다. 이는 영혼으로서 네가 남은 인연을 지킬 수 있는 권한이자 의무다."

중천 대제는 손을 들어 허공을 스쳤다. 그 동작은 느리고 단순했지만, 손끝에서 피어오르는 기운은 무거운 공기와 시간을 가르며 공간 전체의 빛과 그림자를 흔들었다. 손끝을 따라 은빛의 기운이 피어올랐다. 처음에는 작은 연기처럼 피어오르더니, 곧 구름처럼 부드럽게 흩어져 공간을 가득 채웠다. 은빛 구름은 이내 형태를 찾아가는 듯, 서서히 회오리치며 빛을 머금었고, 그 빛 속에는 작은 별 가루 같은 점들이 무수히 반짝였다.

그 별빛들은 죽은 자들의 한숨처럼 낮게 울리며 서로 스치다가, 마침내 방향을 잡고 민영의 이마를 향해 다가왔다. 공기 속의 온기가 사라지고, 피부에 닿는 것은 차가운 기운뿐이었다. 하지만 그 차가움 속에는 오히려 깊은 위로와 묘한 평온이 함께 스며들고 있었다. 은빛 기운이 이마에 닿는 순간, 민영의 시야가 순식간에 하얗게 물들었다. 마치 번개의 번뜩임이 눈앞을 스치는 듯, 세상의 모든 색이 사라지고 하얀 공간 속으로 빨려 들어갔다.

민영은 숨이 막히듯 입술을 떨며 눈을 감았다. 영혼의 몸이었지만 심장이 뛰는 듯한 고통이 느껴졌고, 뜨거운 것이 뺨을 타고 흘렀다. '도를 닦는다.'라는 것은 곧 누군가에게 신의 기운을 내리는 권한을 받는 것이고, 그것은 한진에게 내림을 주라는 말과 같았다. 머릿속이 새하얘졌고, 오랫동안 묻어두었던 공포가 다시 고개를 들었다. 떠올라서는 안 될 얼굴이 떠올랐다. 어린 시절 엄마를 따라 굿판을 서성이던 한진, 촛불 앞에서 작게 기도하던 한진, 민영이 숨을 거둔 뒤 텅 빈 신당에 앉아 울던 한진.

'안 돼… 절대 안 돼… 한진이만은….'

민영은 이를 악물었다. 심장이 쿵쿵거리고, 영혼의 몸이 떨렸다. 그때, 아이의 목소리가 들렸다.

"엄마… 아…아니 민영아. 그럼, 어떻게 할 거야…?"

돌아보니, 어린 동자신이 커다란 눈으로 민영을 바라보고 있었다. 슬픔과 이해가 뒤섞인 눈빛이었다.

"나는… 한진이에게 내림을 주지 않을 거야."

그 목소리는 낮았지만 단단했다. 공기 속에 스며들어 가라앉는 듯하면서도, 한 번 닿으면 쉽게 지워지지 않는 무게가 실려 있었다. 민영의 말이 끝나는 순간, 중앙청의 높은 천정을 따라 잔잔하게 울림이 퍼져 나갔다. 작은 먼지들이 떨며 반짝였고, 그 떨림은 바닥의 문양 위로 파문처럼 번졌다. 마치 그 결심의 말이 중천의 공기 속에 깊이 새겨지고, 무형의 각인으로 남는 것 같았다.

신장 한철순은 눈을 감았다. 그의 굵고 두터운 눈썹이 살짝 떨렸고, 긴 숨이 콧날을 따라 흘러나왔다. 수많은 전장에서, 수많은 영혼의 무게를 짊어진 신장의 영혼에도 한순간 흔들림이 스쳤다. 하지만 이내 그는 고개를 천천히 끄덕였다. 그것은 말 없는 동의이자, 딸의 결심을 존중하겠다는 약속이었다. 오랫동안 지켜보아 온 딸이, 이제는 신이 아닌 엄마로서 길을 선택하겠다는 것을 받아들이겠다는 무언의 응답이었다.

넋대신 이말례는 눈시울을 붉혔다. 그녀의 시선은 민영의 얼굴에 닿아 있었고, 그 눈빛에는 안쓰러움과 사랑, 그리고 깊은 슬픔이 함께 배어 있었다. 애써 눈물을 삼키려는 듯 입술이 작게 떨렸지만, 끝내 한 줄기 눈물이 뺨을 타고 흘러내렸다. 그것은 엄마로서 민영의 길을 이해하면서도, 그 길이 얼마나 외롭고 무거운 것인지 알고 있기에 흘리는 눈물이었다. 이말례는 눈물을 닦지 않은 채, 민영에게 작게 고개를 끄덕였다.

"그 길을 가거라, 우리 딸… 네가 옳다면, 우리는 끝까지 함께하마."

말 없는 기도가 그녀의 눈빛 속에 담겨 있었다. 그 순간, 어린 동자신이 민영의 곁으로 다가왔다. 작은 손이 민영의 손끝을 잡았다. 그 손은 작고 따뜻했고, 손가락 사이로 스며드는 온기가 짧았지만 선명했다. 어린 동자신의 얼굴에는 해맑은 웃음꽃이 피어 있었지만, 그 눈동자에는 알 수 없는 슬픔과 단단한 결의가 함께 있었다. 그는 짧게 숨을 들이마시고, 마치 장난치듯 작게 웃었다. 하지만 그 웃음 속에는, "민영아, 나도 알아, 네가 어떤 결심을 했는지…."라는 말이 담겨 있었다.

그 작은 온기가 민영의 온몸에 번져나갔다. 마치 차갑고 흔들리던 그녀의 영혼을 잠시나마 붙잡아 주는 듯한, 짧지만 강력한 힘이었다.

그 짧은 접촉 속에서, 민영의 결심은 더 굳건해졌다. 이제 그녀는 한진에게 신을 내리지 않겠다는 결심을 말뿐 아니라, 영혼의 각인으로 새겼다. 그리고 그 결심을 받아들인 이들의 따뜻한 기운은, 무거운 길을 걷게 될 그녀의 등을 조용히, 그러나 든든하게 받쳐 주었다.

"대신… 선몽으로, 기도로, 내가 한진을 지킬 거야. 그러려면 일단은 도를 닦긴 해야겠지…. 내가 도를 닦는 건, 한진이에게 신을 내리기 위해서가 아니라 우리 한진이를 지키기 위해서야."

민영의 목소리는 낮았지만, 공기 속에 스며들어 중앙청 전체를 울렸다. 낮은 파동이 공간을 따라 천천히 퍼져 나가며, 마치 투명한 물결처럼 벽과 기둥, 천정의 구석구석을 스치고 지나갔다. 숨죽인 듯 고요한 중앙청이었지만, 그 목소리가 닿는 곳마다 작은 진동이 느껴졌고, 청동 풍경이 가늘게 흔들리며 맑은 울림을 토해냈다. 그 울림은 한동안 중앙청 내부에 머물렀다가, 천천히 공간에 스며들며 사라졌다. 하지만 그 사라짐 속에는 민영의 결심과 기도의 흔적이 깊게 남아 있었다.

그녀는 조용히 무릎을 꿇었다. 영혼의 몸이었지만, 무릎이 바닥에 닿는 순간 묘한 무게감이 전해졌다. 민영은 두 손을 모아 가슴께로 가져가 숨을 깊게 들이마셨다. 숨을 들이쉴 때마다 중천의 공기가 그녀의 영혼 속으로 흘러 들어왔고, 숨을 내쉴 때마다 한진을 향한 기도와 다짐이 공기 속으로 흘러 나갔다.

차가운 공기가 영혼의 몸을 스쳤다. 그것은 마치 살을 파고드는 한기가 아니라, 무언가를 비워내고 새로운 것을 채우는 정화의 기운 같았다. 온몸의 경계가 사라지고, 마음속에서 오래된 상처와 미련, 두려움이 빠져나가는 듯한 느낌이었다. 하지만 그 차가움 속에서도, 한구석에는 설명할 수 없는 따뜻한 기운이 피어났다. 그것은 한진을 향한 사랑, 지키겠다는 다짐, 그리고 이제는 무당으로서가 아닌 엄마로서 아들을 품겠다는 결의였다.

그 순간, 천장 높은 곳에서 은빛의 빛줄기가 쏟아져 내렸다. 그 빛은 직선으로 곧게 떨어지는 것이 아니라, 마치 부드러운 비처럼 퍼지며 흘러내렸다. 빛줄기 속에는 작은 별 가루 같은 점들이 무수히 섞여 있었고, 그것들이 민영의 어깨와 머리카락 위에 살포시 내려앉았다. 작은 별 가루는 닿는 순간 사라지는 듯했지만, 사라짐과 동시에 따뜻한 온기가 민영의 몸 안으로 스며들었다. 그녀는 눈을 감은 채 그 빛을 받아들이며, 그 순간만큼은 중천의 시간마저 멈춘 듯한 고요함 속에서 숨을 골랐다.

그녀의 가슴속에서는 한진의 얼굴이 떠올랐다. 웃을 때의 얼굴, 울 때의 얼굴, 그리고 홀로 남아 있을 때의 쓸쓸한 뒷모습까지. 그 모든 것이 기도로 엮여 민영의 영혼 깊숙한 곳에서 타올랐다. 그리고 그 빛 속에서 민영은 다시 한번 다짐했다. 이승과 저승의 경계를 넘어, 신의 길이 아닌 엄마의 길로, 한진을 지켜낼 것이라고.

'한진아… 엄마는 너를 지켜 줄 거야….'

민영은 중앙청에서 '도를 닦을 자격'을 부여받고 곧장 무명원으로 향했다. 무명원의 입구를 지나면 검은 기와가 얹힌 작은 문루가 있었고, 그 문루를 지나자 깊은 계곡과 탁 트인 들판이 어우러진 야외 공간이 펼쳐졌다. 바람이 부드럽게 스쳐 지나가며 들판의 억새를 흔들었고, 계곡에서는 물소리가 낮게 흘러나와 묘하게 마음을 가라앉혔다. 그곳은 말 그대로 무당의 길을 내려놓고 영혼의 무게로 돌아가, 마음을 비우고 수련하며 기도할 수 있는 장소였다. 민영은 계곡과 들판 사이 바람이 잘 드는 평평한 바위 위에 자리를 잡았다. 방울을 곁에 두고, 바람에 스치는 억새 소리와 계곡 물소리에 귀를 기울이며 천천히 숨을 들이마셨다. 들숨과 날숨이 이어질 때마다, 그녀의 몸에서 흐르는 기운은 점점 단단해졌다. 이곳에서의 시간은 짧게는 한나절, 길게는 며칠이 될지도 몰랐다. 하지만 민영은 아들을 위해, 그리고 스스로의 길을 다하기 위해 그 시간을 묵묵히 견딜 준비가 되어 있었다.

*

한진은 서류봉투를 꼭 쥔 손에 땀이 배어드는 것을 느끼며 작은 숨을 삼켰다. 겨우겨우 구한 회사였다. 이력서에 어머니의 직업은 공란으로 남겼고, 면접장에서 가족 이야기가 나올까 두려워 손가락이 떨리기도 했다.

"부모님은 뭐 하세요?"

라는 면접관의 질문에 순간 숨이 멎는 듯했지만, 다행히 그날은 아무도 묻지 않았다. 그렇게 들어온 회사였다.

엘리베이터 문이 열릴 때마다 밀려드는 화학 세제 냄새, 좁은 복도에서 스쳐 지나가는 사람들의 시선, 플라스틱 냄새가 나는 의자와 금속성 타자 소리가 가득한 사무실 공기가 한진에게는 낯설고 무거웠다. 자리에 앉기 전, 한진은 매번 주머니에서 작은 부적을 꺼내 손안에 꼭 쥐었다. 어머니가 살아 계실 때 건네준 작은 노란 부적이었다.

'이거라도 있어야 실수하지 않겠지.'

그렇게 매번 마음속으로 중얼거렸다.

"최한진 씨, 이 보고서 언제까지 처리할 거예요?"

팀장의 목소리가 뒤통수를 쳤다. 깜짝 놀라 허둥지둥 자리에서 일어나려다 의자가 바닥을 긁는 소리가 사무실에 크게 울렸다. 주위에서 몇몇 동료들이 힐끗 쳐다보고는 다시 시선을 돌렸다. 가슴이 쿵쾅거렸고, 손끝이 떨렸다.

"죄송합니다, 바로 처리하겠습니다."
"'죄송합니다.' 말고 빨리 좀 하라고."

팀장은 고개를 절레절레 흔들며 서류를 책상 위에 내려놓았다. 얇은 종이 위로 내려앉은 그의 시선이 바늘처럼 따갑게 느껴졌다.
점심시간, 구석 자리에서 편의점 도시락을 풀어놓고 먹으려 할 때, 맞은편 자리에 앉은 동료 둘이 한진을 흘낏 보며 작게 웃었다.

"저 사람, 또 혼났어."
"들었어? 보고서도 느리고, 오타는 기본이고, 업무 파악도 안 되고, 어떻게 들어왔나 몰라…."
작은 웃음소리가 귀 끝을 스쳤다. 한진은 젓가락질을 멈춘 채 밥알을 바라봤다. 숨이 막히듯 답답해졌고, 입맛이 사라졌다. 도시락 뚜껑을 덮고는 물 한 모금을 삼켰다.

'엄마, 나… 진짜 바보 같지? 그냥… 잘하고 싶은데… 왜 이렇게 안 될까….'

속으로 어머니에게 말을 걸듯 중얼거렸지만, 대답은 돌아오지 않았다. 사무실로 돌아가는 발걸음은 무겁고, 매번 구부정해졌다. 바깥의 하늘은 높고 푸르른데, 그 안에서도 한진의 시야는 늘 잿빛으로 흐려졌다.

퇴근 후 회사 건물을 나서면 가로등 불빛이 쓸쓸하게 바닥을 비췄다. 가방은 가벼웠지만, 어깨는 무겁게 처졌다. 출근 첫날 새로 산 셔츠에 어느새 주름이 구겨져 있었고, 구두는 비에 젖어 어둡게 얼룩져 있었다. 주변을 스쳐 지나가는 사람들은 친구와 연인과 웃으며 걸어갔지만, 한진의 발걸음은 점점 느려졌다. 집에 가면 불 꺼진 방과 적막한 공기만이 기다리고 있었다.

편의점 앞을 지나칠 때마다 유리문에 비친 자신의 얼굴을 흘깃 바라보았다. 초췌한 눈가, 퀭해진 볼, 쓸쓸하게 내린 어깨. '이게 내 모습이구나.' 한숨이 나왔다. 문득 핸드폰 화면을 켜 보았지만, 아무런 메시지도 없었다. 주머니 속에서 작은 부적을 꺼내 쥐며 입술을 깨물었다. 어머니가 살아 계실 때, 그 손으로 건네주며 웃던 얼굴이 떠올랐다.

"엄마… 오늘도 또 혼났어…."

작게 중얼거리며 편의점 문을 열었다. 시원한 공기가 얼굴을 스쳤지만, 몸은 더 시려왔다. 캔맥주 하나와 편의점 도시락을 계산대에 올리자, 아르바이트생이 잠시 한진의 얼굴을 보며 눈길을 피했다. '또 술인가 봐.' 그런 시선을 느끼며 머리를 숙였다.

"봉투 필요하세요?"
"… 아뇨."

작게 대답하고는 도시락과 맥주를 들고 편의점을 나왔다. 비닐봉지도 없이 손에 쥔 캔맥주의 차가움이 손가락을 얼얼하게 만들었다. 길을 걷는 동안, 맥주캔에 맺힌 물방울이 뚝뚝 떨어져 아스팔트 위에 어두운 점을 만들었다.

'엄마… 나 이렇게라도 버틸게… 내일은… 잘할 수 있겠지…?'

한진은 그렇게 중얼거리며, 어둡고 긴 귀갓길을 걸었다.

집에 도착해 현관문을 열면 한기가 훅 하고 얼굴을 스쳤다. 전등을 켜면 작게 윙- 하고 울리는 소리가 공허한 방 안에 울려 퍼졌다. 전등 불빛 아래엔 가구도 없는 거실이 텅 비어 있었고, 한쪽 구석에 놓인 신당 자리가 이제는 그냥 텅 빈 곳으로 남아 있었다. 그 자리에 앉아 있던 어머니의 뒷모습이 불현듯 떠올랐다. 방울소리, 향냄새, 그리고 빛이 깜박이던 초의 흔들림까지.

한진은 무거운 숨을 내쉬며 바닥에 주저앉았다. 캔맥주의 뚜껑을 따자 픽 하는 작은 소리가 적막을 깨뜨렸다. 푸른 기포가 터지며 일어나는 소리, 그리고 쓴맛이 입안을 맴돌았다. 어머니가 살아 있을 땐 이 자리에서 향을 피우며 기도하던 모습이 떠올랐다. 맥주 한 모금을 삼킨 뒤, 한진은 신당이 있었던 자리를 향해 속삭였다.

"엄마… 나… 나 정말 열심히 해보려고 했어."

말을 하다가 목소리가 갈라졌다. 손등으로 눈가를 문질렀지만, 눈물이 멈추지 않았다. 흔들리는 시야 속에서, 한진은 허공에 손을 뻗었다. 마치 어머니의 손을 잡을 수 있을 것처럼. 하지만 그 손끝은 공기만을 움켜쥘 뿐이었다.

"왜 이렇게… 왜 이렇게 힘들어… 엄마…."

눈물이 맥주캔 위로 뚝뚝 떨어졌다. 작은 물방울들이 은빛 캔 표면을 타고 흘러내렸다. 한진은 두 손으로 얼굴을 감싸 쥐었다. 방 안에는 여전히 향냄새가 옅게 남아 있었다. 그것이 오히려 더 아프게 느껴졌다.

방 한가운데 앉아 울음 섞인 숨을 토해내며, 한진은 엄마에게 다가가고 싶다는 절실한 마음을 다시 한번 느꼈다.

밤은 길고 깊었다. 천장의 낡은 전등이 깜빡이며 작은 진동을 내뿜을 때마다, 방 안의 그림자가 흔들렸다. 한진은 마른 입술을 깨물며 휴대폰 화면을 바라보았다. 불 꺼진 방에서 화면의 빛만이 그의 얼굴을 비추었다. 연락처를 내리며, 한 번쯤은 연락해 보고 싶었던 이름들이 지나갔다. 대학 시절의 친구, 고등학교 동창, 군대 동기들. 하지만 엄지손가락은 결국 어떤 이름도 누르지 못한 채 멈췄다.

"… 지금 연락하면 뭐라고 하지…. 나, 잘 지낸다고 해야 하나…."

작게 중얼거리고, 휴대폰을 내려놓았다. 화면이 꺼지자 방 안이 다시 어두워졌다. 한진은 고개를 들어, 신당 자리 위 벽에 걸린 작은 액자를 바라보았다. 엄마가 살아 있을 때, 함께 찍은 마지막 사진이었다. 사진 속 어머니는 방울을 손에 쥐고 웃고 있었고, 한진은 어색한 미소를 짓고 있었다.

"엄마… 나… 어떻게 살아야 해…."

목소리가 작았지만, 방 안에 가득 울렸다. 누군가 대답해 주길 바랐지만, 들려오는 것은 냉기가 스며드는 바람 소리뿐이었다. 한진은 무릎을 끌어안고 몸을 웅크렸다. 맥주 캔은 바닥에 굴러가 멈췄고, 안에 남은 맥주가 천천히 새어 나와 바닥을 적셨다. 쿵쿵,

심장이 아프게 뛰었다. 눈물이 다시 흘렀다.

"엄마… 나… 너무… 무서워…."

아무도 없는 방 안에서, 한진의 울음소리가 작게, 그러나 깊게 울렸다.

며칠 후, 회사에서 퇴근하던 저녁, 빗방울이 차가운 아스팔트를 두드렸다. 한진은 우산도 없이 멍하니 빗속을 걸었다. 비가 머리칼과 옷을 적셔 몸이 무거워졌지만, 그 차가움이 오히려 한진의 무거운 머릿속을 맑게 해 주는 것 같았다. 회사 앞 건물 유리문에 비친 자신을 바라보며, 한진은 스스로에게 물었다.

'나는 왜 이렇게 살아야 하지…?'

몸이 무겁게 젖어가고, 구두 속까지 스며든 빗물이 발끝을 얼게 했지만, 그걸 피할 생각조차 들지 않았다. 신호등이 바뀌어도, 횡단보도 앞에서 한참을 멈춘 채 서 있었고, 옆을 스쳐 지나가는 사람들의 시선 속에서도 눈길을 돌리지 않았다. 비에 젖은 얼굴에 빗물과 눈물이 섞여 흘렀다.

집에 돌아오자, 젖은 옷에서 물이 바닥에 뚝뚝 떨어졌다. 아무렇게나 가방을 내던지고, 축축한 옷을 입은 채로 방 한가운데 주저앉았다. 텅 빈 신당 자리에서 아직 남아 있는 향냄새가 희미하게 풍겨왔다. 방 안의 공기는 싸늘했고, 전등 불빛은 흔들리며 그림자를 길게 늘렸다.

"엄마… 나… 이제, 어떻게 해야 해…."

목소리가 자게 흔들렸다. 한진은 다시 울음을 참으려 했지만, 결국 어깨를 떨며 울음을 터뜨렸다. 숨이 막히듯 목이 잠기고, 손으로 얼굴을 가린 채로 울음을 삼켰다. 텅 빈 방 안에는 그저 그의 흐느낌과 빗소리만이 흘렀다.

다음 날, 출근길 지하철 안에서 한진은 사람들 사이에 끼어 멍하니 서 있었다. 사람들의 웃음소리, 이어폰에서 새어 나오는 음악, 진동하는 휴대폰 소리, 그 모든 것이 자신과는 관계없는 다른 세상의 소리처럼 들렸다. 광고판 속 밝게 웃는 모델의 얼굴이 자신을 비웃는 것 같았고, 하얀 조명이 눈부셔 눈을 감았다가 다시 떴다.

'이렇게 사는 게 맞는 걸까….'

지하철이 흔들릴 때마다 몸이 휘청였지만, 손잡이를 잡을 힘조차 내지 못해 벽에 기댔다. 출근 후, 사무실에 들어서자마자 들려오는 상사의 한숨 섞인 목소리가 한진의 등을 굽게 만들었다.

상사는 모니터 화면을 두드리며 깊게 한숨을 쉬었다.

“한진 씨, 어제 보고서 봤는데 또 오타 났더라. 도대체 몇 번이나 똑같은 실수를 하는 거야? 지난주에도 얘기했잖아.”

한진은 고개를 숙인 채 손끝을 꼼지락거렸다. 목구멍이 막혀 목소리가 잘 나오지 않았다.

“… 죄, 죄송합니다.”
“뭐라고?”

상사의 목소리가 더 높아졌다. 주위 동료들이 고개를 돌려 구경하듯 이쪽을 바라보고 있었다.

“… 죄송합니다.”
이번엔 겨우 들릴 만큼의 목소리가 나왔다. 상사는 비웃는 듯한 한숨을 내쉬며 머리를 흔들었다.

“하… 진짜. 보고서 하나 제대로 못 쓰면 어떡해, 응? 너 이 일 하기 싫어? 다른 사람들한테 민폐라는 건 알아야지.”

뒤쪽에서 누군가 킥킥 웃는 소리가 들렸다. 한진의 귀 끝이 빨

갛게 달아올랐지만, 한진은 고개를 더 숙였다. 상사는 의자에서 벌떡 일어나더니 서랍을 열어 서류봉투 하나를 꺼냈다. 봉투를 한진의 책상 위에 탁, 하고 내려놓았다.

"이거나 거래처에 갖다줘!! 급한 거니까 빨리!!"

서류봉투가 책상에 닿는 소리가 작게 울렸다. 한진은 봉투를 집으려 손을 내밀며 몸을 움찔했다. 상사는 팔짱을 끼고 고개를 비틀며 쏘아붙였다.

"그 정도는 할 수 있지?"

한진은 고개를 끄덕이며 "네…."라고 힘없이 대답했다. 상사는 씩 하고 코웃음을 치며 자리를 떠났다. 한진의 손에 잡힌 서류봉투가 부들부들 떨렸다. 그 순간, 다시 한진의 머릿속에서 어머니의 목소리가 작게 스쳤다.

'괜찮다, 한진아… 엄마가 있잖니….'

한진은 눈을 감았다가 천천히 떴다. 심장이 한 번 크게 쿵, 하고 울렸다. 눈앞이 순간적으로 흐릿해졌다. 모니터 속 글자가 번져 보였고, 심장이 쿵 하고 내려앉았다. 손끝이 떨려 마우스를 움직이기가 어려웠다. 하지만 그 흔들림마저 티 내지 않으려, 한진은 이를 악물고 숨을 들이마셨다.

서류봉투를 들고 자리를 떠나려 할 때였다. 뒤에서 들려오는 작고, 날카로운 목소리가 귓가에 박혔다.

"저 사람, 진짜 왜 그래 진짜? 보고서 하나도 제대로 못 써서 또 혼나잖아."

"그러게, 얼굴은 멀쩡한데, 멍청한 거 아냐? 거래처도 못 찾고 헤매고 오는 거 아니야?"

작은 웃음소리가 귀를 찔렀다. 한진은 서류봉투를 쥔 손에 힘을 주며, 못 들은 척 애써 표정을 숨기고 외투를 집어 들었다. 발걸음을 떼려는데, 심장이 또다시 쿵 하고 내려앉았다.

'모른척해…. 그냥 모른척하고, 가자….'

자신에게 그렇게 말하며, 억지로 입가를 다물고 숨을 고르며 외출 준비를 마쳤다. 겨우 숨을 삼키며 복도를 걸어 나가는 그의 등 뒤로, 또 다른 웃음소리가 작게 일렁였다.

한진은 고개를 들지 못한 채, 복도를 따라 천천히, 그러나 반드시 나아갔다.

‘엄마… 나… 너무 힘들어….’

입술을 깨물고 눈물을 삼켰다. 방울 소리가, 향냄새가, 촛불이 흔들리던 그날의 기억이 머릿속을 스쳤다. 하지만 이곳에서는 아무도, 아무도 그를 위로해 주지 않았다.

서류봉투를 품에 안고 사무실 문을 나서자, 바깥 공기가 얼굴을 스쳤다. 계절이 바뀌는 중인지, 바람이 묘하게 차갑고 무거웠다. 한진은 작게 숨을 내쉬었다. 건물 로비를 지나며 지나가는 사람들과 눈이 마주칠까 두려워 시선을 바닥으로 내렸다. 로비의 유리문이 열리고, 거리의 소음이 한꺼번에 몰려왔다.

버스 정류장으로 향하는 발걸음이 무겁게 느껴졌다. 걸을 때마다 구두가 인도 바닥을 치는 소리가 묘하게 크게 들려, 사람들의 시선이 발끝에 꽂히는 것 같았다. 차가운 바람에 봉투가 흔들려 종이가 부스럭거리는 소리가 계속 들렸다.

버스 안에서 서류봉투를 가슴에 꼭 안은 채, 손가락으로 모서리를 만지작거렸다. 창문 밖 풍경은 빠르게 스쳐 지나갔지만, 그의 마음은 한 발짝도 움직이지 못한 채 그 자리에 묶여 있는 기분이었다.

거래처 건물 앞에 도착해도 한진은 쉽게 문을 열지 못했다. 건물 안으로 들어서며 호흡을 고르려 애썼지만, 목구멍이 좁아져 숨이 잘 넘어가지 않았다. 사람들의 시선이 닿지 않도록 구석으로 걸어가 엘리베이터 버튼을 누르며 손끝이 떨렸다.

거래처 사무실 문 앞에서 깊게 숨을 들이마셨다. 손바닥이 축축하게 젖었다. 문을 열고 들어서자, 바쁘게 움직이는 사람들 속에서 한진은 단번에 눈에 띄었다. 받는 사람은 잠시 한진을 쳐다보고, 건조한 목소리로 말했다.

"뭐예요?"
"아, 이, 이거… 전달해 드리러 왔습니다."

서류봉투를 내밀며 고개를 숙였다. 상대는 서류를 받아 들더니 대충 살펴보고는 다시 한진을 향해 얼굴을 들었다.
"이거, 이게 오늘 필요한 게 아닌데요? 내일 가져오기로 한 거잖아요."

한진의 머릿속이 순간적으로 하얘졌다. 손끝이 싸늘해지고, 얼굴이 화끈거렸다. 분명 이건 상사의 잘못이다. 그러나 한진의 머릿속에는 그따위 것은 중요하지 않았다. 이것 역시 자신의 잘못인 양, 모든 잘못이 자신의 잘못처럼 여겨졌다.

"죄, 죄송합니다…. 제가… 전달받은 게, 오늘… 이라…."

상대는 한숨을 쉬며 고개를 저었다.

“됐어요. 그냥 두고 가세요.”

작은 웃음소리가 사무실 안쪽에서 들렸다. 한진은 얼굴을 더 숙인 채 서류봉투를 내려놓았다. 손이 떨려 봉투가 흔들리며 책상 위에 놓였다.

돌아 나오는 복도는 길고도 멀었다. 발걸음이 무거웠다. 엘리베이터 문이 닫히는 순간, 눈앞이 흐릿해졌다. 손끝에 남은 종이의 감촉이 유난히 따가웠다.

버스 정류장으로 돌아가는 길, 바람이 얼굴을 스쳤다. 고개를 들어 하늘을 바라봤지만, 잿빛 구름이 낮게 깔려 있어 숨이 막혔다. 한진은 작게, 거의 들리지 않게 입술을 움직였다.

“엄마… 나, 왜 이렇게 못난 걸까….”

버스가 도착하자, 몸을 끌어당기듯 겨우 발을 옮겨 타며 손잡이를 잡았다. 버스가 흔들릴 때마다 몸이 비틀렸다. 앉을 자리가 있었지만 앉지 못하고, 한진은 창밖을 멍하니 바라보았다. 창문에 비친 자신의 얼굴이 어딘가 낯설고, 처연해 보였다.

집에 돌아오자, 방 안은 숨 막힐 듯 고요했다. 외투를 벗지 못한 채 신발도 제대로 벗지 못하고, 문 앞에 멈춰 섰다.

조용했다. 너무 조용해서 귀 안이 울릴 정도였다.

바깥에서 들려오는 차 소리, 이웃집 문 닫는 소리마저 멀리서 흐릿하게 들릴 뿐, 집 안은 차가운 공기와 정적만 가득했다.

한진은 고개를 돌려 방 한편의 문을 바라보았다.

이제는 신당이었던 공간. 아니, 이제는 그냥 비어버린 작은 방.

텅 빈 방, 아무것도 없었다. 신주도, 촛불도, 향로도, 하얀 신복도, 아무것도. 엄마가 떠나고, 진오기굿 겸 하직굿을 마친 후 모든 것이 치워져 버린 그곳. 바닥만이, 때 묻은 나무 바닥만이 남아 있었다.

한진은 문 앞에 무릎을 꿇었다. 손끝으로 문턱을 쓰다듬었다. 그 문턱 위에서 어머니가 방울을 흔들며, 굿을 하며, 손님들의 손을 잡으며 미소 짓던 모습이 떠올랐다.

머릿속이 아득해졌다. 어머니가 굿을 마치고, 손님에게 환하게 웃으며 말하던 그 목소리.

"아이고, 고생 많았지요. 이제 맘 놓고 사셔도 돼요. 신령님이 다 보살펴 주실 거예요."

손님이 눈물을 흘리며 두 손을 모으고, 고개를 숙여 연신 "고맙습니다, 고맙습니다."라고 말하던 장면.

그때 엄마는 촛불 옆에 앉아, 방울을 살짝 흔들며 작은 소리로 기도를 올리곤 했다.

"신령님, 이 사람 살려 주세요. 이제는 괜찮게 살게 해 주세요."

한진의 머릿속에 울림처럼 그 기도 소리가 되살아났다. 그때 방 안 가득 피어오르던 향냄새, 촛불의 흔들림, 엄마의 작은 한숨, 방울 소리, 그리고 기도 소리.

그런데 지금, 아무것도 남지 않았다. 빈방이었다. 나무 바닥만이 있었다. 향냄새도, 촛불의 흔들림도, 엄마의 목소리도, 아무것도 없었다. 손끝이 문턱을 스치며 떨렸다.

"엄마…."

작은 목소리가 흘러나왔다. 입술이 떨리고, 눈이 시렸다. 마치 목 안에 돌멩이가 걸린 것처럼, 숨이 막혔다. 어깨가 흔들렸다. 고개를 숙이자 눈물이 바닥에 떨어졌다.

텅 빈 방 안에서, 아무도 없는 공간에서, 한진의 울음소리만이 작게 울려 퍼졌다. 그 순간, 한진의 눈에는 엄마의 그림자가 보였다. 가상의 향이 피어오르는 듯했고, 허공에서 방울 소리가 들리는 것 같았다.

엄마가 손님에게 손을 내밀고, 고개를 끄덕이며 웃고 있는 모습이, 눈앞에서 아지랑이처럼 피어올랐다.

"엄마… 나… 나 잘하고 있어…?"

그러나 대답은 없었다. 텅 빈 방 안, 아무것도 없는 그곳에, 한진의 물음만이 남았다. 그리고, 한진은 빈방 앞에 무릎을 꿇은 채, 소리 없이 울었다.

집으로 돌아온 한진은 가방을 힘없이 바닥에 내려놓고 냉장고에서 맥주 캔을 꺼냈다. 손끝이 떨려 쉽게 따지지 않는 캔을 몇 번이나 돌리다 결국 '푸슉' 하고 터진 거품이 바닥으로 흘러내렸다.

"아… 씨…."

작게 뱉은 욕이 방 안에 공허하게 흩어졌다. 맥주를 한 모금 들이켜도 공허함은 가시지 않았다. 연이어 캔을 비워내자, 알코올이 몸속으로 파고들며 하루 동안의 모멸감과 허무함을 잠시나마 덮어 주었다. 그러다 문득 방 한편에 놓인 액자 속 유치원 졸업식 날, 해맑게 웃으며 한진의 손을 꼭 잡고 있던 엄마의 얼굴이 눈에 들어왔다. 웃고 있는 엄마의 얼굴이 지금의 한진에게는 따뜻하기보단 가슴을 찌르는 칼날 같았다. 구겨진 캔을 손에 쥔 채 한진은 시선을 떼지 못한 채 속으로 되뇌었다.

'왜… 왜 이렇게 된 거야….'

술기운에 휘청이며 바닥에 쓰러진 그의 위로 방 안의 어둠이 천천히 내려앉았다.

그날 밤 한진은 악몽을 꾸었다. 꿈속에서 그는 텅 빈 신당 한가운데 서 있었다. 불 꺼진 향로, 다 타버린 초, 먼지뿐인 공간이 낯설고도 아프게 스며들었다. 그곳에 엄마가 서 있었지만, 얼굴은 보이지 않았다. 익숙한 방울 소리가 들려왔고, 점점 커지다 곧 멈췄다. 멈춘 순간, 엄마의 형체가 천천히 사라졌다. 사라지기 전 잠시 마주친 눈에는 눈물이 맺혀 있었고, 무언가 말하려던 입술이 떨리고 있었다.

'가지 마…. 엄마… 가지 마….'

소리 내어 부르려 애썼지만 쉰 바람 소리만 입술 사이로 새어 나왔다. 방울 소리가 다시 울렸고, 이번에는 구슬픈 울림이었다. 한진은 숨이 막히듯 비명을 지르며 잠에서 깼다. 숨이 거칠게 올라오고 식은땀이 온몸을 적셨다. 벽에 걸린 시계는 새벽 세 시를 가리키고 있었고, 방 안은 여전히, 아무도 없었다.

한진의 하루는 매일같이 복사한 듯한 고통으로 이어졌다. 매일 아침 억지로 눈을 뜨고, 축 늘어진 몸을 이끌고 회사로 향해, 자리에서 숨을 죽인 채 키보드를 두드렸다. 보고서 한 줄을 쓰는 데에도 손이 떨려 몇 번이고 고치기 일쑤였고, 동료들의 속삭임과 모니터 뒤 시선이 따갑게 꽂히는 순간마다 숨이 막혀왔다. 점심시간이면 구석진 휴게실에서 조용히 도시락을 비우며, 그 속으로 스며드는 외로움과 자책감에 밥맛조차 느끼지 못했다. 퇴근길에는 매캐한 저녁 공기 속에서 하루 종일 삼켰던 숨을 몰아쉬었고, 집에 돌아와서는 아무도 없는 방에서 냉장고 맥주를 꺼내 홀짝이며 무겁게 가라앉은 공허함을 달래려 애썼다. 그렇게 하루가, 이틀이, 그리고 한 주가 지났다. 똑같은 나날이 반복되며, 한진의 눈빛은 점점 더 어두워졌고, 등은 더욱 구부정해졌다. 고개를 들어 주변을 보는 일도 줄어들었다. 모든 것이 무의미하고, 자신의 숨소리조차 회사의 공기 속에서 불필요한 소음처럼 느껴졌다. 그런데도 한진은 그 자리에 앉아 있었다. 살아야 하니까, 그리고 엄마가 마지막까지 지켜주려 했던 평범한 삶이라도 살아야 하니까, 그렇게 버텼다.

그리고 그날, 회의실로 불려 간 한진은 묘하게 차가운 공기를 느꼈다. 상사의 얼굴은 무표정했고, 옆에 앉은 인사팀 직원의 손에는 서류봉투가 들려 있었다. 얇은 종이 한 장이지만, 그 속에 적힌 문장들은 그의 숨을 막았다.

"한진 씨, 회사 사정이 어려워서 더 이상 함께하기 힘들 것 같네."

짧게 툭 던진 말이었다.

상사의 입술은 그 말을 내뱉은 뒤에도 아무렇지 않게 닫혔고, 한진은 순간 아무 말도 할 수 없었다. 분명 몇 번이고 상상했던 순간이었다. '곧 해고될 거야.'라는 불안이 매일 귓가를 때렸지만, 막상 현실이 되자 머릿속은 하얗게 비어버렸다. 손끝이 다시 싸늘해졌고, 목구멍이 말라 단어 하나도 나오지 않았다.

인사팀 직원은 의례적인 말투로 "다음 주부터 나오지 않으셔도 됩니다. 처리 절차는 안내해 드리겠습니다."라고 덧붙였다.

한진은 입술을 달싹였지만, 결국 어떤 말도 나오지 않았다. 고개를 숙인 채 서류봉투를 받아 들었다. 봉투 속에서 종이가 스치는 소리가 유난히 크게 들렸다. 그 소리가, 자신이 이곳에서 무의미하게 보내온 시간과 애써 버텨온 하루하루가 무너져 내리는 소리처럼 들려왔다.

한진은 회사 건물을 나서며 봉투를 찢어버렸다. 서류봉투가 찢어지는 소리가 크게 울렸고, 그것만이 이 거리 위에서 자신이 살아 있다는 증거가 하나둘씩 없어져 가는 것처럼 느껴졌다.

차가운 겨울바람이 얼굴을 때렸지만, 한진은 반응조차 하지 못했다. 머릿속이 멍했고, 하늘은 속도 모르고 푸르르고 있었다. 사람들은 분주히 출퇴근길을 걸어갔지만, 한진의 걸음은 느렸고, 그의 시선은 땅만을 향하고 있었다.

'엄마… 나, 잘 살고 있는 줄 알았지…?'

문득 떠오르는 엄마의 웃는 얼굴이 더 이상 따뜻하게 느껴지지 않았다. 집으로 향하는 길은 멀고, 길가의 모든 간판과 사람들의 말소리조차 멀리서 메아리처럼 들려왔다.

집에 도착한 한진은 문을 열고 들어서자마자 구겨진 몸으로 바닥에 주저앉았다. 고요한 방 안은 답답했고, 공허했고, 자신이 숨

쉬는 소리조차 죄스러웠다.

'다 끝난 건가…. 이제, 어떻게 해야 하지….'

한진은 떨리는 손으로 휴대폰을 들어보았지만, 걸 수 있는 번호가 없었다. 엄마에게 전화하듯 버튼을 누르고 싶었지만, 이 세상 어디에도 그 번호는 없었다.

'나, 정말 혼자가 된 거구나….'

그는 결국 손에 힘을 풀고 휴대폰을 바닥에 떨어뜨렸다.

*

무명원은 중천에서도 가장 한적한 곳이었다. 입구를 지나면 낮은 구릉과 바람에 흔들리는 풀밭이 이어졌고, 멀리서 들려오는 물소리가 계곡의 위치를 알렸다. 민영은 매일 그곳으로 향했다. 이곳은 바람이 불면 허공에서 투명한 종소리가 들리는 듯했고, 풀잎 사이를 스치는 바람에도 작은 기운이 스며 있었다.

민영은 풀 위에 무릎을 꿇었다. 손에는 작은 방울이 들려 있었다. 방울은 은빛으로 빛났지만, 그 빛은 화려하기보다는 담백하게 반짝였다. 민영은 두 손으로 방울을 감싸 쥐고, 눈을 감았다. 바람이 얼굴을 스치자, 그 안에 섞인 수많은 영혼의 한숨과 기도가 피부를 간질였다. 숨을 들이쉴 때마다, 자신의 심장이 영혼의 맥박으로 바뀌어 뛰는 것 같았다.

"한진아…."

작게 내뱉은 이름이 바람에 실려 멀리 날아갔다. 그 목소리는 작았지만 단단했고, 무명원의 공기를 흔들었다. 민영은 방울을 흔들었다. 청량한 소리가 들리자, 주변의 기운이 방울 소리에 맞춰 맥박을 치듯 진동했다. 그녀는 하루에도 몇 번씩 방울을 흔들며, 기도를 이어갔다.

"이 엄마가… 네 곁에 있어 줄게."

마음속에서 외친 이 한마디는 방울 소리 사이사이에 스며들었다. 기도는 길고 고단했다. 차가운 바람이 머리칼을 스쳤고, 풀잎 사이로 스며드는 기운이 때로는 너무나 매서웠다. 하루의 끝에 다다를 때면 민영의 어깨는 무겁게 내려앉았고, 손에 든 방울을 쥔 손가락이 시릴 정도로 차가워졌다. 하지만 민영은 결코 방울을 놓지 않았다.

힘들었다. 숨을 고르는 시간이 길어질수록 기도의 말도 느려졌고, 때때로 눈앞이 아득해지기도 했다. 하지만 그 순간에도 그녀의 의지는 꺾이지 않았다. 오히려 마음속에서는 한진의 얼굴이 더욱 또렷해졌다. 살아 있는 그의 숨결, 울면서도 꿋꿋하게 살아가려 했던 그의 모습이 떠오르면, 민영은 다시 방울을 쥔 손에 힘을 주었다.

바람 속에서, 풀벌레 울음이 들려왔다. 민영은 눈을 감고 깊이 숨을 들이쉬었다. 무명원은 늘 같은 풍경이었지만, 그녀가 기도를 이어갈수록, 그 풍경은 그녀의 기도로 채워졌다. 방울 소리가 한 번 울릴 때마다, 바람은 조금 더 부드러워졌다. 풀밭은 바람을 따라 물결쳤고, 그 사이로 민영의 한숨과 기도가 중천의 하늘로 스며들었다.

'한진아, 네가 힘들어도, 네 곁에는 엄마가 있어.'

눈을 떴을 때, 밤하늘은 이미 별빛으로 가득 차 있었다. 무명원의 바람은 차가웠지만, 민영의 눈동자에는 단단한 빛이 스며 있었다. 그녀는 다시 방울을 쥐고 기도를 이어갔다. 한진을 위해, 그리고 스스로의 길을 지키기 위해.

무명원은 해가 떠 있는 낮에도 바람이 차가웠다. 풀잎 사이로 불어오는 기운은 투명했지만, 그 속에는 알 수 없는 무게가 담겨 있어 기도하는 이의 마음을 시험하는 듯했다. 민영은 방울을 쥔 손에 힘을 주고 무릎을 꿇었다. 눈을 감고 숨을 고르자 바람에 섞여 울리는 방울 소리가 작은 기도로 스며들었다.

그러나 기도를 이어 가던 어느 날, 민영의 가슴속 깊은 곳에서 갑작스러운 통증이 또 스쳤다. 숨을 들이쉴 때마다 가슴께가 조여 오고, 마치 뼛속까지 시린 한기가 몸 안으로 파고드는 것 같았다. 순간적으로 방울을 쥔 손이 떨리며 놓칠 뻔했고, 무릎이 꺾여 앞으로 고꾸라질 뻔했다. 민영은 이를 악물고 방울을 꼭 쥐었다.

'이건… 왜… 왜 이러지? 뭐지… 왜….'

잠시 숨이 막히듯 머리가 어지러워졌다. 하지만 그 순간, 한진의 얼굴이 눈앞에 떠올랐다. 신당 한구석에서 엄마의 기도를 들으며 잠들던 어린 시절의 한진, 아버지 없이 엄마만 바라보며 자라온 아들이었다. 지금도 외로운 싸움을 하고 있을 한진의 얼굴이 떠오르자, 민영의 눈가가 뜨겁게 젖었다.

'한진아… 엄마는 포기하지 않아….'

통증은 여전히 남아 있었지만, 민영은 다시 방울을 흔들었다. 방울 소리가 다시 한번 맑게 울리자, 무명원의 바람이 흔들리며 작은 물결처럼 민영의 주위를 감쌌다. 한진을 위해서라면, 이 통증도 견뎌야 했다. 숨을 들이쉴 때마다 가슴께가 욱신거렸지만, 민영은 멈추지 않았다.

차가운 바람이 땀을 식히며 몸에 소름이 돋았다. 하지만 민영은 눈을 감고 기도를 이어갔다. 바람 속으로 스며드는 방울 소리와 함께 민영의 목소리가 섞여 중천의 하늘로 닿았다. 통증이 깊어질수록 기도의 목소리는 작아졌지만, 그 안에 담긴 의지는 더욱 단단해졌다.

민영은 이 고통을 중천에서 허락받은 '도를 닦을 자격의 시험'이라 받아들였다. 이 길이 아들을 지키기 위한 길이라면, 아무리 힘들어도 걸어야 했다. 무명원의 풀들이 바람에 흔들리며 민영의 기도를 따라 노래하듯 흔들렸고, 그 속에서 민영은 고통을 껴안은 채 다시 한번 방울을 흔들었다.

무명원의 마지막 바람은 서늘했고, 하늘은 무색한 은빛으로 가득 차 있었다. 민영은 작은 돌 위에 앉아 방울을 무릎 위에 두고, 한참 동안 숨을 고르고 있었다. 바람이 흔들 때마다 무명원의 들판에 피어 있던 작은 풀꽃들이 파르르 떨렸고, 그 소리가 마치 오래전 굿판에서 울리던 방울 소리처럼 들려왔다. 며칠 동안 이어진 기도와 명상으로 영혼의 몸은 피곤했지만, 마음 한편에는 알 수 없는 들뜬 기운이 서서히 번지고 있었다.

'이제 곧… 한진이를 볼 수 있어….'

민영은 눈을 감고 입술을 꼭 다물었다. 지난날, 신당에 앉아 아들의 얼굴을 보며 나눴던 짧은 대화들, 함께 웃고 함께 밥을 먹었던 그 순간들이 파도처럼 밀려왔다. 첫 번째 기일, 다시 이승으로 잠시나마 내려가 한진의 얼굴을 볼 수 있다는 생각에 가슴이 뛰었다. 긴 기도를 마치고 손끝에 남은 기운이 서서히 사라질 때, 민영은 두 손으로 방울을 감싸안았다. 무명원의 바람은 여전히 차가웠지만, 그 속에서 민영은 오랜만에 따뜻함을 느꼈다.

기일 당일 아침, 무명원의 은빛 안개가 걷히자, 민영은 방울을 조심스럽게 품에 넣고 자리에서 일어섰다. 몸을 일으킬 때 들려오는 옷자락 스치는 소리가 오늘따라 유난히 크게 느껴졌다. 기도를 마친 무명원에서 걸어 나와 초연단으로 향하는 길은 짧지만, 그 짧은 길마저도 민영에게는 숨이 막히도록 길고 떨렸다. 발걸음을 내디딜 때마다 바람이 가슴께를 스치고, 그 바람 속에는 이승으로 내려갈 수 있다는 작은 희망과 긴장이 섞여 있었다.

초연단이 가까워질수록 주위는 점점 조용해졌다. 하늘은 은빛의 구름이 흘렀고, 그 사이로 빛 한 줄기가 초연단의 높은 탑에 스며들어 은은한 그림자를 드리웠다. 민영과 함께 이승으로 내려가기 위해서 뒤따르던 월직차사가 문을 열어주자, 그 안쪽에서 희미한 향냄새가 뿜어져 나왔다. 민영은 잠시 숨을 고르며 눈을 감았다.

'엄마가 갈게, 한진아… 엄마가….'

이승으로 내려가면 무엇부터 봐야 할까, 혹시라도 한진이 울고 있으면 어떻게 해야 할까, 아직도 밥은 잘 먹고 다니는지…. 생각이 꼬리를 물고 이어졌다. 마음 한구석이 따뜻해지기도 했지만, 또 한구석은 두려움으로 서늘했다. 하지만 이 순간을 위해 무명원에서 며칠 밤낮을 기도해 왔음을 민영은 알고 있었다. 그 두려움조차 지금은 가볍게 느껴졌다.

초연단의 바람은 차가웠지만, 오늘의 민영에게는 이 바람마저 반가웠다. 이승의 공기를 다시 맡게 될 수 있다는, 한진의 얼굴을 다시 보게 될 수 있다는 작은 기적 같은 약속이 이 바람 속에 담겨 있었다.

초연단 안으로 들어서자, 공기는 더욱 묵직해졌다. 둥근 돔 형태의 천장에서는 은빛의 긴 빛줄기가 아래로 쏟아졌고, 그 빛 속에는 수많은 영혼들이 흩어진 별처럼 떠 있었다. 초연단 바닥의 연향석 주위로는 이미 많은 영혼들이 모여 있었고, 각자의 순서가 오기만을 기다리며 숨을 죽이고 있었다.

민영도 그들 틈에 섰다. 손끝이 가늘게 떨리고 있었지만, 그 떨림을 숨기려 방울을 꼭 쥐었다. 방울의 차가운 금속 감촉이 손바닥을 스치자, 차분함이 조금씩 되살아났다. 눈길을 옆으로 돌리면 각기 다른 나이와 표정을 가진 영혼들이 서 있었고, 어떤 영혼은 초조하게 연향석을 바라보고 있었고, 어떤 영혼은 조용히 두 손을 모은 채 기도를 올리고 있었다.

'이곳에 이렇게 많은 사연들이 모여 있구나….'

민영은 자신이 아직 살아 있었던 시절, 이승에서 했던 굿판과 이 자리를 겹쳐 떠올렸다. 굿판에서 떠나는 영혼을 위해 방울을 흔들던 자신이, 지금은 영혼이 되어 이승으로 잿밥을 얻어먹으려 내려갈 차례가 된 것이다. 머릿속으로는 한진의 얼굴이 계속 떠올랐고, 그가 혹여나 여전히 혼자 밥을 먹고, 혼자 울고 있을까 봐 마음이 조급해졌다.

그때, 연향석의 표면에서 희미하게 연기가 피어올랐다. 은빛 연기가 길게 뻗어 나오며 공기 중으로 퍼져 나갔고, 그 연기는 이승과 중천을 잇는 작은 다리처럼 보였다. 영혼들이 하나둘 이름이 불릴 때마다, 그 연기를 타고 몸이 가볍게 흔들리며 빛 속으로 스며들었다.

민영은 두 손을 가슴께로 가져가며 숨을 들이쉬었다. 곧 자신의 이름이 불릴 것이라는 예감이, 긴장과 함께 희망처럼 가슴을 두드렸다.

초연단 중앙에 놓인 연향석 주변에는 이미 수십 명의 영혼들이 반원 형태로 둘러서 있었다. 모두들 각자의 기일을 기다리며 낮게 웅성거렸지만, 그 목소리는 공간의 높은 천장 아래에서 금세 흩어져 버렸다. 천장에는 별빛을 닮은 은빛 등이 무수히 반짝였고, 그 불빛이 내려앉아 영혼들의 어깨를 스치고 흘렀다. 은빛 연무가 발치에 깔려 있었고, 발걸음을 옮길 때마다 얇은 연기가 살짝 일어났다.

민영은 숨을 고르며 연향석을 바라보았다. 연향석 위에 놓인 작은 향단에서는 은은한 향이 피어오르고 있었고, 그것은 한결같은 속도로 하늘로 솟아올랐다. 곧 누군가의 이름이 호명될 때, 향은 작은 불꽃처럼 번져 넓게 퍼졌다가 다시 모여 연기가 되어 내려가는 것을 민영은 여러 번 보아왔다. 이제 그 순서가 자신에게도 올 것이라는 생각에 심장이 빠르게 뛰었다. 영혼의 몸이라 심장이 없다는 것을 알면서도, 그 두근거림이 가슴 깊은 곳에서 느껴졌다.

"신축년 십일월 스무엿새, 한민영."

연향석 옆에 서 있던 관리관이 낮지만 또렷하게 민영의 이름을 불렀다. 순간 연향석 위로 피어오르던 향 연기가 작은 불꽃처럼 반짝이더니, 곧 사방으로 퍼져 은빛의 향 연기가 되어 초연단 안 공중에 떠올랐다. 향 연기는 기단 위를 맴돌며 연약하게 흔들렸지만, 아직 멀리 떨어진 민영에게는 닿지 않았다. 민영은 숨을 고르며 눈을 감았다. 가슴이 콩닥콩닥 뛰었다. 드디어, 한진을 만나러 내려갈 순간이 다가온 것이다.

곁에 서 있던 월직차사가 조용히 다가왔다. 검은 슈트를 입은 그는 언제나처럼 무표정했지만, 민영의 얼굴을 바라보는 눈빛은 어딘가 모르게 부드러워져 있었다.

"가시죠, 대만신님."

낮은 목소리가 들리자, 민영은 떨리는 숨을 내쉬며 고개를 끄덕였다. 긴장으로 손끝이 차가워졌다. 길게 이어진 복도의 끝, 눈앞에 커다란 백색 기단이 드러났다. 기단 위에는 연향석이 은은한 빛을 머금은 채 고요히 자리하고 있었고, 그 위를 맴도는 향 연기가 희미하게 빛나며 부유하고 있었다.

민영은 잠시 숨을 고른 뒤, 기단 위로 발을 내디뎠다. 발을 내디딜 때마다 바닥의 기운이 묘하게 무게감을 주었고, 마음속 깊은 곳에는 묘하게도 따뜻한 것이 함께 피어났다. 한 발, 한 발 오르는 동안, 그녀의 시선은 연향석만을 향해 있었다. 연향석에 가까워질수록 향기의 기운이 진해졌고, 그것은 민영의 코끝을 스치며 마음을 더욱 고요하게 만들었다.

마침내 연향석 앞에 다다르자, 연기들이 비로소 민영의 발목과 팔을 부드럽게 감싸기 시작했다. 그 순간, 월직차사가 민영의 옆에 멈춰 섰다. 손을 잡지는 않았지만, 그의 기척만으로도 묘한 안도감이 들었다. 민영은 작게 숨을 들이쉬며, 눈앞의 연향석을 바라보았다. 이제, 내려갈 시간이 다가오고 있었다.

연향석 위의 향 연기가 점점 더 짙어졌다. 마치 연못 위에 피어오르는 물안개처럼, 은빛의 향 연기가 연향석 주변을 감돌다 기단 위로 천천히 피어올랐다. 향기의 냄새가 더 깊어지고, 공기가 묘하게 달라졌다. 월직차사가 민영에게 조용히 고개를 끄덕였다.

"이제 갑니다."

그의 낮은 목소리가 공기 중의 향기와 함께 스며들었다. 민영은 잠시 눈을 감았다가 다시 떴다. 눈앞에서 연향석의 빛이 더 강해지더니, 어느 순간 그녀의 발밑에서부터 은빛의 향 연기가 일렁이며 피어올라 그녀의 몸을 감쌌다. 몸이 부드럽게 공중으로 떠오르는 듯한 기분이 들었다. 무게감이 사라지고, 발밑의 기단이 멀어지기 시작했다.

바람이 없는데도 향 연기가 몸을 감싸며 천천히 움직이자, 민영의 머리카락이 가볍게 흔들렸다. 시야가 흔들리고, 초연단의 빛들이 길게 늘어나며 흘러내렸다. 그리고 그 사이로, 월직차사가 검은 슈트 자락을 흩날리며 함께 연기 속으로 들어섰다. 그 순간, 민영의 시야가 은빛으로 가득 차오르더니, 모든 빛과 소리가 사라졌다.

다음 순간, 마치 어두운 터널을 통과하듯 짧지만, 긴 한순간이 지나고, 민영의 발이 다시 땅에 닿았다. 그곳은 이승이었다. 향 연기의 잔향이 공기 속에 희미하게 남아 있었고, 눈앞에는 익숙한 한진의 집 마당과 그 위에 조용히 내려앉은 겨울 아침의 공기가 있었다.

민영은 무의식적으로 한진의 이름을 부르려 했지만, 목소리는 바람에 섞여 허공으로 흩어졌다. 그녀의 옆에는 월직차사가 조용히 서 있었고, 둘은 잠시 숨을 고르며 눈앞의 이승을 바라보았다.

제상에는 정갈하게 놓인 밥그릇과 국, 가지런히 놓인 반찬 접시들이 촛불빛에 은은히 빛났다. 한진은 새벽부터 몸을 움직여 음식을 준비했고, 연화는 그의 곁에서 말없이 옆을 지켰다. 향로에서 피어오르는 향 연기가 방 안을 천천히 메우며 무겁게 깔렸다. 방 안의 온기는 따뜻했지만, 그 따뜻함은 외로움과 섞여 한진의 가슴을 더욱 저리게 만들었다.

한진은 제상 앞에 앉아 눈을 감았다. 한 번, 두 번, 세 번. 깊게 숨을 들이쉬었다 내쉴 때마다, 눈앞에 엄마의 얼굴이 스쳐갔다. 웃던 얼굴, 화내던 얼굴, 자신을 바라보며 무언가 말하려던 얼굴. 결국 눈물이 한 방울 뚝 떨어졌다.

'엄마… 오늘은… 꼭 와줘….'

"야, 한진."

연화가 조용히 불렀다. 한진은 고개를 돌리지 못한 채, 입술을 깨물며 제상을 바라보고 있었다.

"너, 또 속으로 울고 있지?"
"… 안 울어."
"거짓말."

연화는 한숨을 쉬며 옆에 주저앉았다. 그녀의 손이 한진의 팔을 톡 치고 스쳤다.

"네가 울면… 스승님이 얼마나 속상해하시는 줄 알아?"

한진은 고개를 푹 숙였다. 잠시 입술이 떨리더니 작게 말했다.

"그래도… 오늘은… 엄마가 꼭 와 줬으면 해서."

연화는 말없이 그의 얼굴을 바라보았다. 초의 불빛이 한진의 축 처진 어깨 위에서 흔들렸다. 한진은 숨을 크게 내쉬고 고개를 들었다.

"연화 누나… 나… 잘하고 있는 거 맞지?"

연화는 잠시 눈을 깜박였다가, 작게 웃었다.

"응, 잘하고 있어. 엄청나게 잘하고 있어."

그 말에 한진의 눈가가 다시 붉어졌다. 연화는 그의 어깨를 톡톡 두드리며 낮게 중얼거렸다.

"오늘은 엄마가 오시는 날이잖아. 그러니까 울지 마. 알았지, 우리 한진?"

"… 응."

제상 앞에 무릎을 꿇은 한진의 어깨가 조용히 떨렸다. 향내가 점점 짙어지고, 초의 불꽃이 흔들렸다. 한진은 눈을 감은 채 두 손을 모았다. 그의 입술이 떨리며 작게 움직였다.

"엄마… 내가 엄마의 제상을 차리고 있다니… 기가 막힐 노릇이다. 그치?"

그 목소리는 너무 낮아서 들리지 않을 정도였지만, 그 순간 방 안의 공기가 잠시 멈춘 듯 고요해졌다.

방 안에 마련된 제사상에는 흰 쌀밥, 따뜻한 국, 나물 반찬, 구운 생선, 과일과 술잔이 차분히 놓여 있었다. 두 개의 초가 나란히 타올랐고, 향로에서 피어오르는 연기가 실처럼 가늘게 흘러 천천히 천장으로 스며들었다. 벽 쪽에 놓인 액자 속, 환하게 웃고 있는 민영의 생전 모습이 흔들리는 촛불에 비치고 있었다.

민영은 초연단에서 연향석을 통해 이승으로 잠시 내려와, 영혼의 시선으로 이 모습을 바라보고 있었다. 바람 한 점 없는 방 안에서 향내가 은근히 퍼지고, 그 냄새가 익숙해 코끝을 찌르자, 민영의 가슴 한편이 시큰하게 저렸다.

상 앞에 서 있는 한진의 등이 보였다. 그의 어깨는 이전보다 한층 더 야위었고, 고개를 깊이 숙인 채 한동안 움직이지 않았다. 초의 불빛이 흔들릴 때마다 한진의 얼굴이 비쳤고, 그의 입술이 조금씩 떨리고 있었다.

방 한편에는 연화가 조용히 서 있었다. 오늘만큼은 무당이 아닌, 한 사람의 제자이자 가족으로서 온 자리였다. 연화의 손은 가볍게 모아져 있었고, 그녀의 시선은 제사상 위의 향 연기를 따라가고 있었다. 숨을 고르려는 듯 연화의 가슴이 천천히 들썩였다. 눈동자가 미세하게 흔들리며 눈가가 붉어졌다.

그 순간 민영은 느꼈다. 연화가 자신이 여기에 있음을 느끼고 있다는 것을. 말하지 않아도, 보이지 않아도, 마음으로 서로가 이어져 있다는 것을 알 수 있었다.

민영의 시선이 한진에게로 향했다. 한진은 초 앞에 서서 작은 목소리로 중얼거렸다.

"엄마… 잘 지내고 있어…?"

민영은 소리 없는 숨을 들이쉬었다. 가슴이 벼락 맞은 듯 저리고, 손끝이 떨렸다. 손을 뻗어 한진의 등을 토닥여 주고 싶었지만, 그럴 수 없었다. 민영의 눈에 눈물이 맺혔다.

'우리 한진이…. 한진아! 엄마 여기 있어…. 보고 있다….'

제사상의 촛불만이 작게 흔들리며, 엄마와 아들의 숨죽인 재회를 비추고 있었다. 한진은 제사상 앞에 서서 두 손을 모았다. 입술을 떨며 숨을 들이마셨지만, 숨이 목에 걸려 쉽게 넘어가지 않았다. 초의 불빛은 작은 바람에도 흔들렸고, 향이 피워내는 연기는 마치 손짓하듯 그의 시야를 스쳤다.

'엄마….'

속으로 부른 단어였다. 입 밖으로는 소리가 나오지 않았다. 지난 몇 달간의 고단했던 날들이, 매일 같이 회사에서 구겨진 그의 자존심이, 집에 돌아와 허전하게 맞았던 텅 빈 방의 공기가 한꺼번에 몰려와 가슴을 죄었다.

눈가가 뜨거워졌다. 눈물이 고였지만, 한진은 억지로 고개를 숙여 그 눈물을 숨겼다. 손끝이 조금씩 떨렸다. 향로의 연기가 조금 더 짙어졌다. 그 순간, 마치 누군가 곁에서 조용히 숨죽이며 지켜보고 있는 듯한 기분이 들었다.

'엄마… 있지… 나… 나 잘하고 있는 거 맞아…?'

말끝이 목구멍에 걸려 더는 이어지지 않았다. 어릴 적, 잠들기 전 민영이 등을 두드려 주던 손길이 떠올랐다. 무서운 꿈을 꾸고 깼을 때, 한진의 머리를 쓰다듬어 주며 "괜찮아, 괜찮아…." 속삭이던 엄마의 목소리가 귓가에 울렸다.

하지만 이젠, 아무 소리도 들리지 않았다. 대신 향 연기가 그의 얼굴을 스치며 이마를 간질였다. 한진은 그 향 속에서 엄마의 온기를 찾으려 애쓰듯 숨을 들이마셨다. 쌉싸름한 향내가 코끝을 스치며 눈물을 자극했다.

끝내 참지 못한 눈물이 뺨을 타고 흘러내렸다. 한진은 주먹을 쥔 채, 제사상 앞에서 고개를 숙였다.

'엄마… 미안해…. 나… 나 아직도 힘들어….'

말 없는 방 안, 작은 흐느낌이 스며들었다. 초의 불빛은 작게 흔들리며, 방 안에 남은 향내와 한진의 눈물, 그리고 꺼내지 못한 말들을 함께 삼키고 있었다.

민영은 자신 가까이 있는 한진이의 눈물을 닦아주고 싶었다. 자신도 눈물을 흘리고 있으면서 자신의 눈물 따위는, 자신의 아픔 따위는 아무것도 아니라는 듯이 신경도 쓰지 않고 오로지 자신의 아들 한진이의 눈물만, 한진이의 슬픔만이 그녀를 괴롭혔다.

그녀가 손을 뻗어 한진이의 눈 아래로 흐르고 있는 눈물을 닦아주려다가 문뜩 저승사자의 말이 생각났다.

'대만신님. 혹여 아드님을 만지지 마십쇼. 귀신의 손은 '가시손'입니다. 아드님을 아프게 만듭니다.'

저승사자의 그 말이 떠올라 한진에게 뻗었던 손이 순간 움츠러들었다.

민영의 시야에 한진의 얼굴이 보였다. 그 순간, 가슴을 파고드는 날 선 통증이 갑작스럽게 밀려왔다. 숨이 턱 막혔고, 가슴이 죄어 들어 숨조차 쉴 수 없었다. 공중에 떠 있던 몸이 휘청이며 앞으로 쏠렸다.

"끄윽…."

억눌러 삼킨 신음이 허공에 번졌다. 향냄새가 더 진해지며 머리를 어지럽혔다. 시야가 흔들렸지만, 민영은 마지막까지 한진의 얼굴을 놓지 않으려 애썼다. 한진은 제상 앞에 무릎을 꿇고 고개를 떨군 채 가만히 떨고 있었다.

그 순간이었다.

"… 읍…!"

제상 옆에 앉아 있던 연화가 갑자기 가슴을 부여잡았다. 눈이 크게 떠졌고, 얼굴이 하얗게 질렸다. 숨을 크게 들이쉬려 했지만, 숨소리가 끊겨 가늘게 흘러나왔다.

"연화 누나, 왜 그래?!"

한진이 깜짝 놀라 연화를 붙잡았다. 연화는 손가락으로 허공을 더듬으며, 말 대신 억눌린 신음을 내뱉었다.

"… 갑자기… 가슴이…."

연화의 몸이 떨렸다. 힘이 풀린 손이 상 위의 젓가락을 건드렸고, 젓가락은 '챙' 하는 소리를 내며 바닥으로 떨어졌다. 연화의 몸이 앞으로 기울어 무릎을 바닥에 댔다. 숨을 내쉴 때마다 얼굴이 더 창백해졌다.

"누나! 누나, 왜 이래! 어디 아픈 거야?!"

한진은 다급하게 연화의 어깨를 붙잡고 흔들었다. 연화는 힘겹게 한진을 올려다보았지만, 답 대신 눈물이 뺨을 타고 흘렀다. 눈빛엔 설명할 수 없는 고통과 두려움이 비쳤다.

그 순간, 민영의 통증이 더 깊어졌다. 숨이 막혀 소리조차 낼 수 없었고, 시야가 흔들리며 초의 불빛이 번져 물결처럼 출렁였다. 손끝이 떨렸지만, 한진에게 다가갈 수 없었다.

그때, 현관 쪽에서 느껴지는 익숙한 기운이 급하게 다가왔다.

"대만신님, 이제 가셔야 하겠습니다. 안 되겠습니다. 이만 중천으로 돌아가시죠."

낮고 차분한 목소리였다. 월직차사였다. 그는 현관 앞에 서서, 말없이 민영을 향해 고개를 숙였다. 더 이상 이승에 머물 수 없다는 것을, 민영도 느낄 수 있었다. 마지막 힘을 다해 한진에게 손을 뻗었지만, 허공만 가를 뿐이었다.

'한… 진… 아….'

목소리는 바람 속으로 흩어졌다.

월직차사가 조용히 손을 들자, 향냄새가 스며든 공간이 어둡게 흔들렸다. 한진이 연화를 붙잡고 당황한 얼굴로 무언가 외쳤지만, 그 소리가 민영에게는 들리지 않았다.

그리고 민영의 의식은 향냄새에 묻힌 채 어둠 속으로 스며들었다. 민영은 다시, 중천으로 돌아왔다.

연화는 숨을 거칠게 몰아쉬며 바닥을 짚고 있었다. 조금 전까지 가슴을 찌르듯 옥죄던 통증이, 물러나는 파도처럼 스르르 빠져나갔다. 식은땀으로 젖은 이마를 손등으로 닦으며, 연화는 숨을 고르고 천천히 고개를 들었다. 방 안 공기는 아직 향냄새가 가득했지만, 아까처럼 숨이 막히지 않았다.

"뭐야… 이게…."

그녀는 떨리는 손으로 가슴을 눌러보았다. 고통이 완전히 사라진 것은 아니었지만, 더 이상 움직일 수 없을 정도의 아픔은 아니었다. 조금 전까지 온몸을 조여오던 고통이 순식간에 사라진 기이한 순간, 연화는 깨달았다.

'엄마가… 가셨구나.'

아니, 정확히는 '신엄마의 영혼이 이곳을 떠난 것'이었다. 자신에게 남겨졌던 고통의 흔적이 함께 사라지자, 연화는 자신이 민영의 영혼과 연결되어 있었다는 것을 다시금 깨달았다.

방 한편에 서 있던 한진이 연화의 얼굴을 보고 다급히 다가왔다.

"누나, 괜찮아? 왜 그러는데… 왜 갑자기…?"

연화는 억지로 미소를 지어 보였다.

"괜찮아, 한진아. 이제 괜찮아졌어."

그 말은 스스로에게도, 그리고 이 방 안의 허공을 통해 떠나간 스승에게도 전하는 말이었다.

연화는 한진의 걱정스러운 시선을 애써 외면하며 자리에서 천천히 일어섰다. 땀으로 축축해진 손바닥을 옷자락에 닦고, 제사상 위에 놓인 마지막 술잔을 들어 제상 앞에 천천히 부었다. 투명한 술이 소리를 내며 제상 아래 흘러내렸고, 향은 끝까지 다 타들어가 연기가 가늘게 피어올랐다. 방 안을 가득 채웠던 향내는 조금씩 옅어지며 허공 속으로 사라졌다.

연화는 눈을 감고 조용히 두 손을 모았다.

'엄마, 잘 다녀오세요. 그리고… 한신이 옆에 있어 주세요.'

속으로 기도를 마치자, 이승과 저승의 경계가 한순간 얇아진 듯한 묘한 기운이 방 안을 스쳐 지나갔다. 하지만 이제 더 이상 가슴을 짓누르던 통증도, 숨이 막히는 듯한 압박감도 없었다. 제사의 마지막 순서인 절을 마친 연화는 천천히 한진에게 고개를 끄덕였다.

한진은 아직도 초가 꺼진 자리에서 시선을 떼지 못한 채 멍하니 서 있었지만, 연화의 시선이 닿자 간신히 숨을 들이쉬었다.

"누나, 이제… 끝난 거지?"

"응, 끝났어."

연화는 한진의 어깨에 손을 올리며 작게 웃었다. 하지만 웃음 뒤에는 스승의 빈자리를 향한 막막함과, 남겨진 자로서의 책임감이 묵직하게 내려앉아 있었다. 한진의 등 뒤로, 제사상 위에 놓인 유골함이 흔들리지 않게 자리를 잡고 있었다. 연화는 마지막으로 촛농이 굳은 초를 치우며, 작은 목소리로 스스로에게 다짐하듯 속삭였다.

'엄마, 다음에도 꼭… 잘 지켜 드릴게요.'

그렇게 첫 번째 기일의 제사가 마무리되었고, 향과 연기, 술 냄새가 조금씩 빠져나가며 방 안에는 차가운 공기만이 남았다.

# 6. 결단

중천으로 돌아온 민영은 허공을 타고 내려앉으며 한 차례 숨을 몰아쉬었다. 방금까지 폐를 짓누르던 숨 막히는 통증은 언제 그랬냐는 듯 사라졌지만, 그 자리를 대체한 것은 알 수 없는 불안이었다. 이승에서 본 한진의 모습이, 그 방의 공기와 연화의 떨리는 손끝이, 마지막으로 들었던 향냄새와 함께 선명히 떠올랐다. 숨을 내쉴 때마다 그때의 통증이 기억처럼 남아 가슴속에서 묵직하게 쿵쿵거렸다.

민영은 천천히 고개를 들었다. 중천의 하늘은 늘 그렇듯 무채색으로 고요했지만, 지금은 그 고요가 더 이상 편안하게 느껴지지 않았다. 공기의 결이 묘하게 거칠게 느껴졌고, 귀 끝에 닿는 바람조차 무언가를 속삭이는 듯했다.

그때였다. 신장 한철순과 넋대신 이말례가 발걸음을 옮기며 다가왔다. 신장은 깊게 주름이 진 이마를 만지며 한숨을 내쉬었고, 이말례는 딸의 얼굴을 보자마자 손끝을 떨며 눈가가 붉어졌다.

"민영아."

짧은 부름 속에 수많은 의미가 담겨 있었다. 민영은 숨을 삼킨 채 눈길을 돌렸다.

"네 상태를 보고… 중앙청에 다녀왔다."

신장이 낮게 말하며 눈길을 피했다. 그의 목소리에는 오랜 세월 수많은 영혼을 다뤄온 자의 무거움과 딸을 향한 아버지의 연민이 뒤섞여 있었다. 민영의 눈이 크게 흔들렸다.

"아버지… 무슨 일인가요?"

이말례가 조용히 한발 다가서며 민영의 손등을 잡았다. 따뜻한 기운이 전해졌지만, 그 안에 깃든 슬픔은 쉽게 느껴졌다.

"민영아, 네가 느낀 그 통증… 그건 그냥 네 몸이 힘들어서 온 것이 아니란다."

신장이 낮게 숨을 내쉰 후 말을 이었다.

"중앙청에서 확인했다. 네 통증은 자손에게 닥칠 위험의 징조라고… 네 아들에게, 무언가 큰 위험이 다가오고 있다는 신호라고 하더구나."

순간, 민영의 시야가 흔들렸다. 폐 속이 텅 비어버린 듯 숨이 막혔고, 발끝에서부터 서늘한 기운이 스며들었다.

"한진이가… 위험하다고요…?"

이말례는 딸의 손을 더욱 꽉 잡았다.

"확실히 하기 위해서… 내가 점괘를 보았다."

숨을 고르며 말을 잇는 이말례의 눈가에는 눈물이 고여 있었다. 그녀는 작게 떨리는 목소리로 마지막 말을 꺼냈다.

"한진이에게… 죽음의 기운이 드리워져 있단다."

민영의 몸이 흔들렸다. 조금 전까지도 온기 있게 다녀온 이승, 겨우 바라본 아들의 얼굴, 겨우 느꼈던 숨결이 무너지는 듯했다. 가슴 깊은 곳에서 외침이 터져 나오려 했지만, 목이 잠겨 아무 소리도 나오지 않았다. 머릿속에는 한진의 얼굴과 함께 '죽음'이라는 단어가 무겁게 박혀 박동에 맞춰 울렸다.

'한진이가… 내 아들… 하, 한진이가…죽는다니….'

민영의 눈에서 눈물이 떨어졌다. 뺨을 타고 흘러내린 눈물은 영혼의 몸에도 차갑게 스며들어 그녀의 결심을 더욱 단단하게 굳혀갔다.

민영은 중천의 처소로 돌아온 뒤에도 가슴 깊숙이 남은 통증의 여운을 떨쳐내지 못한 채 신장 한철순과 넋대신 이말례를 바라보았다.

"아버지, 어머니… 무슨 방법이 없겠어요? 한진이가 이렇게 힘들어하는데… 우리가 뭘 해야 하는 거 아니에요?"

목소리가 떨렸지만, 눈빛만큼은 단단하게 빛났다. 신장 한철순은 잠시 눈을 감았다가 무겁게 한숨을 내쉬며 고개를 저었다.

"어쩔 수 없다, 민영아. 네 아들이지만, 이건 그 아이가 스스로 이겨내야 할 문제다. 우리라고 해줄 수 있는 게 있겠냐. 아마 연화 기자가 굿판을 연다 해도… 별 소용이 없을 거다."

그의 목소리에는 안타까움과 체념이 뒤섞여 있었다. 그 말에 민영의 눈이 크게 흔들리더니, 금세 붉어졌다.

"말도 안 되는 소리 하고 있어, 아버지! 그럴 리가 없잖아요! 한진이가 얼마나 힘든데…!"

민영은 이를 악물며 몸을 돌려 달리기 시작했다. 망설임도 없었다. 그녀의 발걸음이 향한 곳은 중앙청이있다. 뒤에서 이말례가 "민영아, 잠깐만…." 하고 부르려 했지만, 이미 민영은 은빛 복도를 달리고 있었다. 잠시 머뭇거리던 신장 한철순과 넋대신 이말례, 동자신, 걸립신 최도현이 서로 눈을 마주쳤다. 결국 그들 모두가 무거운 얼굴로 민영의 뒤를 따라 중앙청으로 향했다. 민영의 결의에 이끌리듯, 그 길이 옳다는 듯이.

중앙청의 거대한 문 앞에서 민영은 숨을 고르며 섰다. 이마에 식은땀이 맺히고, 손끝이 떨렸지만 멈출 수 없었다. 뒤에는 신장 한철순, 넋대신 이말례, 동자신, 걸립신 최도현이 말없이 민영을 따라 서 있었다. 문을 지키던 수호 차사가 검은 눈동자로 민영을 바라보며 낮게 물었다.

"용무가 무엇이십니까."

민영은 고개를 들고 떨리는 숨을 가다듬었다.

"중천 대제께 부탁이 있어서 왔어."

차사가 고개를 끄덕이자, 중앙청의 문이 묵직하게 열리며 은빛 기운이 흘러나왔다. 민영은 잠시 숨을 고르고, 뒤따라온 몸주신들을 돌아보았다. 모두 말없이 고개를 끄덕였다.

민영은 떨리는 발걸음으로 문 안으로 들어섰다. 발밑의 검은 대리석 바닥에 새겨진 문양이 걸음을 옮길 때마다 은빛으로 반짝였고, 길게 뻗은 복도를 따라 은은한 향내가 스며들었다.

복도의 끝에는 검은 옥문이 하나 더 있었고, 그 문을 지나면 중천 대제가 머무는 방이 있었다. 문 앞에 다다른 민영은 심호흡을 한 번 하고, 두 손을 모아 문을 조용히 밀었다.

스르륵 하고 문이 열리자, 내부의 공간이 보였다. 높고 둥근 천장, 은빛 기운이 서린 공기, 그리고 그 중심에 검은 옥의 의자에 앉아 있는 중천 대제가 마치 산처럼 움직이지 않고 민영을 내려다보고 있었다. 민영은 몸주신들이 뒤에서 따라 들어오는 기척을 느끼며, 조용히 앞으로 걸어 나갔다.

민영은 조용히 발걸음을 멈추고 중천 대제를 올려다보았다. 은빛 기운이 서린 공기 속에서 숨이 가쁘게 차올랐지만 애써 진정시켰다. 이곳까지 오기 위해 무명원의 바람 속에서 방울을 쥐고 기도하던 순간들이, 한진의 이름을 부르며 통증을 견디던 순간들이 스쳐 지나갔다. 그녀는 두 손을 모은 채, 차갑게 식은 손끝의 떨림을 애써 감춘 채 낮게 고개를 숙였다.

"중천 대제님, 제 아들이 위험합니다."

그녀의 목소리는 작았지만, 높고 둥근 천장에 닿아 작은 메아리를 만들어 냈다. 뒤에서 따라온 신장 한철순과 넋대신 이말례, 동자신, 걸립신 최도현도 묵묵히 고개를 숙였다. 이곳에 들어선 순간부터, 민영의 가슴속에서 무언가 뜨겁게 요동치고 있었다.

중천 대제는 옥의자에 앉은 채로 민영을 내려다보았다. 그의 눈빛은 깊고 차가웠지만, 그 속에는 한순간 스치듯 연민의 빛이 깃들었다. 방 안의 공기는 무겁고 차가웠으며, 그의 어깨 주변에서는 은빛 기운이 느릿하게 피어올라 천천히 퍼졌다. 그 기운은 공기 중에 맴돌다 이내 민영의 숨결 속으로 스며드는 듯했는데, 방 안의 온도는 낮았지만, 숨을 들이쉴 때마다 핏속이 데워지는 듯한 긴장감이 온몸을 타고 흘러내렸다.

민영은 발밑의 검은 대리석 바닥에 반사되어 일렁이는 은빛을 바라보다, 천천히 고개를 들어 중천 대제의 시선을 마주했다. 두 손을 가슴께로 모아 쥔 채, 떨리는 숨을 내쉬었다. 가슴속에서 심장이 두근거리며 벽을 두드리는 소리가 들려왔다. 작은 용기를 끌어올리듯 눈을 감았다 뜨고, 낮지만 분명한 목소리로 말했다.

"부탁드립니다."

한순간 방 안의 기류가 멈춘 것처럼 고요해졌다. 민영은 숨을 삼키며 다시 입술을 열었다.

"한진이를… 제 아들을 살려 주십시오."

중천 대제의 시선이 미묘하게 흔들렸다. 눈동자 속 어딘가에서 짧게 지나간 연민의 빛이 은빛 기운과 함께 미세하게 흔들렸지만, 그것은 잠시뿐이었다.

그의 어깨를 감싸고 있던 은빛 기운이 한순간 숨을 내쉬듯 가볍게 일렁이며 방 안으로 퍼졌다. 그 은빛은 공기 중에서 부유하다 이내 다시 그의 어깨로 모여들었고, 방 안의 공기는 다시 무거운 고요로 되돌아갔다. 그는 눈을 감았다가 천천히 떴다. 그 짧은 눈을 감는 순간에도 방 안의 기운이 묘하게 흔들리며 긴장감을 자아냈다. 눈을 떴을 때, 그 눈빛은 이전의 연민의 흔적 따위는 완전히 지워버린 듯 냉철하고 단호했다. 빛나는 검은 눈동자 속에는 이제 무언의 결의와 책임이 자리하고 있었고, 민영을 향한 시선은 더 이상 흔들림이 없었다.

중천 대제는 길게 숨을 들이쉬었다. 그의 가슴이 미세하게 올라갔다 내려가자, 어깨 주변에서 은빛의 기운이 부드럽게 흘러나와 파문처럼 공중으로 퍼졌다.

방 안의 공기가 한순간 묘하게 떨리며 긴장감이 번져 나갔다. 그 한 번의 숨결이 이 작은 공간의 공기를 무겁게 짓누르는 것 같았다.

그는 머리를 아주 조금 숙였다가 다시 들어 민영을 바라보았다. 그리고 깊고 낮은 목소리로 천천히 입을 열었다.

"대만신 한민영."

단 한 번의 호명, 그것은 단순한 이름 부름이 아니었다. 그의 목소리가 공기 속에 스며드는 순간, 은빛의 기운이 진동하며 방의 벽과 바닥을 따라 번져갔고, 공간 전체가 낮게 울리며 무언의 권위를 내뿜었다. 민영은 무릎이 약해지는 느낌을 받으며 가슴이 떨려왔다. 그 이름을 부르는 목소리 속에는 무거운 책임과 동시에 알 수 없는 연민의 기운이 살짝 섞여 있었다.

민영은 숨을 삼켰다. 목구멍을 타고 내려가는 숨결이 뜨겁고, 가슴속이 얼얼하게 저릿했다.

"말해보거라."

민영은 두 손을 가슴께로 가져가 단단히 모은 채, 떨리는 숨을 깊게 들이쉬었다. 방 안의 차가운 기운이 숨결 속으로 들어왔지만, 그 안에는 한진을 지키고자 하는 간절함이 함께 섞여 있어 오히려 가슴이 뜨겁게 달아올랐다. 한순간, 이승에서 마지막으로 본 한진의 눈물이 어린 얼굴이 떠올랐고, 눈앞이 잠시 흐려졌다. 하지만 민영은 고개를 들었다. 이 자리에서 물러나면 다시는 기회가 없을 것이라는 것을 알고 있었다. 방 안의 은빛 기운이 그녀의 주위를 감싸며 숨결과 함께 흔들릴 때, 민영은 마침내 눈을 감았다 뜨며 입술을 열었다.

"한진이를… 제 아들을, 이 고통에서 구해 주십시오."

중천 대제는 한동안 말을 잇지 않았다. 은빛 기운이 그의 어깨 주위를 맴돌며 공중에 미세한 빛의 흔들림을 남겼고, 그 흔들림이 방 안의 고요와 어우러져 긴장감 어린 침묵을 만들었다. 고요히 민영을 바라보던 그의 시선은 무거운 짐을 짊어진 자만이 가질 수 있는 고독과 결의를 품고 천천히 내려앉았다. 그리고 마침내 낮지만 단단한 목소리가 공기 속을 진동시키며 방 안을 울렸다. 그 목소리는 차갑지도 따뜻하지도 않았지만, 단호함으로 가득 차 있었다.

"그 아이 살리는 거, 천기를 누설하는 일이야."

민영은 두 손을 꼭 쥐고 숨을 내쉬었다. 심장이 두근거려 목덜미까지 울렸지만, 시선을 피하지 않았다. 눈동자가 잠시 흔들렸지만 곧 단단해졌고, 중천 대제의 깊은 눈빛과 마주한 채 숨을 고르며 입술을 적셨다. 손끝은 차갑게 식었고, 목뒤로 식은땀이 흘렀지만, 가슴 깊은 곳에서 끓어오르는 결심은 흔들리지 않았다. 방 안의 공기가 은빛 기운과 함께 무겁게 내려앉아 숨쉬기조차 버거웠지만,

민영은 한 걸음 앞으로 나서며 시선을 올렸다. 그 순간, 그녀의 눈가가 붉어졌지만 끝내 눈물을 흘리지 않았다. 한진의 얼굴이, 어린 시절 웃던 모습과 혼자 울던 모습이 파도처럼 스쳐 지나갔지만, 민영은 가슴을 펴고 낮지만 또렷한 목소리로 말을 꺼냈다.

"그래도… 부탁드립니다. 한진이, 그 아이는 아직 살아야 합니다."

중천 대제는 잠시 시선을 거두며 옥의자에 등을 기댔다. 어깨 주변을 감싸고 돌던 은빛 기운이 조용히 일렁이며 공중에 가벼운 흔들림을 남겼다. 그 빛의 흔들림이 방 안의 고요와 맞물려 묘하게 긴장된 공기를 만들어 냈다. 그의 눈이 잠시 감겼다가 다시 떠졌을 때, 조금 전까지 스쳤던 연민이나 망설임의 기색은 깨끗이 사라지고, 오직 책임을 짊어진 자의 무표정과 무게만이 남아 있었다. 무거운 정적이 흐르는 가운데, 중천 대제는 천천히 고개를 돌려 민영을 바라보았다. 그 시선은 흔들림 없이 깊었고, 검은 옥의자 위에 앉은 거대한 산처럼 움직이지 않았다. 한숨도 없이, 낮지만 단단한 목소리가 공간을 진동시켰다.

"네 마음은 알겠다. 하지만 그 아이의 생명은 네가 구할 수 있는 게 아니다."

중천 대제의 단호한 거절에 민영의 얼굴은 순간적으로 굳어졌다. 가슴속 희망이 꺼져가는 듯한 냉기가 내려앉았지만, 눈동자 속에는 여전히 꺼지지 않는 불씨가 남아 있었다. 민영은 두 손을 가슴께로 모은 채 고개를 깊게 숙였다. 숨이 가빠와 목이 떨렸지만, 그럼에도 포기할 수 없었다. 입술을 깨물며 애써 떨림을 멈추려 했지만, 목소리는 간절히 떨려 나왔다.

"그렇다면… 선몽이라도 허락해 주십시오. 단 한 번만이라도… 아이의 꿈에 찾아가, 어미로서 해 주어야 할 말을 전하게 해주십시오."

방 안은 정적에 잠겼고, 은빛 기운이 고요히 떠다니며 공기를 묘하게 무겁게 했다. 중천 대제의 시선이 민영을 깊게 내려다보았다. 그 검은 눈동자가 순간적으로 멀어지듯 흔들리더니, 얼마 전, 바리데기와의 대화가 뇌리를 스쳤다. 달빛 가득한 바리데기청의 복도, 황금빛 몽두리를 쓰고 앉아 있던 바리데기가 고개를 들어 말하던 순간이 떠올랐다.

'순리대로 하세요. 하지만 너그러운 편이 그 아이에게 좋을 것 같네요.'

그 목소리는 바람처럼 은은했고, 단호하지만 따뜻했다. 그 말이 떠오르자 중천 대제의 눈빛 속에 잠시 연민이 스쳤다. 그리고 마침내, 방 안의 공기를 울리는 낮고 단단한 목소리가 나왔다.

"좋다. 이제 너도 무명원에서 도를 닦으며 몸주신에 준하는 존재가 되었으니, 선몽을 허하겠다."

민영은 중천 대제에게서 허락을 받고 선몽관으로 향하는데, 몸과 마음에 묘한 긴장감이 함께 걸음을 따라왔다. 가벼운 바람처럼 불어오는 한기 속에서도 가슴 한구석이 뜨겁게 달아올랐다. 이번에는 기도로 돕는 것이 아니라, 직접 아들의 꿈속으로 들어가야 했다.

무명원에서 하루하루 마음을 다잡으며 기도를 이어갈 때와는 차원이 다른, 어쩌면 마지막이 될지도 모르는 결심이었다. 신장 한철순은 묵직한 눈빛으로 그녀의 등을 바라보았고, 넋대신 이말례는 두 손을 모아 짧은 기도를 올리며 뒤를 따랐다. 동자신은 작은 몸으로 한 걸음 한 걸음을 맞추며 발맞춰 걸었고, 걸립신 최도현은 무거운 숨을 내쉬며 민영의 옆을 걸었다. 그들의 침묵 속에는 애틋한 걱정과 응원이 함께 스며들어 있었다.

민영은 발걸음을 멈추고 선몽관 입구 앞에 섰다. 한진의 얼굴이 떠올랐다. 한때는 세상에서 가장 사랑스러웠던 웃음, 신당 앞에서 혼자 울던 쓸쓸한 그림자, 혼자 밥을 먹으며 고개를 숙였던 외로움이 파도처럼 밀려왔다. 숨이 막힐 듯 먹먹했지만, 지금은 주저할 수 없었다. 엄마로서, 아들을 살리기 위해, 그의 꿈속으로 가야 했다.

"이제, 네 꿈속으로 갈게. 엄마가."

# 7. 좌절

민영은 눈을 감고 짧게 숨을 고르며 발끝에 맺힌 떨림을 느꼈다. 선몽관의 입구를 지나자, 몸 안으로 차갑게 스며드는 기운이 척추를 타고 오르며 온몸을 긴장으로 물들였다. 하지만 그 차가움 속에 이상하리만치 평온한 결심이 심장 깊이 내려앉았다. 이제는 기도나 방울 소리가 아니라, 직접 아들의 꿈속으로 들어가야 했다. 그 안에서, 엄마로서 마지막으로 아들에게 닿아야 했다.

민영의 몸이 바람처럼 허공으로 녹아들자 눈앞이 하얗게 번쩍였다가 곧 잿빛 어둠으로 변했고, 천천히 시야가 열리며 작은 방 안이 보였다. 습기 어린 공기, 좁은 방 안에 놓인 침대, 희미하게 깜빡이는 가로등 불빛이 창문을 타고 들어와 그림자를 만들고 있었다. 그 방 안, 이불 속에서 웅크린 채 작게 숨을 쉬고 있는 한진이 보였다. 그의 얼굴은 유난히 야위어 있었고, 잦은 꿈결에 시달

렸는지 눈썹이 미세하게 떨리고 있었다. 그 모습을 보는 순간 민영의 가슴속에서 눈물이 뭉쳐 올라왔다.

"한진아…."

민영의 입에서 새어 나온 목소리는 너무 작아 공기 중에 닿기도 전에 사라졌다. 손을 뻗었다. 그러나 그 손끝이 닿은 것은 허공이었다. 꿈속 공간의 벽처럼 보이지 않는 막이 민영과 한진 사이를 갈라놓고 있었다. 가까이 있고 싶은데, 손끝 하나조차 닿을 수 없었다. 한진의 얼굴이 옆으로 살짝 돌아갔고, 그때 그의 입술 사이에서 잠결에 흐느끼는 듯한 작은 소리가 흘러나왔다.

"… 엄마…."

그 한마디에 민영의 숨이 걸려 멎었다. 닿지 않는 손끝이 떨리고, 입술이 달싹였다. "여기 있어, 엄마가 여기에 있어." 외치고 싶었지만, 목소리는 다시 공기 속으로 흩어져 버렸다. 한진은 다시 잠잠해졌고, 민영은 그 곁에서 눈물을 참고 그저 바라보았다. 엄마로서, 아들을 지켜야 한다는 다짐만이 허공 속에서 빛처럼 남아 그녀의 주위를 맴돌았다.

민영은 한 번 더 허공으로 몸을 녹였다. 선몽관 내부의 숨 막히는 침묵 속, 빛이 없는 공간을 지나며 가슴속으로 숨을 들이켰다.

‘이번에는 반드시 전해야 해.’

다짐과 함께, 영혼의 몸이 하얀빛을 통과하자 눈앞이 번쩍이며 흔들렸다.

다시 열린 시야에는 한진의 방이 보였다. 좁은 방 안, 구석에 놓인 작은 책상이 어둠 속에 서 있었고, 가로등 불빛이 희미하게 비치는 창문 아래, 이불을 덮어쓴 한진이 잠들어 있었다. 작은 몸이 미세하게 떨렸고, 그는 꿈속에서도 불안에 떠는 듯 몸을 뒤척였다. 그 순간 민영의 심장이 쿵 내려앉았다.

민영은 천천히, 한 걸음 한 걸음 그의 곁으로 다가갔다. 손끝이 떨렸지만, 멈추지 않았다. 숨을 내쉬며 손을 뻗었지만, 역시나 보이지 않는 막이 있어 손끝이 닿지 않았다. 그래도 멈출 수 없었다.

“한진아… 엄마야….”

작게 내뱉은 목소리는 허공 속으로 스며들어 작은 파문처럼 흔들렸다. 그 순간, 잠든 한진의 눈썹이 미세하게 흔들렸다. 그의 입술이 살짝 열리며 작고 가늘게 떨리는 소리가 들려왔다.

“… 엄마….”

그 소리에 민영의 눈가가 젖었다. 아이가 꿈속에서도 엄마를 부르고 있다는 사실에, 그 목소리가 너무도 간절해 더 이상 말을 잇지 못했다. 손끝은 닿지 못했지만, 그 목소리 하나로도 충분했다. 민영은 작은 웃음을 지었다. 엄마로서 아들의 곁에 있다는 사실만으로, 이 순간만큼은 함께 있는 것 같았다.

민영은 한진의 꿈속에서 간절히 그의 이름을 불렀지만, 닿지 않았다. 한진이 작게 엄마를 부르는 듯했지만, 이내 꿈의 장막이 거세게 일렁이며 민영의 몸을 밀어냈다. 순간 눈앞이 번쩍이며 세상이 뒤집히는 듯한 현기증이 찾아왔다.

다음 순간, 민영은 다시 선몽관의 차가운 바닥 위에 앉아 있었다. 숨이 거칠게 올라오고, 온몸이 휘청였다. 손끝과 입술이 하얗게 질렸다.

민영은 비틀거리며 자리에서 일어섰다. 선몽관 내부의 빛이 없는 공간은 여전히 조용했고, 연무처럼 떠다니는 은빛 기운이 그녀의 몸에 스쳤다. 가까이 다가온 선몽 대감이 깊은 눈으로 그녀를 바라보았다.

"대만신님, 실패하셨군요."

민영은 얼굴이 잿빛으로 질린 채 입술을 깨물며 물었다.

"왜… 왜 꿈속으로 들어갔는데도 아이에게 닿을 수가 없습니까…."

"아드님께서 깊은 잠에 빠지지 못하고 있기 때문에 그렇습니다.

인간 본인이 잠을 자지 않으면 어쩔 방법이 없습니다.”

선몽 대감의 목소리는 단호했지만, 그 속에는 미묘한 연민이 담겨 있었다. 민영은 그의 말을 듣고도 고개를 떨군 채, 천천히 숨을 내쉬었다.

“하지만… 나는 포기할 수 없습니다.”

낮지만 단단한 목소리였다. 민영의 손끝이 다시 떨리기 시작했다. 민영은 다시 허공으로 발걸음을 내디뎠다. 이승으로 향하는 길, 다시 한진의 꿈속으로 향하기 위한 3차 시도가 시작되었다.

“이번에는… 꼭 닿아야 한다….”

숨죽인 다짐과 함께 민영은 눈을 감았다가 떴다. 민영의 몸이 공중으로 부유하는 듯 떠오르며 꿈의 장막으로 스며들었다. 다시 찾아온 한진의 꿈속, 무겁게 내려앉은 어둠이 방 안을 감싸고 있었다. 그 어둠 속에서 민영의 영혼이 작게 떨렸지만, 결코 멈추지 않았다.

민영의 몸이 은빛 기운 속으로 빨려들며 한진의 꿈속에 들어갔다. 그곳은 끝없는 어둠과 회색빛 안개가 겹겹이 내려앉은 몽환적인 공간이었다. 어딘가 모르게 축축한 공기가 숨을 막히게 했고,

허공에서는 낮은 바람 소리가 낮게 울렸다. 발밑에는 그림자가 물결치듯 흔들리며 한 걸음 걸을 때마다 은은하게 퍼져나갔다. 그 안에서 한진이 홀로 걷고 있었다. 어깨가 축 처진 채, 그의 얼굴은 보이지 않았지만 숨을 헐떡이며 앞으로만 걸었다. 무언가에 쫓기듯, 혹은 무언가를 향해 가는 듯, 그의 걸음은 점점 빨라졌고 멀리서 들려오는 낮은 울음소리에 귀 기울이듯, 고개를 숙인 채 멈추지 않았다. 민영은 그의 뒤를 따라 손을 내밀었다. 닿을 듯 닿지 않는 거리, 떨리는 손끝으로 아들의 어깨를 잡고 싶었지만, 그 거리는 쉽게 좁혀지지 않았다.

"한진아… 엄마야… 엄마가 왔어…."

떨리는 목소리가 허공으로 흩어졌다. 그러나 한진은 걸음을 멈추지 않았다. 민영의 부름에도, 바짝 다가선 손끝이 그의 어깨에 닿을 듯 말 듯 스쳤지만, 한진은 뒤돌아보지 않았다. 멈추지도 않았고, 숨을 고르지도 않았다. 그림자 사이로 걸어가는 그의 발걸음이 점점 멀어지자, 민영의 눈에 눈물이 맺혔다.

'제발… 한 번만… 돌아봐 줘…. 제발….'

가슴이 죄어오며 숨이 막혔다. 그 순간, 거센 회오리 같은 바람이 안개를 휘저으며 몰아쳤다. 꿈의 공간이 흔들리며 민영의 몸을 강제로 뒤로 밀어냈고, 휘몰아치는 바람과 함께 모든 풍경이 부서지듯 사라져 갔다. 그녀의 시야는 다시금 새하얗게 물들었고, 몸은 다시 차가운 현실로 끌려 나왔다.

민영의 몸이 꿈에서 빠져나오자, 눈앞의 시야가 은빛으로 번쩍이며 선몽관의 현실로 돌아왔다. 몸 안의 모든 기운이 빠져나간 듯 무겁게 짓눌렸고, 온몸은 식은땀으로 젖어 있었다. 숨은 가쁘게 들이쉬어졌고, 입술은 바싹 타 있었다. 은빛 기운이 공기 중에서 잔잔히 흘렀지만, 그조차 차갑게 느껴졌다. 주위의 영혼들은 각자의 자리에 앉아 기도를 올리거나, 무언의 눈빛으로 바닥을 바라보고 있었다. 낮고 끊어지는 기도 소리와 한숨이 얇은 막처럼 공간을 메우며 민영의 귀를 파고들었다. 민영은 힘없이 무릎 위에 손을 올리고 고개를 떨궜다. 아들을 부르고, 손을 뻗었지만 끝내 닿지 못했던 그 꿈속의 장면이 계속 머릿속을 맴돌았다. 꿈속에서 본 한진의 뒷모습, 쉰 목소리로 간절히 불렀음에도 돌아보지 않던 모습, 허공으로 흩어지던 부름이 가슴을 찢었다. 심장은 마치 물속에 잠긴 듯 무겁고 느리게 뛰었고, 손끝에는 아직도 한진의 그림자를 잡으려 했던 허탈한 온기가 미약하게 남아 있었다. 눈꺼풀은 무겁게 내려앉았지만, 눈을 감으면 그 등만 보이던 한진의 모습이 떠올라 차마 감을 수도 없었다. 숨이 목에 걸려 제대로 넘어가지 않았고, 입술을 깨물자 쓴맛이 번졌다.

“왜… 왜 한 번만이라도 돌아봐 주질 않는 거니….”

입술 사이로 겨우 새어 나온 목소리는, 선몽관의 넓은 공간 안에서조차 들리지 않을 정도로 작고 부서졌다.

민영은 힘겹게 몸을 일으켜 선몽관 출입구 쪽으로 걸어갔다. 걸음을 옮길 때마다 무릎이 휘청거렸고, 허공을 떠도는 은빛 기운이 몸에 스치며 싸늘한 한기를 남겼다. 선몽관 한쪽에 자리한 작은 옥탁자 뒤, 흰옷을 입고 앉아 있던 선몽 대감이 고개를 들어 민영을 바라보았다. 그의 눈빛에는 무심함과 연민이 교차하고 있었고, 한숨처럼 느릿하게 내쉬는 숨결이 공간에 스며들었다. 민영은 탁자 앞에 멈춰 서서, 떨리는 손으로 옷자락을 움켜쥔 채 낮게 물었다.

"왜… 왜 또 실패한 겁니까…? 도…도저히 방법이 없나요?"

선몽 대감은 가볍게 눈꺼풀을 내리며 잠시 숨을 고른 뒤, 다시 고개를 들어 민영을 똑바로 바라보았다.

"아드님께서 깊은 잠에 빠지지 못하고 있기 때문입니다. 인간 본인이 잠을 자지 않으면, 아무리 대만신님이라도 들어갈 수 없어요."

그 이후로도 선몽 대감과 다른 민영의 몸주신들이 말려봤지만 소용없었다. 하지만 민영은 계속 몇 번씩이나 연달아 실패하고 좌절하고 말았다.

# 8. 구원

민영의 눈빛이 갑자기 흔들리더니, 그동안 눌러왔던 분노가 터져 나왔다. 눈가가 붉게 물들고, 목소리가 떨렸다.

“나도… 나도 못 지켰잖아! 이젠… 이젠 손자도 못 지키겠다는 거야?”

말이 터져 나오는 순간, 민영의 두 손이 허공을 허우적거렸다. 손끝이 떨리고, 목덜미부터 열이 올라 얼굴까지 달아올랐다. 그동안 참아왔던 울음과 분노가 한꺼번에 쏟아지며, 그녀는 방 안의 공기를 마구 흔들었다.

민영의 거친 숨소리가 그녀가 중천에서 머물고 있는 처소의 방 안을 가득 메웠다. 들숨과 날숨이 엉켜 목에서 쉰 소리가 났고, 온

몸이 떨렸다. 방 안의 공기는 무겁게 내려앉아 숨조차 쉬기 어려웠다. 민영은 눈가에 고인 눈물이 뺨을 타고 흘러내리는 것을 느꼈지만, 닦을 힘조차 없었다.

몸주신들은 여전히 고개를 숙인 채 아무 말도 하지 못하고 서 있었다. 신장 한철순은 굳게 다문 입술을 떨며 멀리 시선을 피했고, 넋대신 이말례는 흐느낌을 삼키듯 목을 움츠렸다. 동자신은 작게 움켜쥔 손을 풀었다 쥐었다 하며, 어깨가 조그맣게 떨리고 있었다. 걸립신 최도현은 숨을 길게 내쉬며 눈가를 문질렀지만, 그 눈빛에는 말하지 못한 미안함이 가득 서려 있었다.

결국 민영은 흔들리던 시선을 거둬들이며 고개를 돌렸다. 눈물에 젖은 시야가 일렁였고, 뺨에 닿은 눈물 자국이 차갑게 식어갔다. 몸 안에서 무너져 내린 기분이었다. 그러나 더는 울 수 없었다. 더는 멈출 수도 없었다.

민영은 이들의 침묵이 더 답답하게 느껴졌다. 손끝이 떨리고, 가슴속에서 서럽고 뜨거운 것이 한꺼번에 치밀어 올랐다.

그녀는 눈물이 그렁그렁한 눈으로 몸주신들을 노려보다가, 결국 목소리를 높였다.

"… 답답해. 다들, 왜 아무 말도 안 해? 한진이가 죽어가고 있는데… 당신들은, 왜… 당신들은 신이잖아!! 신이 뭐 이래? 응?"

마지막 물음표가 공기를 쪼개듯 날카롭게 터져 나왔다. 목소리가 떨리며 방 안의 공기가 흔들렸다. 신장 한철순의 어깨가 작게 떨렸고, 넋대신 이말례의 시선이 바닥으로 향했다. 동자신은 입술을 꾹 깨물었고, 걸립신 최도현은 깊은 한숨을 내쉬었다.

그 누구도 대답하지 못한 채, 그저 안타까움과 미안함만이 공기 속에 묻어났다. 민영의 가슴은 더욱 조여왔고, 숨이 가빠졌다. 눈물이 한 줄기 뺨을 타고 흘러내렸지만, 손으로 닦을 힘조차 나지 않았다.

방 안에는 그녀의 거친 숨소리만이 남았고, 신들의 침묵은 더욱 무겁게 내려앉았다.

*

한진은 비틀거리는 다리로 방 한가운데에 놓인 작은 나무 의자를 천천히 끌어왔다. 방은 숨 막힐 정도로 고요했다. 벗겨진 벽지와 군데군데 갈라진 마룻바닥, 그리고 공기 중에 희미하게 남아 있는 오래된 향냄새의 흔적만이 이곳이 한때 신당이었음을 말해주고 있었다.

의자를 끌 때마다 바닥에서 '끼익끼익' 하는 마른나무의 마찰음이 울려 퍼졌지만, 그 소리마저 공허하게 들렸다. 의자를 천장 들보 아래에 두고 한진은 잠시 가만히 섰다. 숨이 거칠게 오르락내리락했고, 손에는 며칠 전 철물점에서 구해온 빨랫줄용 밧줄이 꼭 쥐어져 있었다.

밧줄의 끝에는 허술하게 엮은 올가미가 매여 있었다. 그것을 천천히 들어 올리며 한진의 시선은 잠시 머물렀다. 텅 빈 방, 먼지가 내려앉은 바닥, 그리고 그 공간 속에 허공을 바라보며 서 있는 자신. 문득 엄마가 살아 있을 때 들리던 방울 소리와 향내가 허공에서 스쳐 지나가는 듯했지만, 이내 사라졌다.

한진은 무표정한 얼굴로 의자 위에 올라섰다. 의자가 그의 무게를 받아 삐걱대며 흔들렸다. 한진은 잠시 숨을 고르고, 들보를 올려다보았다. 그리고 손에 든 밧줄의 끝을 힘없이 던졌다. 밧줄이 허공을 가로지르며 날아가 들보 위로 걸렸다.

손가락이 조금씩 떨렸지만, 한진은 올가미의 고리를 조금 더 조여가며 고개를 떨궜다. 숨이 헐떡였고, 발끝은 의자 모서리를 힘없이 두드렸다. 방 안에는 바람도 없었지만, 한진의 귀에는 숨결보다 더 작은 울음소리가 들려오는 듯했다.

한진은 천장에 매단 밧줄의 올가미를 바라보며 주머니를 뒤졌다. 손끝에 닿은 작은 소주병이 찰랑거리는 소리를 내며 손안으로 들어왔다. 소주 뚜껑을 여는 데조차 손이 떨려 몇 번을 시도해야 했다. '톡' 하고 뚜껑이 바닥에 떨어지자, 좁고 텅 빈 방 안에서 작은 소리가 울렸다.

입술에 병을 가져다 대자 알코올 냄새가 코를 찔렀다. 한진은 눈을 감고, 깊게 숨을 들이켰다가, 그 숨과 함께 술을 목구멍으로 쏟아 넣었다. 독한 기운이 목을 타고 내려가자, 속이 뜨거워지는 동시에 숨이 막힐 듯 코끝이 시큰해졌다.

눈을 감았는데도 엄마의 얼굴이 떠올랐다. 웃을 때의 얼굴, 울 때의 얼굴, 그리고 마지막으로 보았던, 싸늘히 식어버린 얼굴까지. 엄마의 목소리가 들린 것 같았다.

"한진아…."

하고 부르는 목소리. 그 목소리에 가슴이 저렸다.

한진은 눈을 떴다. 시야가 울렁거리고, 작은 방이 마치 물결치는 듯 흔들렸다. 그는 의자 위에서 한 손으로 들고 있던 소주병을 내려다보다, 한 모금 더 들이켰다. 입가로 흘러내린 술이 턱선을 타고 떨어져 바닥에 작은 얼룩을 만들었다. 그리고 입술이 떨리며, 한진은 아주 작은 목소리로 말했다.

"엄마… 미안해…."

그 말은 너무 작아, 한진 자신에게도 잘 들리지 않았다. 그러나 그 순간 방 안의 공기가 무겁게 내려앉았고, 그 말은 텅 빈 공간 속에 고요히 퍼졌다.

**

그 순간, 중천의 무명원에서 기도를 드리고 있던 민영의 가슴이 마치 송곳으로 찌르는 듯한 고통에 휩싸였다. 심장이 뚝 떨어지는 듯한 느낌과 함께 숨이 막혔다. 눈앞이 번쩍이며 검은 점들이 떠다녔고, 세상이 기울어졌다. 민영은 비틀거리며 한 손으로 가슴을 부여잡았고, 다른 손으로 바닥을 짚었다.

"흐… 읍…!"

짧은 신음이 입에서 터져 나왔다. 바람은 차갑게 불어왔지만, 민영의 이마에는 식은땀이 맺혔다. 숨을 들이쉬려고 애썼지만, 폐가 조여들어 공기가 들어오지 않았다. 하늘을 향해 올렸던 시선이 흔들렸고, 눈앞의 은빛 공기가 부서져 내리듯 깜박였다.

그녀는 간신히 눈을 들어, 곁에서 놀란 얼굴로 자신을 바라보는 동자신의 모습을 보았다. 그리고 그 시선이 흐려지기 전 마지막으로 중천의 하늘을 바라보다, 결국 무릎이 꺾였다. 무명원의 바람 속으로 민영의 몸이 그대로 쓰러지자, 곁에 있던 신장 한철순과 넋대신 이말례가 동시에 손을 뻗었다. 그 순간, 민영의 시야가 완전히 어두워졌다.

민영의 호흡이 또다시 거칠어졌다. 바닥에 고꾸라져서 바닥을 짚고 가슴을 부여잡은 채로 거친 호흡을 내뱉어 냈다.

"하악… 윽… 가… 가슴이… 또…."

그러나 지금 느낀 통증은 그동안의 통증과는 비교가 되지 않을 만큼의 큰 것이었다. 그 순간 아픈 가슴을 부여잡은 채로 떠오르는 생각은 오로지 자신의 아들 한진이뿐이었다. 자신의 가슴 통증이 지금껏 느껴온 통증과는 비교가 되지 않을 만큼의 큰 것이란 것을 깨달은 순간, 민영의 머릿속에서 번쩍 드는 생각이 있었다.

바로 자신의 아들 한진이 그만큼 큰 위험에 빠졌다는 것이었다. 그걸 깨달은 순간 민영은 피를 토하듯 자신의 아들의 이름을 내뱉었다.

"한진아!!!!!"

그리고 민영이 바닥 위에 쓰러지자, 곁에서 지켜보던 동자신이 작은 몸을 떨며 입술을 깨물었다. 그의 커다란 눈동자가 흔들리며, 어린아이 같은 얼굴에 깊은 걱정이 스쳤다. 잠시 망설이던 동자신은 주변의 바람을 바라보다가, 낮고 조그맣게 혼잣말처럼 중얼거렸다.

"혹시… 바리데기님이라면… 방법이 있을지도 모르는데…."

그 목소리는 바람에 섞여 희미하게 흩어졌지만, 곁에 있던 신장 한철순의 귀에는 또렷하게 들렸다. 한철순은 얼굴이 굳어졌고, 주름진 이마에 긴장이 스며들었다. 그의 눈동자가 순간적으로 흔들렸지만, 곧 무거운 한숨을 내쉬며 눈을 감았다.

"말도 안 되는 소리 하지 말아라."

그의 목소리는 낮았지만 단호했다. 그것은 바리데기의 이름을 함부로 꺼낼 수 없다는 경계와 두려움이 담긴 한마디였다. 그리고 한철순은 쓰러진 민영을 바라보며, 눈빛 깊은 곳에 말하지 못한 안타까움을 가득 품은 채 입술을 굳게 다물었다.

바닥 위에서 숨을 고르던 민영은 동자신의 입에서 나온 '바리데기'라는 이름에 정신이 번쩍 들었다. 아직도 몸은 무겁게 짓눌려 있었지만, 두 손으로 바닥을 짚으며 비틀거리듯 몸을 일으켰다. 숨이 거칠게 오르내렸고, 가슴이 쿡쿡 쑤셨지만, 민영의 눈은 동자신을 향해 간절하게 고정되었다.

"그게… 무슨 말이에요?"

목소리는 갈라졌지만, 절박함이 묻어 있었다. 민영은 몸을 앞으로 기울이며 떨리는 손으로 동자신을 향해 손을 뻗었다. 그리고 겨우겨우 통증을 참고 신장 한철순을 보고 입을 열었다.

“바리데기님이라니… 무슨 뜻이에요? 무슨 방법이 있다는 거예요?”

눈동자가 흔들리며, 두려움과 희망이 섞인 표정이 얼굴 위로 번졌다. 그녀의 숨결은 빠르게 이어졌고, 한진을 살릴 수 있다는 실낱같은 가능성에 매달리듯, 민영은 눈을 떼지 못한 채 아버지의 대답을 기다렸다. 그런데 동자신이 계속 입을 열었다.

동자신은 작은 몸으로 민영의 간절한 시선을 받으며 잠시 머뭇거렸다. 손가락이 조심스럽게 허공을 긁듯 움직였고, 작은 입술이 몇 번이고 달싹였다가 닫혔다. 민영의 떨리는 손이 자신을 향해 뻗어진 것을 보자, 동자신은 더 이상 시선을 피하지 못하고 고개를 숙였다.

“나도… 그냥, 갑자기 든 내 생각이야.”

목소리는 작았지만, 방 안의 공기를 가르고 낮게 울렸다. 동자신은 두 눈을 감았다 뜨며 힘겹게 말을 이어갔다.

“바리데기님이라면… 혹시, 방법이 있을지도 모른다고….”

작은 어깨가 떨렸고, 그 눈빛에는 두려움과 미안함이 섞여 있었다. 마치 말해서는 안 될 것을 말해버린 듯한 죄책감, 그러나 더 이상 감출 수 없었던 무력감이 어린 표정이었다. 방 안의 공기가 잠시 무겁게 내려앉았고, 민영의 숨소리만이 거칠게 공간을 흔들었다.

신장 한철순은 잠시 눈을 감았다가 번뜩이며 떴다. 검은 눈동자가 동자신을 향해 깊이 꽂히자, 방 안의 공기가 순간적으로 서늘해졌다. 그가 입술을 굳게 다물고 있었지만, 노기의 숨결이 코끝에서 무겁게 흘렀다.

"그만해라."

목소리는 낮았지만 단단했고, 오래전 전장에서 적을 향해 칼을 겨누던 장수의 기운이 그대로 배어 있었다. 동자신의 작은 몸이 움찔하자, 한철순은 더 강하게 말을 이어갔다.

"말도 안 되는 소리 하지 말아라."

그 말에는 단순한 화만이 아니라, 두려움과 억누른 무력감이 섞여 있었다. 감히 꺼내서는 안 될 이름을 입 밖에 낸 것에 대한 두려움, 그리고 그 이름조차도 지금의 절망을 바꿔주지 못할 것이라는 슬픈 확신이 그의 목소리를 무겁게 깔았다. 방 안의 공기가 더욱 눌려오는 듯했고, 민영의 숨소리가 멎은 듯 이어졌다.

민영은 순간 숨이 걸려 멎는 듯했다. 동자신과 신장의 짧은 말

다툼 사이에 스친 그 이름, '바리데기'. 그 이름이 민영의 머릿속에서 천둥처럼 울렸다. 잊을 수 없는, 하지만 감히 입에 올려본 적도 없는 무조신의 이름이었다. 그녀의 입술이 파르르 떨렸다.

숨을 깊게 들이마시고 내쉬었지만, 심장은 요동치며 벽을 치고 있었다. 민영은 신장을 향해 두 걸음 다가서더니, 억눌린 감정이 섞인 목소리로 쏘아붙였다.

"무슨 소리야?"

그 목소리는 떨리고 있었지만, 눈빛만큼은 단단하게 신장을 꿰뚫었다.

"방금, 바리데기라니… 그게 무슨 말이야? 지금… 무슨 소리를 한 거냐고!"

말을 하며 민영의 목소리가 점점 높아졌고, 방 안의 공기가 진동하듯 떨렸다. 몸주신들이 숨을 죽인 채 시선을 떨구었다. 민영의 목에는 피가 맺힐 정도로 힘이 들어갔고, 눈가에는 눈물이 맺혔다.

동자신은 작은 어깨를 움츠리며 민영의 시선을 피했다. 방 안의 공기가 무겁게 내려앉았고, 은빛 기운이 바닥에서 일렁였다. 민영의 눈빛이 자신에게 향하자, 동자신은 손끝으로 바닥을 만지작거리며 시선을 내렸다.

민영은 동자신의 떨리는 목소리를 듣자, 한순간 눈앞이 번쩍이는 듯했다. 가슴속에서 심장이 크게 두 번, 세 번 요동치며 벽을 두드렸다. 그녀는 급하게 숨을 들이쉬며 고개를 번쩍 들어 신장 한철순을 바라보았다. 눈빛은 매서웠고, 검은 눈동자가 흔들렸다.

"그게 무슨 말이에요?"

목소리가 갈라졌다. 민영의 두 손이 떨렸고, 입술이 바싹 마르는 느낌이 들었다. 방 안의 공기가 무겁게 내려앉아 숨쉬기조차 힘들었지만, 민영은 한 치도 시선을 떼지 않았다.

"바리데기님이라면… 뭘 할 수 있다는 거예요?"

마지막 말은 거의 속삭이듯 터져 나왔지만, 그 속에는 간절함과 분노, 그리고 희망이 섞여 있었다. 방 안의 은빛 기운이 잠시 일렁이며 흔들렸다.

신장 한철순은 민영의 시선을 마주한 채로 잠시 멈춰 섰다. 그의 무겁고 단단했던 어깨가 그 순간 아주 작게 흔들렸다. 검은 눈동자가 민영의 눈을 바라보았지만, 이내 피하듯 옆으로 시선을 돌렸다. 두툼한 입술이 떨리는 것이 보였다. 뭔가 말을 꺼낼 듯 입술이 한두 번 열렸다가 닫혔다.

그러나 결국 그는 아무 말도 하지 못했다. 은빛 기운이 그의 발목 언저리에서 서성이다 이내 사라졌다. 방 안의 침묵은 더 무겁게 내려앉았고, 민영은 그 고개 돌림 속에서 답을 들은 듯 가슴이 무너져 내렸다.

민영은 이를 악물었다. 입술이 떨리고, 숨이 거칠게 들고 났다. 심장이 요동치며 온몸의 핏줄로 뜨거운 피가 쏟아져 내려가는 듯한 기분이 들었다. 손가락이 떨려 주먹을 꽉 쥐었다가 풀었다. 다시 쥐고, 또 풀었다. 눈가에 고인 눈물이 떨어지기도 전에, 목구멍에서 끓어오르는 울음이 폭발하듯 터져 나왔다.

"이렇게… 이렇게 보고만 있을 거야?"

목소리가 방 안의 공기를 찢었다. 작은 먼지들이 흔들리며 공중에 부유했다. 신장 한철순은 굳은 얼굴로 고개를 숙였고, 넋대신 이말례는 눈물이 맺힌 눈으로 민영을 바라보다 시선을 돌려버렸다. 동자신은 작은 몸으로 숨을 죽인 채 손끝만 꼼지락거렸고, 걸립신 최도현은 숨을 삼키며 안타까운 얼굴로 주름진 손을 쥐었다 폈다. 누구도 대답하지 못했다. 누구도 그녀를 막지 못했다.

민영은 눈을 크게 뜬 채로, 울먹이며 숨을 내뱉었다. 숨이 끊어질 듯 가슴이 죄어왔지만, 그녀는 입술을 깨물며 말했다.

"난… 바리데기청으로 갈 거야."

숨을 내쉬는 소리가 멎었다. 방 안이 숨죽인 듯 고요해졌다. 눈물이 볼을 타고 흘러내렸지만, 민영은 손등으로 거칠게 닦아냈다. 눈가는 붉게 달아오르고, 숨결이 얕아졌다. 하지만 그 눈빛은 흔들리지 않았다.

"그분이라면… 뭔가 방법이 있을 거야. 분명… 뭔가…."

목소리는 떨렸지만, 그 안에 맹렬한 결의가 스며 있었다. 떨림은 곧 분노로, 분노는 곧 간절한 바람으로 바뀌었다. 민영은 눈앞의 몸주신들을 마지막으로 한 번 바라보았다. 그들의 얼굴에는 안타까움과 슬픔이 서려 있었지만, 민영은 더 이상 주저할 수 없었다.

그녀는 몸을 돌렸다. 한 걸음 내디뎠다. 바닥의 은빛이 발걸음을 따라 흔들렸다. 흔들리는 것은 바닥이 아니라, 그녀의 결심이었다. 하지만 멈추지 않았다. 두 걸음, 세 걸음, 문 쪽으로 다가서며 손끝이 문틀을 스쳤다.

"한진이를 지키기 위해서라면… 난 어디든 갈 거야."

그 발걸음은 흔들렸지만, 결코 멈추지 않았다. 민영이 문을 열고 나가자, 낮고 무거운 기척이 방 안을 스쳤다. 남겨진 몸주신들이 그 자리에서 숨을 죽인 채 서로를 바라보았다. 신장 한철순은 주름진 손을 주머니에 넣었다 뺐다 하며, 굳은 표정으로 민영의 등을 바라보고 있었다. 숨이 길고 무겁게 나왔다. 숨결 하나가 길게 이어져 방 안의 공기를 가르고, 그것이 한숨으로 떨어졌다.

넋대신 이말례는 눈가가 붉게 물들어 있었고, 입술을 꼭 깨물고 있었다. 눈물이 금방이라도 떨어질 것 같았지만, 애써 삼켰다. 한 번 크게 숨을 들이쉬고, 고개를 끄덕였다. 눈빛 속에는 '그 길을 가라.'는, 말로 하지 못한 수많은 말들이 담겨 있었다.

작은 몸을 가진 동자신은 손끝을 비비며 민영의 뒷모습을 향해 작게 중얼거렸다.

"엄마… 가지 마…. 아니, 꼭… 꼭 이겨내고 와…."

걸립신 최도현은 무겁게 고개를 떨군 채, 민영의 발자국이 남은 자리를 한참 바라보다가 천천히 시선을 들었다. 쓴웃음을 지으며 작게 한숨을 내쉬었다.

아무도 그녀를 막지 않았다. 막을 수 없었다. 결국, 그들은 모두 동시에 발을 떼었다. 민영이 남긴 흔적을 따라, 은빛으로 일렁이는 복도를 향해 걸음을 옮겼다. 중천의 바람이 길 위를 스쳤다. 그 바람 속에 그들의 숨결과 결의가 함께 흘러갔다.

민영을 지키기 위해, 한진을 지키기 위해 함께 바리데기청으로 향해 나아갔다. 민영은 달리듯 걸어 도착한 그곳에서 숨을 골랐다. 바리데기청은 중천의 가장 높은 곳에 자리 잡고 있어, 주변은 광활한 하늘과 구름으로 둘러싸인 야외였다. 바람이 불 때마다 구름 사이로 햇살이 쏟아졌고, 그 아래 우뚝 서 있는 거대한 문은 황금빛 문양이 새겨져 있었다. 그러나 그 문은 사람을 맞이해 주는 것이 아니라, 거대한 바위처럼 굳게 닫혀 있었다.

민영은 떨리는 손을 들어 문을 밀었다. 단단한 저항이 돌아왔다. 다시 두 손으로 문을 밀어보았다. 문은 흔들리지도 않았다. 손끝이 떨리고, 가슴이 죄어왔다. 숨이 거칠어지고, 눈가가 뜨거워졌다.

"제발… 열어 주세요…. 제발… 부탁이에요…."

작게, 그러나 간절한 목소리가 바람에 실려 허공으로 흩어졌다. 문은 대답하지 않았다. 바람만이 민영의 머리칼을 스치며 지나갔다. 더 이상 버틸 힘이 남지 않았다. 민영은 그대로 무릎을 꿇었다. 무릎이 차가운 돌바닥에 닿는 순간, 몸속에 웅크리고 있던 울음이 터졌다.

"제발… 한 번만… 열어 주세요…. 한진이를… 살려야 해요…. 제발…."

머리를 깊게 숙이고, 어깨가 크게 들썩였다. 눈물이 볼을 타고, 턱을 타고, 돌 위에 떨어졌다. 떨어진 물방울이 금세 식어 바람에 마르고, 새로운 눈물이 이어졌다. 울음소리가 한 번 터지고 나자,

숨이 멎을 듯한 흐느낌이 연달아 나왔다.

뒤에서 따라온 신장 한철순, 넋대신 이말례, 동자신, 걸립신 최도현은 그 모습을 멀리서 지켜보고만 있었다. 아무도 다가올 수 없었고, 누구도 말을 꺼낼 수 없었다. 그들은 슬픔과 무력함에 눈을 떼지 못한 채, 차갑게 부는 바람 속에서 민영의 등을 바라보고만 있었다.

바리데기청의 문은 여전히 닫혀서 열릴 생각을 하지 않고 있었고, 민영의 간절한 울음만이 구름 사이로 흩어져 먼 하늘로 사라져 갔다.

민영의 흐느낌이 바람에 섞여 구름 사이로 흩어지던 그때였다. 그 순간, 바람의 결이 달라졌다. 차갑던 공기가 순간 미묘하게 정지하는 듯하더니, 무게가 있는 기척이 바람 속으로 스며 들어왔다. 민영은 눈물로 젖은 얼굴을 손등으로 닦고, 힘겹게 고개를 들었다.

바리데기청의 문 앞, 한 발짝 뒤 하늘빛을 배경으로 검은 도포를 입은 중천 대제가 서 있었다. 은빛 기운이 그의 어깨 위에서 흘러내려, 바람결에 작은 먼지처럼 반짝이며 흩어졌다. 그의 눈빛은 깊고 무거웠다. 그러나 그 무거움 속에는 설명하기 어려운 온기가 담겨 있었다.

중천 대제는 한동안 아무 말 없이 민영을 내려다보았다. 차가운 바람이 그의 옷자락을 흔들었고, 황금빛 문양이 새겨진 바리데기청의 문이 은은히 빛을 내며 그의 뒷배경을 장식했다. 그의 존재

자체가 바람을 멈추게 하고, 공기를 무겁게 만들었다.

"일어나게."

낮지만 단단하고 울림 있는 목소리가 공기를 울렸다. 민영은 떨리는 무릎을 붙잡고 몸을 일으키려 했지만, 아직 숨이 고르지 않아 어깨가 들썩였다. 눈물이 아직 그치지 않았지만, 민영은 이를 악물고 두 눈을 들어 중천 대제의 시선을 바라보았다.

중천 대제의 눈동자에는 한순간 연민의 빛이 스쳤다가, 곧 깊은 결의와 단호함으로 돌아왔다. 중천 대제는 잠시 눈을 감았다가 뜨며 천천히 숨을 내쉬었다. 은빛 기운이 그의 어깨 위에서 한 번 일렁이더니 고요히 가라앉았다. 바람조차 멎은 듯한 고요 속에서 그의 낮은 목소리가 무겁게 울려 퍼졌다.

"원래 이 문은, 바리데기님의 아드님들이신 십대왕의 허가 없이는 열 수 없는 곳이네."

그 말이 떨어지자, 민영의 얼굴빛이 순식간에 바래졌다. 마치 숨통을 죄어오는 듯한 공기 속에서 그녀의 어깨가 미세하게 떨렸다. 발밑에 흙먼지가 일지 않을 정도로 가만히 서 있었지만, 주먹을 쥔 손끝이 하얗게 변해갔다.

민영은 눈을 크게 떴지만, 시야가 흐려졌다. 말라버린 목구멍으로 숨을 삼키려 했지만, 숨이 걸려 들어가지 않았다. 결국 그녀의 고개가 서서히 떨궈졌다. 머리카락이 얼굴을 가리며 떨어진 눈물이 바닥에 닿아 작은 점을 만들었다.

"그럼… 전…."

작게 입을 뗐지만, 목소리는 바람결에도 묻혀 사라졌다. 그동안 꺾이지 않던 결의가 무너져 내릴 듯 흔들렸다. 입술을 깨물고 참았지만, 숨죽인 흐느낌이 그녀의 가슴속에서 번졌다.

그때, 중천 대제의 목소리가 다시 공간을 가로질렀다. 이전보다 더 단단하고 깊게, 그러나 미묘하게 부드러워진 기운이 목소리에 실려 있었다.

"그러나…."

그는 시선을 들어 민영을 똑바로 바라보았다. 그의 눈동자 속에서 은빛의 작은 빛이 반짝이며 미묘하게 흔들렸다. 어깨 위에서 흘러내리던 은빛 기운이 바람결을 따라 민영의 발치로 스며들 듯 다가왔다.

"바리데기님께서, 특별히 직접 허락하셨네."

순간, 민영의 고개가 번쩍 들렸다. 눈물에 젖어 흐릿하던 시야가 잠시 맑아졌다. 입술이 떨리며 숨을 내쉬는 소리가 작게 났다. 그 말의 의미를 곱씹는 순간, 떨리던 어깨가 멈췄고, 가슴 깊은 곳에서 뜨겁게 불씨 하나가 살아났다.

"정말… 허락하신 건가요…?"

민영의 목소리는 작았지만, 애절하고 간절한 숨결이 담겨 있었다. 그 질문에 대답 대신, 중천 대제의 시선이 잠시 흔들리더니, 다시 단단히 고정되었다.

그 말이 끝나자, 바리데기청을 지키던 황금빛 문이 깊은 숨을 내쉬듯 낮은 울림을 내며 '스르륵' 하고 열리기 시작했다. 문틈 사이로 흘러나온 황금빛 빛줄기가 민영의 눈가를 스치며 반짝였고, 멈췄던 바람이 다시 불어와 그녀의 머리칼을 살짝 흔들었다.

빛이 문 사이에서 파도처럼 일렁였고, 향긋한 기운이 공기에 스며들었다. 민영의 가슴속에서 다시금 살아나는 듯한 뜨거운 숨결이 피어났다. 이제, 그녀는 멈출 수 없었다.

문이 완전히 열리자, 눈부신 흰색 빛이 쏟아지며 민영의 시야를 잠시 새하얗게 덮었다. 눈을 가늘게 뜬 민영은 한 발을 내디뎠다. 그 순간, 따뜻하면서도 묵직한 압력이 온몸을 감싸안았다. 숨을 들이쉬자 향긋하면서도 깊은 풀내음이 섞인 공기가 폐로 스며들었다.

바리데기청 내부는 높고 광활했다. 무한의 하얀 천장이 마치 하늘처럼 높게 솟아 있었다. 바닥은 투명한 유리처럼 맑았지만, 그 속에는 별빛처럼 반짝이는 빛의 점들이 수놓여 있어, 걸음을 옮길 때마다 발밑에서 물결치듯 흔들렸다. 주변의 공기는 따뜻하면서도 묘하게 차갑고, 그 온도 차가 민영의 심장 박동을 따라 미세하게 흔들렸다.

민영은 떨리는 숨을 들이쉬었다. 눈가에 번지는 눈물을 삼키며, 천천히 발걸음을 내디뎠다.

# 9. 희생

바리데기청의 문을 넘는 순간, 민영의 발끝에 닿은 공기는 차가웠다. 문 너머는 아무것도 보이지 않았다. 안개가 짙게 깔려 있어 시야는 온통 흐릿했고, 발밑에는 은빛 먼지가 희미하게 일렁였다. 바람은 없는데도 마치 향로의 연기가 피어오르듯 은은한 향내가 가슴 깊숙이 스며들었다. 숨을 들이쉬자, 심장이 세게 뛰었고, 한 번 더 숨을 내쉬자 식은땀이 이마를 타고 흘렀다. 뒷걸음질 치고 싶어질 정도의 긴장이었지만, 민영은 두 손을 모아 가슴께로 가져다 댔다. 그때 뒤에서 들려온 중천 대제의 낮고 묵직한 목소리가 안개 속을 갈라내듯 울렸다.

"하염없이 걸어가다 보면, 보일 것이네."

그 목소리는 더 이상 길을 안내하는 것이 아니라, 무언가를 각오하라는 마지막 신호 같았다. 민영은 잠시 눈을 감았다가 떴다. 그리고 아무 말 없이, 앞으로 발을 내디뎠다. 발걸음을 내디딜 때마다 발목 주변으로 안개의 기운이 부드럽게 스쳤고, 은빛 입자가 한 줄기씩 흩어져서 사라졌다. 발소리는 들리지 않았다. 오직 심장이 두근거리는 소리만 귀에 울려, 숨을 고를 때마다 목구멍이 타들어 가는 듯했다.

걸어도 걸어도 안개는 거두어지지 않았다. 이곳이 어디인지, 얼마나 걸었는지도 알 수 없었다. 공기가 묘하게 무겁고, 무언가에 짓눌리는 듯한 기운이 목덜미를 눌렀다. 무릎이 떨리고, 잠시 멈춰 서서 숨을 고르자 입안이 말랐다.

'포기할까.'라는 생각이 스쳤지만, 곧 머릿속에 한진의 얼굴이 떠올랐다. 이승의 신당 앞에서 홀로 울던 그의 뒷모습, 외로움에 젖은 그의 눈빛, 그리고 '엄마….' 하고 중얼거렸던 그 목소리가, 민영의 무릎을 다시 펴게 했다.

'아니야…. 멈출 수 없어….'

다시 걸음을 뗐다. 한 걸음, 두 걸음. 발걸음은 여전히 묵직했고, 숨은 거칠게 이어졌지만, 어느 순간 멀리서 은빛과 황금빛이 섞인 한 줄기 빛이 어둠을 뚫고 내려오고 있는 것이 보였다. 민영은 숨을 삼키며 그 빛을 향해 천천히 다가갔다. 빛기둥 속에는 처음엔 흐릿한 그림자처럼 보이던 형체가 점점 선명해졌다. 쪽을 진 반듯한 머리 위로는 예전 왕비들이 대례식 때 올렸던 대수 머리와 닮은, 화려하고 묵직한 관이 얹혀 있었다. 관의 중앙에는 이승에서 무당들이 바리데기를 상징하며 쓰던 노란 몽두리가 아닌, 금빛으로 빛나는 황금색 몽두리가 단정히 자리 잡고 있었고, 그 아래로는 선명한 붉은 술띠가 길게 늘어져 허리께를 따라 흘러내리고 있었다. 무표정한 얼굴이었지만, 입가에는 순간적으로 스친 듯 부드러운 미소의 그림자가 지나갔고, 빛기둥 속에서 마주한 눈동자에는 세상 모든 고독과 깊이를 삼킨 듯한 침묵의 그림자가 고여 있었다. 황금빛 관과 붉은 술띠가 바람도 없는 공간에서 가볍게 흔들릴 때마다 은빛의 먼지들이 주변에서 맴돌며 작은 빛의 파동을 만들었고, 그 모습은 마치 시간을 멈춰 세운 듯한 장엄한 정적 속에서 민영의 가슴을 천천히 조여왔다.

그녀가 바로, 바리데기였다.

민영은 두 손을 가슴께로 다시 모았다. 숨을 깊게 들이쉬자, 차갑지만 따뜻한 듯한 기운이 폐 안으로 스며들었다. 두근거림이 멈추지 않았지만, 더 이상 두렵지 않았다. 민영은 한 걸음 더 내디디며 바리데기를 향해 천천히 다가갔다.

바리데기의 눈동자가 살며시 흔들리며 은빛의 잔광을 머금었다. 황금색 몽두리 아래로 흘러내리는 긴 검은 머리카락은 가볍게 숨결에 흔들렸고, 그 사이로 맺힌 작은 빛들이 마치 별 가루처럼 반짝였다. 붉은 술띠가 머리칼 위에서 묵직하게 늘어져 있었지만, 그녀의 움직임에 따라 부드럽게 흔들릴 때마다 묘하게 기품 있는 울림을 주었다.

그녀의 모습은 엄숙했고, 동시에 어딘가 애틋한 슬픔이 깃들어 있었다. 무표정한 얼굴은 바람 한 점에도 흔들리지 않을 것 같았지만, 그 입가의 작은 곡선이 마치 오래전 미소를 잃은 사람의 흔적처럼 스쳐 있었다. 눈동자는 깊었고, 그것을 들여다보는 순간 민영은 자신이 마치 시간의 강에 잠긴 듯한 느낌을 받았다. 세상 어디에서도 들을 수 없을 것 같은 고요 속에서, 그녀의 숨결조차 허락을 구하듯 작게 멎었다.

"왔구나, 한민영."

바리데기의 목소리는 낮았지만 또렷했고, 허공을 가르는 순간 공기가 맑게 울렸다. 그 울림은 벽과 바닥, 천장마저 진동시킨 듯, 민영의 가슴으로 파고들어 와 심장을 서서히 조여왔다. 단 한 마디였지만, 그 안에는 수백 년, 수천 년을 살아온 무조신의 무게가 담겨 있었다.

민영은 그 앞에서 아무 말도 하지 못한 채 숨을 삼켰다. 가슴 한 편에서부터 저릿하게 무언가가 피어오르며, 눈가가 금세 뜨거워졌다. 무릎이 휘청이며 꺾이려는 순간, 그녀는 간신히 이를 악물고 버텼다. 그리고, 머리를 깊이 숙이며 입을 열었다.

"바리데기님…."

목소리는 작았지만, 간절함이 묻어 있었다. 한 번 더 숨을 고르고, 그녀는 다시 고개를 들었다. 그 눈빛에는 무서움과 슬픔, 그리고 어머니로서의 결의가 함께 깃들어 있었다.

민영은 떨리는 숨을 깊게 들이마시며 바리데기를 바라보았다. 시선이 마주친 순간, 숨이 막히는 듯한 기운이 몸을 조여왔다. 하지만 그녀는 물러서지 않았다. 무릎이 천천히 바닥으로 내려앉았고, 무릎이 닿는 순간 대리석 바닥에서 은빛의 파문이 일렁였다.

두 손을 모아 가슴께로 가져갔다. 손끝이 부들부들 떨리고, 차가운 공기가 손가락 사이를 스쳤다. 숨을 내쉴 때마다 입술이 떨렸지만, 그녀는 이를 악물고 참았다. 작은 숨소리마저 방 안에 울리는 고요 속에서, 민영은 마침내 입을 열었다.

"제 아들을… 살려주십시오."

목소리는 낮았지만, 허공을 가르며 은빛의 기운을 흔들었다. 간절함이 목소리에 실려 공기 중으로 번져 나갔고, 바리데기의 눈빛이 잠시 흔들리는 듯 보였다. 민영의 눈가에는 금세 눈물이 고였지만, 그녀는 그 눈물을 삼키듯 눈을 크게 떴다. 허공에 울려 퍼진 그 한마디는 방 안의 공기를 무겁게 뒤흔들었고, 그녀의 심장이 그 진동에 맞춰 빠르게 뛰기 시작했다.

마치 시간조차 숨을 죽인 듯, 방 안이 잠시 멈춘듯한 정적이 흘렀다.

*

그날, 한진은 결국 텅 빈 신당 안에서 목을 맸다. 낡은 천장은 오래된 삐걱거림을 냈고, 매듭이 걸린 밧줄은 천천히 그의 무게를 받아들이며 삐걱거렸다. 그의 발밑에는 바닥에 쏟아진 소주병이 굴러다니고, 깨진 병조각에 비친 자신의 흐릿한 얼굴이 잠시 스쳤다.

숨이 막혀오는 순간, 한진은 눈을 감았다. '엄마, 미안해….' 하고 속으로 중얼거렸지만, 그 소리는 허공 속에서 흔적도 없이 사라졌다. 그의 의식은 서서히 멀어졌고, 어두운 터널 속으로 빠져들었다.

그러나 그 순간, 신당의 문이 쾅 하고 열렸다. 연화였다. 연화는 한진을 보자마자 눈이 커졌다.

"한진아!!"

연화는 망설임 없이 뛰어들어 올가미를 붙잡았다. 손이 미끄러져 밧줄이 손바닥을 베었지만, 연화는 이를 악물었다.

"제발, 제발 버티라고…."

애절한 목소리가 텅 빈 신당 안에 울려 퍼졌다. 밧줄이 풀리며 한진의 몸이 바닥으로 쓰러졌다. 연화는 급히 휴대폰을 꺼내 구급차를 불렀고, 그녀의 손은 떨리고 눈에는 눈물이 고였다. 그녀의 무릎 위에 놓인 한진의 얼굴은 이미 창백했고, 미약한 숨결만이 그의 생존을 증명하고 있었다.

"한진아, 눈 좀 떠봐…. 제발, 제발…."

연화는 한진의 얼굴을 붙잡고 흔들었다. 그러나 한진의 눈은 끝내 뜨이지 않았다. 사이렌 소리가 멀리서 들려왔고, 구급차의 붉은 불빛이 신당 창문을 스치고 지나갔다. 이승과 저승의 경계 위에서, 한진의 숨은 희미하게 끊어질 듯 이어지고 있었다.

**

바리데기는 한동안 민영을 바라보고 있었다. 황금빛 몽두리가 미세하게 흔들렸고, 붉은 술띠가 무겁게 늘어져 바닥에 스쳤다. 그가 숨을 들이쉬는 소리가 긴 공간 속을 맴돌았다. 그리고 마침내, 낮고 단단한 목소리가 공간을 흔들며 흘러나왔다.

"네 아들을 살릴 수 있다."

그 말 한마디에 민영의 머릿속이 번개에 맞은 듯 하얘졌다. 한진의 울던 얼굴, 혼자 밥을 먹던 등이 떠올랐다. 심장이 너무 크게 뛰어 가슴이 아플 정도였다. 두 손이 떨려와 가슴께로 가져가 붙이고 숨을 억지로 삼켰다.

"…정말… 살릴 수 있다고요?"

목소리는 숨이 섞여 갈라졌고, 눈동자는 떨림을 멈추지 못했다. 바리데기는 조금 더 깊게 민영을 바라보다가, 눈빛이 어딘가 멀어진 듯 흔들렸다. 잠시 입술이 움직이다 멈췄고, 그리고 다시 낮지만 선명한 목소리로 말했다.

"하지만, 조건이 있다."

공기마저 멈춘 듯, 고요가 찾아왔다. 민영은 가슴이 쪼여드는 듯한 고통을 느끼며 입술을 깨물었다. 머릿속이 멍해지면서도 한진의 얼굴만은 사라지지 않았다.

"… 조건… 이요…?"

떨리는 숨 사이로 간신히 뱉은 질문이었다. 민영의 손끝이 하얗게 질리도록 쥐어졌고, 발밑의 검은 대리석 바닥 위 은빛 결들이 흔들리듯 반짝였다.

바리데기는 시선을 내리깔았다가, 천천히 민영의 눈을 똑바로 바라보았다. 긴 속눈썹 아래에서 눈동자가 빛을 머금었다. 그 시선이 민영의 깊은 곳까지 스며드는 것만 같았다.

"네가… 그 조건을 받아들일 수 있어야만, 그의 생명을 되찾아 줄 수 있다."

숨이 멎었다. 민영은 잠시 아무 말도 하지 못했다. 가슴속에서 피가 울리는 듯 쿵쿵거렸고, 귀 끝이 붉어졌다. 눈동자가 흔들리며 바리데기의 얼굴을 바라보고 있었다.

"무슨… 조건인지, 말씀해 주시겠습니까?"

한참을 숨죽인 침묵이 흘렀다. 은빛 기운이 다시 한번 바리데기의 어깨를 따라 일렁였고, 긴장이 공기 속에 맺혔다. 바리데기의 입술이 천천히 열렸다.

"네가… 나의 자리를 이어받는 것이다."

순간, 모든 소리가 사라진 듯 방 안이 고요해졌다. 민영의 숨소리, 심장 소리, 피가 흐르는 소리까지도 들리는 것 같았다. 눈동자가 크게 흔들리며 바리데기를 바라보았고, 입술이 떨리며 말이 되지 않는 바람 소리만 흘러나왔다.

'… 바리데기의… 자리…?'

그 의미를 깨닫는 순간, 민영의 심장은 더욱 세차게 뛰었다.

민영은 숨이 멎은 듯, 순간 몸이 굳어버렸다. 귀 끝까지 피가 몰려 뜨겁게 달아올랐고, 가슴속에서는 심장이 뚝 떨어지는 듯한 묘한 공허함과 충격이 동시에 몰려왔다. 바리데기의 말이 공기 속에서 아직도 낮게 울리고 있는 것 같았다.

'네가… 나의 자리를 이어받는 것이다.'

이 말의 의미가 머릿속을 천천히 적셔 들었다. '바리데기'라는 이름, 이승에서는 설화 속 신으로만 알았던 이름, 죽은 넋을 인도하는 무조신의 이름이, 지금, 바로 자기 앞에서, 자신을 향해 손을 내밀고 있었다.

민영은 고개를 들어 바리데기를 바라보았다. 황금빛 몽두리가 은빛 기운 속에서 느릿하게 흔들리고 있었고, 붉은 술띠가 묵직하게 바닥에 스친 자리에 은빛 먼지들이 흩어졌다. 바리데기의 눈동자에는 끝을 가늠할 수 없는 깊은 어둠과 고독이 담겨 있었다. 그 시선을 마주한 순간, 민영의 숨이 짧게 끊겼다. 입술이 떨렸다. 숨을 들이쉬는 것조차 힘들었지만, 겨우 숨을 삼켜내고 입을 열었다.

"제가… 바리데기가 되라고요…?"

그 말이 방 안에 울려 퍼지는 순간, 민영의 목소리 속에는 두려움과, 믿을 수 없음과, 동시에 지켜야 하는 아이의 얼굴이 스쳤을 때의 단호함이 함께 스며들어 있었다.

바리데기는 민영의 말을 들은 뒤, 잠시 눈을 감았다. 긴 속눈썹이 하늘거렸다가, 곧 느릿하게 눈을 뜨며 은빛 기운이 다시 방 안을 스쳤다. 그의 시선이 민영에게로 천천히 내려앉았다. 눈빛에는 흔들림이 없었다. 오히려 오랜 세월 동안 수많은 이들의 생과 죽음을 지켜본 자만이 가질 수 있는 깊은 결의가 스며 있었다.

바리데기의 붉은 술띠가 살짝 흔들렸다. 방 안을 맴돌던 은빛 기운이 그 흔들림에 따라 은은하게 일렁이며 공간을 채웠다. 민영은 그 시선을 마주한 채 숨을 삼켰다. 가슴이 답답하게 조여오고, 숨이 막히는 듯했지만 눈길을 거둘 수 없었다.

바리데기의 입술이 느리게 움직였다.

"그래야만… 네 아들을 살릴 수 있다."

목소리는 낮았지만, 공간을 흔들며 깊게 파고들었다. 단호했고, 냉정했고, 동시에 어딘가 묘하게 따뜻한 기운이 섞여 있었다. 그것은 '살릴 수 있다.'는 단순한 가능성이 아닌, 그가 가진 권한과 신의 위엄에서 나오는 확정적인 선언이었다.

그 말이 떨어지는 순간, 민영의 귓가에서 한진의 울음소리가 아득히 맴도는 듯했다. 무너진 채 방바닥에 엎드려 울던, 그 아이의 등이 떠올랐고, 그 등을 향해 손을 뻗으며 부르짖던 자신의 목소리가 다시 가슴을 치고 올라왔다.

'살릴 수 있다….'

민영은 떨리는 숨을 몰아쉬며, 흔들리는 눈으로 바리데기를 바라보았다.

바리데기의 눈빛이 은은하게 흔들렸다가 다시 고요해졌다. 긴 침묵 끝에 그가 입을 열었다. 목소리는 낮았지만, 작은 메아리처럼 방 안을 울렸다.

"네가 바리데기에 오를 자격을 가진 자이기 때문에, 네 몸주신들이 소멸의 위기에 처했던 것이다. 네가 바리데기에 오를 자격을 가진 자이기 때문에 가슴의 통증도 느꼈던 것이다."

그 말은 칼날처럼 날카로웠지만, 동시에 오래전부터 정해진 운명을 담담히 고하는 듯한 무게가 실려 있었다. 민영은 한순간 숨이 멎은 듯한 감각을 느꼈다. 머릿속이 새하얘졌다. 그동안 몸주 신들이 하나둘 사라지고, 가끔 신령들의 기운이 옅어질 때마다 느꼈던 알 수 없는 두려움과 공허함이 떠올랐다. 그 모든 것이, 단순한 소멸의 위기가 아니라, '자격을 가진 자의 징조'였다는 것을 이제야 깨달았다.

그 말이 방 안을 맴도는 동안, 민영의 눈가에 서서히 물기가 번졌다. 손끝이 떨렸지만, 시선을 바리데기에게서 떼지 않았다. 그녀는 자신이 무슨 길 위에 서 있었는지를, 그리고 앞으로 어떤 길로 나아가야 하는지를 직감하고 있었다.

"그, 그럼 바리데기라는 것은… 단순한 이름이나 직책이 아니라…."

바리데기는 잠시 시선을 내리깔았다가 다시 민영을 바라보았다. 그의 눈빛에는 헤아릴 수 없는 세월의 그림자가 어른거리고 있었다. 입술이 아주 잠깐 떨리더니, 낮고 단단한 목소리가 조용히 공간을 흔들었다.

"'바리데기'는 이승에서 사람의 이름으로만 알려져 있지만…."

민영의 눈이 크게 흔들렸다. 바리데기는 시선을 멀리 두며, 무심하게 말을 이었다.

"단군왕검이 한 명이 1900년을 산 것이 아니라, 1대, 2대, 3대 단군으로 이어졌듯이… '바리데기' 또한 한 사람이 아니다. 대를 이어 무조신의 길을 걷는 자리다."

그 말이 민영의 귀에 스며들며, 몸 안 깊은 곳까지 진동을 주었다. 한동안 숨을 쉬는 것조차 잊은 듯한 정적이 흘렀다. 민영은 깨달았다. 바리데기라는 이름이 단순히 한 사람의 이름이 아니라, 무수한 생과 죽음, 신들의 사명을 이어가는 무거운 자리라는 것을. 그리고 그 자리에, 이제 자신이 서야 할지도 모른다는 현실을.

바리데기의 말이 잠시 공기 속으로 스며든 순간, 바리데기청의 고요한 공간 끝자락에서 은빛 기운이 미세하게 흔들리며 갈라졌다. 마치 바람도 숨을 멈춘 듯한 고요 속에서, 천천히 발소리가 다가왔다. 묵직하고도 엄숙한 기운이 한 걸음씩 공간을 가로질러 오자, 바리데기의 눈동자가 작게 떨렸다.

검은 옥의 장막을 두른 듯한 실루엣이 서서히 모습을 드러냈다. 그것은 다름 아닌 중천 대제였다. 그의 존재는 한 송이 구름처럼 고요하면서도, 동시에 바위처럼 움직이지 않는 무게를 품고 있었다. 별빛이 스며든 듯한 눈동자가 민영을 향하자, 민영은 숨을 삼키며 눈길을 돌리지 못한 채 그 시선을 마주했다.

중천 대제는 잠시 눈을 감았다가 떴다. 그 눈빛은 한순간 연민으로 흔들리는 듯했으나 곧 단단하게 굳어졌다. 그의 옷자락이 공기 중에서 미세하게 흔들렸고, 어깨 너머로 은빛 기운이 일렁이며 방 안의 공기를 더욱 차갑게 만들었다. 그리고 마침내, 그의 목소리가 낮게, 그러나 방 안의 공기마저 울릴듯한 무게로 흘러나왔다.

"조금 전, 이승에서… 자네 아들의 숨이 멎었네."

그 말이 떨어지는 순간, 마치 세상이 멈춘 듯했다. 민영의 시야가 흔들렸다. 그녀의 심장은 가슴속에서 무언가에 짓눌린 듯 쿵 하고 내려앉았고, 숨이 목구멍에서 멎어버렸다. 귀에서는 피가 도는 소리만이 들려왔고, 공기마저 텅 빈 것처럼 느껴졌다. 몸주신들이 숨을 삼키며 민영을 바라보았지만, 아무도 말을 잇지 못했다.

바리데기의 긴 소매가 살짝 떨렸고, 그녀의 눈가에 스친 그림자가 무거운 침묵을 만들어 냈다. 은빛 기운이 방 안을 맴돌았고, 민영의 입술이 떨리며 작게 열렸지만, 아무 말도 나오지 않았다. 중천 대제의 눈빛은 더없이 차분했지만, 그 안에 숨겨진 무거운 죄책감 같은 기운이 한 줄기 바람처럼 스쳐 지나갔다.

민영은 그 말을 믿을 수 없다는 듯, 숨이 멎은 눈으로 중천 대제를 바라보았다. 시간은 흐르지 않았고, 바리데기청 안의 공기조차 그녀의 몸에 닿지 않았다. 단지, '멎었다'는 단어만이 그녀의 머릿속에서 끝없이 맴돌며 공허를 파고들었다.

민영의 다리가 툭 하고 꺾이자, 몸이 바리데기청의 차가운 대리석 바닥 위로 무겁게 주저앉았다. 그 순간, 공기가 귀 옆을 지나며 일으켰지만 작은 바람 소리조차 들리지 않았다. 심장이 쿵, 하고 한 번 크게 뛰더니 이후로는 마치 멎은 것처럼, 아무 소리도, 아무 감각도 느껴지지 않았다. 그녀의 시야는 흐려졌고, 바닥에 반사된 은빛의 빛조차도 그녀에게는 보이지 않았다. 입술이 떨렸고, 혀끝이 말라붙어 있었지만, 간신히 "안 돼…."라는 단어가 끓어오르듯 입 밖으로 새어 나왔다.

그 소리는 너무 작아서 아무도 듣지 못했지만, 민영의 귓가에는 울림처럼 메아리쳤다. 다시,

"안 돼… 우리 한진이… 우리 한진이…."

작은 외침이 터져 나오자, 그녀의 몸이 흔들렸고, 억눌렸던 울음이 숨과 함께 터져 나왔다. 두 눈에서 뜨거운 눈물이 연달아 떨어져, 바닥 위에 방울을 만들었다. 바닥 문양 위에 맺힌 눈물방울이 은빛 조각처럼 반짝였지만, 그것을 볼 겨를도 없이 또 다른 눈물이 떨어져 흔적을 지웠다.

민영의 머릿속에는 한진의 얼굴이 끝없이 떠올랐다. 코끝이 발그레해 웃던 아이의 모습, 잠들기 전 "엄마"라고 부르며 달려와 품에 안겼던 그 작은 체온, 초라한 신당 앞에서 무릎을 꿇고 울던 청년의 어깨가 하나하나 되살아났다.

그러나 이제는 그 모든 것에 닿을 수 없게 되었다는 사실이, 그 숨이 멎어버렸다는 사실이, 그녀의 가슴을 사정없이 찢었다.

민영은 무너져 내리듯 몸을 앞으로 숙이고, 두 손으로 얼굴을

감싸 쥐었다. 숨이 목구멍에서 끊어질 듯 막히며, 참을 수 없는 오열이 몸속 깊은 곳에서부터 터져 나왔다.

"안 돼… 안 돼… 제발…."

억눌린 울음이 방 안에 메아리쳤지만, 바리데기청의 기류는 묵묵히 그녀의 울음만을 품었다. 마치 이곳에 울음소리만 남기고, 그녀의 모든 희망과 온기마저 앗아가는 것처럼 차갑게 느껴졌다.

바리데기는 민영의 오열이 잦아들 때까지 기다렸다. 금빛 몽두리가 머리 위에서 잔잔히 흔들리고, 붉은 술띠가 바람결에 살짝 스치며 미묘한 소리를 냈다. 그의 표정은 여전히 무표정에 가까웠지만, 어딘가 묘하게 부드러운 연민이 숨겨져 있는 듯 보였다. 바리데기는 깊은숨을 한 번 내쉰 뒤, 검은 소맷자락을 조용히 들어 올렸다. 그 동작은 마치 바람이 지나가는 듯 부드러웠고, 소매 끝이 흘러내리며 어둠을 갈랐다.

소매 속에서 작은 빛의 기운이 한 줄기 연기처럼 스멀스멀 피어올랐다. 그 빛은 처음에는 희미했지만, 이내 한 송이의 작은 꽃으로 응결되어 바리데기의 손바닥 위에 내려앉았다. 그것은 연약해 보이지만, 동시에 뚜렷한 존재감을 발하며 은은하게 빛을 내뿜었다. 투명한 결정 속에서 희미하게 맥박처럼 빛이 깜빡였고, 그 빛은 마치 잠들어 있던 생명이 깜빡이며 숨 쉬는 것처럼 느껴졌다.

민영의 눈이 흔들렸다. 울음으로 젖은 눈가에 눈물이 다시 고였고, 그녀는 그 빛을 향해 손을 뻗을 듯 말 듯 떨었다. 숨이 막힐듯 한 침묵이 잠시 흘렀고, 바리데기의 목소리가 공간을 울렸다.

"이게, 숨살이꽃이다."

그 목소리는 낮았지만, 방 안에 명확하게 퍼졌고, 은빛 기운이 그의 손끝을 따라 흘러내려 작은 꽃을 감싸안았다. 그 순간, 민영의 가슴속 어딘가에서 잊고 있던 희망의 불씨가 아주 작게 흔들렸다.

바리데기는 한동안 손바닥 위의 숨살이꽃을 바라보고 있었다. 그 시선은 잠시 멀어진 듯 보였고, 공간에 떠도는 기운조차도 숨을 죽인 듯 고요했다. 그러다 그는 다시 천천히 손을 들어 검은 소매 속으로 넣었다. 그 동작은 너무나 느렸지만, 오히려 신성한 의식의 한 장면처럼 느껴져 민영의 시선을 사로잡았다.

그의 손이 소매 속에서 무언가를 찾는 듯 움직였고, 곧 그 손바닥 위에 세 송이의 새로운 꽃이 올려졌다. 하나는 깊은 밤하늘 같은 짙은 청색으로, 빛을 받을 때마다 바다의 물결처럼 은빛의 파동이 번졌다. 하나는 선혈 같은 붉은빛이었지만, 그 안에는 따뜻함이 깃들어 있었고, 마지막 하나는 투명한 수정 같았지만, 빛이 스칠 때마다 연한 무지갯빛이 피어올랐다. 세 송이의 꽃은 숨살이꽃과 함께 손바닥 위에서 은은히 맥박을 치듯 빛났고, 그것이 내뿜는 기운은 방 안의 공기를 부드럽게 흔들었다.

민영은 숨을 삼키며 그 꽃들을 바라보았다. 몸속 깊은 곳에서 작은 떨림이 일어났고, 눈가에 맺힌 눈물이 다시금 무겁게 고였다. 이 꽃들이 가진 의미를 어렴풋이 느끼며, 그녀는 시선을 떼지 못했다.

바리데기의 목소리가 낮고 또렷하게 울려 퍼졌다.
"이건 뼈살이꽃, 살살이꽃, 피살이꽃이다."

말이 끝나자, 각 꽃이 가진 빛이 순간적으로 한 번 밝게 흔들리더니 곧 고요해졌다. 방 안의 은빛 기운이 꽃 주위를 맴돌았고, 마치 무언가를 기다리듯 멈춰 섰다.
바리데기의 시선이 민영의 흔들리는 눈빛 위에서 잠시 머물렀다. 그의 손바닥 위, 은빛 기운 속에서 네 송이의 꽃이 조용히 빛나고 있었지만, 그 작은 꽃이 뿜어내는 기운은 방 안의 공기조차 무겁게 짓눌렀다. 숨살이꽃의 희미한 빛이 숨을 죽인 듯 깜빡였고, 뼈살이꽃의 푸른빛은 파도처럼 일렁이며 민영의 시선을 붙잡았다. 살살이꽃은 붉은빛 속에 따뜻한 기운을 머금고 있었고, 피살이꽃은 투명한 속살 속으로 무지갯빛의 잔물결을 띄우며 작은 숨결처럼 반짝였다.
바리데기의 손끝이 천천히 꽃 하나하나를 짚으며 지나갔다. 그의 손길이 지나갈 때마다 꽃잎이 미세하게 떨렸고, 그 떨림이 은빛 공기 속으로 파동을 만들어 퍼졌다.

"숨살이꽃."

그의 목소리가 낮게 울렸다.

"죽은 자의 멈춘 숨결을 다시 불어넣는다. 이 꽃이 닿는 순간, 멎었던 숨이 다시 이어질 것이다."

손끝이 다음 꽃으로 옮겨갔다.

"뼈살이꽃."

푸른빛이 잠시 흔들렸다.

"부서지고 꺾인 뼈를 이어준다. 죽음에 이른 자의 몸을 다시 일어나게 할 기초가 되지."

다음은 붉게 빛나는 꽃이었다.

"살살이꽃."

바리데기의 목소리가 조금 낮아졌다.

"썩어버린 살, 상처 입은 살을 되돌린다. 삶의 온기를 다시 불어넣는 꽃이다."

마지막으로 무지갯빛이 흐르는 꽃 위에 손가락이 멈췄다.

"피살이꽃."

투명한 꽃잎 안에서 작은 빛의 기포들이 떠올랐다.

“말라버린 피, 멈춘 피를 다시 흐르게 한다. 숨과 뼈, 살, 그리고 피가 이어져야 비로소 죽은 자가 완전히 살아날 수 있다.”

바리데기는 잠시 말을 멈추었다가, 민영의 눈을 바라보며 덧붙였다. 그의 눈빛에는 무겁지만 피할 수 없는 진실이 담겨 있었다.

“네 아들의 숨과 뼈와 살과 피…. 네가 바리데기에 오르기로 결심한다면, 이 네 송이 꽃으로 그 아이를 다시 이 세상으로 불러올 수 있다. 하지만 네가 감당해야 할 대가가 작지 않을 것이다.”

방 안의 은빛 기운이 다시금 흔들렸다. 민영은 숨을 삼키며, 작은 꽃들이 뿜어내는 빛 속에 자신이 짊어져야 할 운명의 무게를 느꼈다.

바리데기의 목소리는 낮았지만, 방 안의 은빛 공기를 짙게 가라앉히며 진동했다. 그의 입술이 움직일 때마다 공기 중의 작은 은빛 입자들이 미세하게 떨렸고, 마치 그 말 한마디 한마디가 중천의 규율을 실어 나르는 듯했다.

“하지만….”

그의 말이 이어지자, 민영의 가슴이 서서히 죄어왔다.

"네가 바리데기에 오르면, 이승과의 모든 인연은 완전히 끊어질 것이다."

바리데기의 눈빛이 잠시 흔들렸지만, 곧 다시 차분해졌다.

"네가 그렇게도 지키고 싶었던 아들, 네 피와 살로 이어진 그 아이조차… 네 기억 속에서 지워질 것이다."

방 안의 은빛 기운이 한층 무거워졌다. 작은 먼지조차 숨을 죽인 듯 고요해졌고, 민영의 머릿속에서는 한진의 얼굴이 번개처럼 스쳐갔다. 어린 시절의 웃음, 혼자 울던 밤, 엄마를 찾으며 떨리던 목소리. 그 모든 것이 서서히 사라질 것이라는 말에, 민영의 심장이 한순간 공허로 떨어지는 듯했다.

바리데기의 시선은 여전히 단단했지만, 눈동자 속에 잠시 스친 것은 이 길을 먼저 걸었던 자만이 가질 수 있는 고독과 연민이었다. 그조차 이 말을 쉽게 꺼낼 수 없었음을, 민영은 느낄 수 있었다.

"바리데기가 된다는 것은, 살아 있는 모든 인연을 놓고, 죽은 자의 인연만을 품는 길이 되는 것이다.

짧은 침묵이 이어졌고, 바리데기는 눈을 내리깔며 마지막으로 덧붙였다.

"네가 이 길을 택하겠다면, 그 대가를 받아들일 준비가 되어 있어야 한다."

방 안의 공기가 무겁게 내리누르며, 민영의 숨결마저 떨리게 했다. 민영은 숨이 막히듯 가슴을 움켜쥐었다. 공기가 차갑게 스며들었지만, 그 차가움은 오히려 가슴속에서 뜨겁게 일렁였다. 한진을… 한진이를 잊어야 한다니. 그 말이 머릿속에서 무한히 메아리쳤다.

'네가 그렇게도 지키려던 아들을, 네 기억에서 지워야 한다.'

바리데기의 말이 천천히, 그러나 뼈를 깎는 칼날처럼 그녀의 마음을 갈랐다. 살아갈 이유였고, 죽어서조차 놓지 못했던 이름이었다. 무당으로서, 그리고 엄마로서 살아왔던 지난날들이 파도처럼 스쳤다. 혼자 밥을 먹던 어린 한진, 엄마 품에 안겨 웃던 얼굴, 울면서 엄마를 불렀던 마지막 그날의 목소리. 그 모든 것이, 그녀의 숨결처럼 살아 숨 쉬고 있었다.

그러나, 그것을 버려야 한다고 한다. 아들을 살리기 위해서, 아들을 구하기 위해서, 그를 잊어야 한다. 너무나도 잔인하고 가혹한 길이었다.

눈가가 뜨거워졌다. 눈물이 가득 고였지만, 떨어지기 전에 민영은 눈을 감았다. 눈을 감으면, 세상이 사라지고 한진의 얼굴만 남았다. 그 얼굴조차 언젠가는 희미해지고, 사라질 것을 생각하니 심장이 덜컹 내려앉았다.

손끝이 떨렸다. 입술이 부르르 떨리며 작은 신음을 토해냈다. 그럼에도 민영은 속으로 외쳤다.

'이렇게 해서라도… 한진이를 살릴 수 있다면….'

온몸을 조여오는 두려움과 공포, 상실의 그림자가 그녀를 뒤덮었지만, 그 속에서도 꺼지지 않는 것은 단 하나였다. 아들을 살리겠다는 결심이었다.

민영은 한참 고개를 떨군 채, 두 손을 모아 가슴께를 꾹 움켜쥐고 있었다. 가느다란 숨이 목구멍에서 끊어질 듯 올라왔다 내려갔다를 반복하며, 가슴속에서 불이 일어났다 사그라지기를 거듭했다. 바리데기의 시선이 무언의 바람처럼 그녀의 주변을 돌고 있는 것이 느껴졌지만, 민영은 눈을 감은 채 애써 숨을 고르며 떨리는 마음을 붙들었다.

'제발… 이번만은….'

두 손에 힘을 주자 손톱이 손바닥을 파고들었다. 따뜻한 무언가가 뺨을 타고 흘러내렸지만, 민영은 눈물을 닦지 않았다. 온몸의 신경이 긴장으로 곤두서 있었고, 시간은 그 방 안에서 늘어져 있었다.

그때, 바리데기가 부드럽지만, 단호한 목소리로 입을 열었다.
"네 아들이… 외롭지 않기를 바라는 것이냐."

짧은 물음이었지만, 그것이 민영의 가슴을 파고들었다. 민영은 주춤거리며 눈을 떴고, 바리데기의 검은 눈동자가 낮게 깜박이는 것이 보였다. 황금빛 몽두리의 무게로 고개가 약간 숙여져 있었지만, 그 시선은 여전히 우뚝 서 있었다.

민영은 숨을 깊게 들이마셨다. 목소리가 갈라지며 떨렸지만, 이제는 주저할 수 없었다.
"네…. 그 아이가… 혼자 남지 않기를 바랍니다."

그 말을 하고 나자, 민영은 한숨처럼 무너져 내렸다. 무릎이 풀릴 것 같았지만, 다시 고개를 들어 바리데기를 바라보았다. 입술이 떨렸지만, 그 속에서 작은 목소리가 또 흘러나왔다.

"부탁드립니다…. 제발…."

공간이 고요해졌다. 은빛 기운이 살며시 방 안을 맴돌았고, 그 소용돌이 속에서 바리데기의 긴 머리카락이 작은 파도처럼 흔들렸다. 천장에서 떨어지는 미세한 먼지조차 멈춘 듯 보였고, 민영은 그 정적 속에서 바리데기의 대답을 기다렸다.

그때, 민영의 귓가에 자신도 모르게 스친 말이 떠올랐다.

'네가 원하는 것이, 결국 네가 지켜야 할 길이 될 것이다….'

*

연화는 숨이 멎은 한진의 시신 곁에 무릎을 꿇고 울고 있었다. 온몸이 떨렸고, 쏟아지는 눈물이 멈추지 않았다. 냉기만이 감도는 병실은 적막했고, 기계음마저 멈춘 공백 속에서 연화의 흐느낌만이 깨어 있었다. 손끝으로 한진의 차가워진 손을 붙잡으며 연화는 떨리는 목소리로 중얼거렸다.

"… 한진아… 왜… 왜 그랬어!! 도대체 왜…!"

그 순간, 병실에 바리데기가 현신했다. 한진이는 이미 숨이 멎었고, 의사들이 수동 제세동기를 사용하여 한진을 살리기에 열중하고 있었다. 하지만 이미 멎은 숨을 돌리기에는 늦은 듯 거의 포기하려 하고 있었다. 의사가 마지막 샷을 하려는 그때.

바리데기는 죽은 한진이를 보고 조용히 자신의 팔을 들어 올렸다. 연화의 눈에는 보이지 않는 바리데기, 바리데기의 황금빛 긴 소매가 들어 올려졌고, 바리데기의 손끝에서 꽃잎처럼 빛나는 숨살이꽃이 피어났다. 그 꽃은 파르르 떨리며 한진의 시신 위로 내려앉았다. 그리고 은은한 빛이 한진의 입과 코를 스치며 그의 가슴으로 스며들었다.

의사의 마지막 행위 후, 짧은 정적이 흘렀다. 이윽고, 멈췄던 한진의 가슴이 미약하게 들썩였다. 긴 고요 끝에, 허공을 가르는 가느다란 숨소리가 작게 들렸다. 한진의 입술이 미세하게 떨리더니, 맥박 측정기가 일직선에서 파동으로 바뀌며, 잠시 후 시간이 지나고 눈꺼풀이 파르르 떨리며 숨이 돌아왔다.

연화는 눈물범벅인 얼굴을 들고 숨죽이며 그 모습을 바라보았다.

"한…진…아?"

그 목소리에도, 한진은 아직 희미하게 숨을 내쉴 뿐 대답은 없었다. 그러나 분명히, 그가 돌아왔다. 연화의 눈동자에 번지던 눈물이 방울져 떨어졌다.

그때, 바리데기는 사람 눈에 보이지 않는 붉은 실을 꺼내 들었다. 그 실은 피와도 닮은 붉은 빛을 띠었고, 바리데기는 조용히 연화의 새끼손가락에, 그리고 한진의 새끼손가락에 연결했다. 실이 닿는 순간, 작게 빛이 번쩍였다가 사라졌다.

"이제, 너희는 서로의 인연이 되었다."

작은 목소리가 공기 속에 스며들듯 흩어졌다. 하지만 연화는 들을 수 없었다. 다만, 알 수 없는 온기가 갑자기 가슴 깊이 파고들어, 숨을 내쉬는 순간 눈물이 다시 터져 나왔다.

연화는 한진의 손을 더 꼭 잡았다.
"다시는… 혼자 두지 않을게."

**

바리데기는 황금 몽두리를 쓴 채 천천히 고개를 돌려 민영을 바라보았다. 그 머리 위의 몽두리에서는 은은한 빛이 흐르듯 흘러내렸고, 붉은 술띠가 무겁게 늘어져 있었다. 그녀의 눈동자는 바다처럼 깊고 어두웠고, 잠시 스친 연민의 그림자가 그 안에서 아득히 스러졌다.

"네가 바리데기에 오르려면, 그 모든 것들을 놓아야 해."

그 목소리는 낮았지만, 방 안의 기운을 타고 파문처럼 번졌다. 바람 한 점 없는데도, 민영의 머리카락이 작게 흔들렸다. 민영은 눈을 크게 떴다가 숨을 삼키며 한 발짝 물러섰다. 하지만 곧 다시 발끝에 힘을 주었다. 놓아야 할 것이 무엇인지, 민영은 이미 알고 있었다. 그것이 얼마나 무서운 일인지도 알고 있었다.

"이승에서의 기억, 네가 품어온 이름들, 네 아들 한진에 대한 기억까지… 전부."

방 안이 잠시 고요해졌다. 바리데기의 목소리가 멎자, 공기마저 숨을 죽인 듯 정적이 흘렀다. 민영의 심장은 쿵, 하고 크게 뛰었고, 가슴속이 얼어붙은 듯 아릿하게 저렸다. 눈앞이 잠시 아득해졌다. 손끝이 떨려, 민영은 그것을 다잡기 위해 두 손을 힘껏 움켜쥐었다.

그때, 바리데기가 고개를 들어 허공을 가리켰다. 은빛 기운이 그의 손끝을 따라 흐르며 공중을 스쳤다.

"저기 보이는 것이 기억의 연못이다."

민영의 시선이 따라간 곳, 멀리서 은빛으로 빛나는 물결이 잔잔히 일렁이고 있었다. 낮게 깔린 안개가 연못 위를 덮고 있었고, 물결이 일렁일 때마다 수면 위로 작은 빛의 파편들이 잠시 떠올랐다가, 다시 물결 속으로 스며들 듯 사라졌다. 그 빛에는 수많은 목소리들이 섞여 있는 것 같았다. 누군가의 웃음, 울음, 노랫소리, 아이의 맑은 웃음소리, 무당의 방울 소리까지 섞여, 연못 위로 스쳐 갔다.

"그 연못에 들어가면, 네가 사랑했던 것, 원망했던 것, 웃었던 순간, 울었던 순간…. 네 삶의 모든 조각들이 너를 부를 것이다."

바리데기의 목소리가 잠시 멎었고, 방 안의 공기가 묵직하게 내려앉았다. 민영은 숨을 들이쉬었지만, 숨결이 가슴 한가운데에서 걸리는 듯했다. 바리데기는 눈을 감았다가 다시 떴다.

"그리고, 연못을 지나 망각의 연못으로 나와야만 해. 그래야 이승의 모든 기억을 잊고, 이 자리에 설 수 있다."

민영의 머릿속으로 한진의 얼굴이 번개처럼 스쳐 갔다. 아장아장 걸음마를 떼던 어린 시절의 한진, 초등학교 앞에서 엄마를 향해 웃던 얼굴, 한밤중에 신당 앞에서 혼자 울던 뒷모습. 그 모든 것이 물결처럼 가슴을 때렸다. 두 손을 가슴에 가져다 대며, 민영은 작게 속삭였다.

"… 놓아야 하는구나."

그 순간, 눈가에 뜨거운 것이 차올랐다. 하지만 민영은 눈을 감았다가 떴다. 눈물이 흐르기 전에, 다시 고개를 들고 연못을 바라보았다. 바람도, 소리도 없는 그 은빛의 연못이, 민영을 부르고 있었다.

민영은 숨을 고르며 기억의 연못 쪽을 바라보았다. 연못은 은빛 안개 속에 묻힌 듯 흐릿하게 보였고, 가까워질수록 잔잔한 물결이 낮은 울음소리처럼 귀에 스며들었다. 발밑의 땅은 서늘했고, 걸음을 옮길 때마다 먼지 대신 희미한 빛의 입자가 흩어졌다.

발걸음을 떼기가 쉽지 않았다. 머릿속에는 한진의 얼굴이 끊임없이 떠올랐다. 웃을 때의 얼굴, 울 때의 얼굴, 어린 시절 엄마 품에 안겨 잠들던 얼굴까지. 그 모든 것이 민영의 발목을 붙잡는 것 같았다. 그러나 멈출 수는 없었다. 멈춘다면, 이 모든 것이 무의미해질 것 같았기 때문이다.

'한진아… 엄마는….'

속으로 말하며 입술을 깨물었다. 따뜻했던 기억들이, 이승에서의 추억들이, 향냄새가 밴 옷자락과 한진이 건넸던 웃음이 파도처럼 가슴을 때리고 지나갔다. 눈물이 눈가에 고였지만, 민영은 고개를 들었다.

연못 가까이에 다가서자, 물 위에 작은 빛의 점들이 떠올랐다. 마치 누군가의 웃음소리, 울음소리, 목소리가 연못 위로 올라왔다가, 다시 물결에 스며들듯이 사라졌다. 그 빛 속에서 민영은 자신이 걸어온 날들을 보았다. 무당으로서의 삶, 아들을 품에 안고 있었던 순간, 밤마다 무릎 꿇고 기도하던 밤, 제사상 앞에서 숨죽여 울던 날들. 그 모든 것이 눈부시게 빛나고 있었다.

하지만 이제, 그 모든 것을 떠나야 했다.

손끝이 떨렸다. 몸주신들이 뒤에서 조용히 서 있는 것이 느껴졌다. 그들의 시선이 민영의 등을 따라오고 있었다. 그 시선 속에는 말하지 못한 격려와 슬픔, 그리고 마지막 인사가 담겨 있었다.

민영은 천천히 손을 들어 연못 위로 뻗었다. 차갑고 투명한 기운이 손끝을 타고 올라왔다. 그 순간, 연못의 표면에 한진의 얼굴이 떠올랐다. 민영은 그 얼굴을 보며 조용히 입술을 움직였다.

"엄마, 이제 간다."

그리고 민영은, 연못 속으로 한 걸음을 내디뎠다. 민영은 바리데기의 말을 뒤로한 채, 한 발씩 연못을 향해 걸음을 옮겼다. 은빛으로 일렁이는 연못은 멀리서 볼 때보다 훨씬 크고 깊어 보였다. 발밑의 땅은 부드러운 은빛 먼지가 깔려 있어 걸을 때마다 발자국이 남았다가 곧 사라졌다. 그때마다 발밑에서 바스러지는 듯한 작은 울림이 느껴졌다.

걸음을 옮길 때마다 머릿속에서는 파편처럼 기억들이 튀어 올랐다. 한진이 어릴 적에 엄마! 엄마! 하고 불러오던 목소리, 방울소리를 들으며 멀리서 눈을 빛내던 눈망울, 신당 앞에서 혼자 울던 어린 뒷모습, 그리고 마지막으로 병원 침대 위에서 희미해져 가던 아들의 얼굴까지.

연못에 가까워질수록 공기가 묘하게 무거워졌다. 숨을 들이쉴 때마다 은빛의 기운이 코끝으로 스며들었고, 그것이 핏줄을 타고 온몸으로 번졌다. 손끝이 떨렸고, 가슴 한편이 묵직하게 내려앉았다. 연못에서 은빛의 안개가 피어올라 바람결에 살짝 스치며 민영의 뺨을 지나갔다. 그 순간, 눈앞이 아득해졌다.

민영은 한 걸음을 더 내디디고, 연못의 가장자리에서 걸음을 멈췄다. 수면 위로는 작은 빛의 파편들이 떠올랐다가 사라지기를 반복했다. 그 빛들 속에 스친 얼굴 하나, 바로 한진의 얼굴이었다. 눈을 감았다가 떴지만, 그것은 다시 사라져 있었다. 민영은 두 손을 가슴에 모은 채, 한 번 숨을 크게 내쉬었다.

'한진아… 엄마… 간다.'

마지막으로 속으로 중얼거리며, 은빛 물결 위로 시선을 고정했다. 바람도, 소리도 없는 고요한 공간 속에서, 연못은 묵묵히 민영을 부르고 있었다.

민영은 두 손을 가슴에 꼭 모은 채, 깊게 숨을 들이쉬었다. 연못 앞에 서 있는 동안에도 은빛의 물결은 작은 파동을 일으키며 발끝으로 다가왔다가 물러났다. 바람이 잠시 멎은 듯 고요한 공기 속에서, 민영은 한 번 더 숨을 고르고 눈을 감았다. 손끝이 떨렸고, 심장은 그 떨림을 따라 천천히, 그러나 무겁게 고동쳤다.

'이제… 가야 해.'

속으로 작게 중얼거리며, 민영은 발을 내디뎠다. 연못의 은빛 물결이 발목을 감싸며 차갑게 스며들었다. 차가움이 살을 타고 올라오며 온몸으로 번져갔지만, 그 안에는 묘하게 따스한 기운이 함께 깃들어 있었다. 한 걸음, 또 한 걸음, 물결은 무릎까지 차올랐고,

민영의 하얀 옷자락이 물 위에서 천천히 흩날리며 은빛으로 물들었다.

그 순간, 연못 위의 물결이 살짝 흔들리더니 작은 빛의 파편들이 떠올랐다. 한진이 해맑게 웃으며 엄마를 부르던 얼굴, 신당 앞에서 혼자 앉아 있던 외로움, 혼자 밥을 먹으며 고개를 숙였던 뒷모습, 엄마에게 달려와 안기던 작은 팔, 그리고 '엄마, 나 무서워….' 하며 울던 어린 시절의 목소리까지.

눈물이 터질 것 같았지만, 민영은 눈을 질끈 감았다가 떴다. 파편들이 물결 위에서 일렁이며 다가오다 사라지기를 반복했고, 그 하나하나가 가슴을 파고들었다. 숨을 내쉴 때마다 무언가가 뽑혀 나가는 듯한 느낌이 들었다. 기억의 연못은 민영의 기억을, 마음을, 그리고 혼을 하나씩 불러내어 물결 속에 담아가고 있었다.

'한진아… 엄마가… 미안해….'

그녀는 속으로 중얼거리며, 무릎까지 차오른 은빛 물결 속으로 조금 더 들어갔다. 그리고 그 안에서, 민영은 마지막으로 한진의 웃는 얼굴을 떠올렸다. 그 미소가 연못의 물결 속으로 스며들며, 은빛의 빛과 함께 사라졌다.

민영은 떨리는 숨을 내쉬며 서서히 기억의 연못을 지나 망각의 연못으로 들어가고 있었다. 안개가 연못 위를 유령처럼 흘러가고 있었고, 그 안개가 그녀의 얼굴을 스치자, 냉기가 머릿속까지 파고들었다. 연못 표면에서는 어렴풋한 빛의 파편들이 반짝이다가 사라지기를 반복했고, 그 속에는 아직 미처 흩어지지 못한 한진의 웃음소리, 울던 목소리, 외로움에 떨던 그림자들이 아른거렸다.

'이제… 정말로, 끝이구나.'

민영은 한 발 내디뎠다. 발목이 잠기자, 한진이 어린 시절 웃으며 달려오던 모습이 스쳤다. 또 한 발, 종아리까지 물이 차오르자, 신당 앞에서 울며 자신을 부르던 한진의 목소리가 희미하게 들렸다. 물이 허리께까지 닿자, 그의 마지막 말, '엄마 미안해….'가 허공에서 울리듯 귓가를 스쳤다.

"한진아… 잘 살아야 해…."

목소리가 떨려 나왔다. 두 눈을 질끈 감았지만, 눈물은 그새 흘러내려 연못 물에 섞여버렸다. 물결이 가슴까지 올라오자 숨이 막히는 듯했고, 기억의 연못을 지나 망각의 연못으로 지나갈 때쯤엔, 기억의 조각들이 하나씩 사라져갔다. 웃음소리, 울음소리, 함께 먹던 밥, 눈물로 젖은 옷자락… 하나하나가 빛으로 떠올랐다가 물결 속으로 스며들며 사라졌다.

'잊힌다…. 이 아이를 지키기 위해서…잊히고 있어….'

숨이 차올랐다. 물결이 어깨 위까지 차오르고, 차가운 물이 목덜미를 타고 흘러내렸다. 마지막으로 눈을 떴을 때, 하늘과 같은 은빛 물결 속으로 작은 빛의 조각이 스며드는 것이 보였다.

'잘 살아야 해…. 내 아들아….'

마지막 속삭임이 입술을 떠나자, 물결이 머리 위로 덮쳤다. 시야가 은빛으로 가득 차오르고, 세상이 사라졌다. 그녀의 머릿속에서….

모든 것이 빛 속으로 스며드는 마지막 순간, 민영은 한진의 얼굴을 마지막으로 떠올렸다.

그리고, 그마저도 잊었다.

은빛 물결이 마지막으로 일렁이며 잦아들자, 민영은 연못 가장자리로 발을 내디뎠다. 물방울이 흘러내려 바닥의 돌 위로 떨어지고, 순간적으로 작은 파문을 일으켰다. 몸은 젖어 있었지만, 민영의 눈빛은 고요했다. 이제는 울음도, 두려움도, 미련도 없었다. 바람이 스쳤지만, 그녀는 천천히 숨을 고르며 시선을 들었다.

바리데기가 다가오고 있었다. 긴 검은 머리를 늘어뜨린 그녀는 고요한 얼굴로 민영을 바라보며 다가왔다. 손에는 황금빛으로 빛나는 몽두리, 그리고 한 손에는 붉은 술띠와 큰머리가 들려 있었다.

"이제, 네가 이 길을 이어야 한다."

바리데기의 목소리는 낮고 부드러웠지만, 그 울림은 민영의 영혼 깊숙이 파고들었다. 민영은 어느새 표정도 없고, 미동도 없이 서 있었다.

잠시 후, 바리데기는 황금빛 몽두리를 민영에게 손수 입혀 주었다. 길게 흘러내리는 황금빛의 옷자락이 무겁게 어깨를 감쌌고, 그 무게는 책임의 무게 같았다. 붉은 술띠가 허리를 감싸며 조용히 매듭지어졌다. 허리를 조르는 술띠의 압박이 민영의 숨을 한 번 멈추게 했지만, 이내 곧 단단히 숨을 내쉬었다.

그다음, 바리데기는 붉은 술띠를 가슴 쪽에 묶고, 큰머리를 민영의 머리 위로 올렸다. 무게가 느껴지며 머리가 잠시 숙여졌지만, 민영은 천천히 고개를 들어 고정했다.

바리데기는 잠시 민영의 눈을 들여다보았다. 그 눈빛에는 연민과 결단이 함께 스며 있었다. 민영도 그 눈빛을 피하지 않았다. 마지막으로 허공에 스친 듯 떠오르던 한진의 웃음과 울음소리가 파도처럼 스쳐 지나갔다. 그리고 곧, 그것마저도 조용히 가라앉았다.

황금빛 몽두리, 붉은 술띠, 큰머리를 쓴 민영의 모습은 연못 위로 비친 은빛 안개와 어우러지며 새로운 기운을 피워냈다. 바람이 불어 안개를 걷자, 이제 이곳에는 새로운 바리데기가 서 있었다.

민영의 숨결이 잦아들었다. 황금빛 몽두리의 옷자락이 바람결에 스르르 흔들리며 은빛 안개 속으로 풀어졌다. 큰머리가 그녀의 머리 위에서 조용히 흔들릴 때마다, 바람에 부딪혀 작은 소리가 맑게 울렸다. 그 소리는 짧고도 선명하여, 마치 먼 옛날부터 이어진 신들의 숨결처럼 공간을 가득 메웠다.

민영의 기억 속에는 더 이상 한진의 얼굴이 떠오르지 않았다. 한때는 그녀의 모든 것이었던 한진의 웃음소리, 울음소리, 첫 발걸음, 엄마라고 불러 주던 목소리까지도, 은빛 안개 속으로 스며들어 흔적만을 남기고 사라졌다. 숨을 들이쉴 때마다 공기는 차갑지만 깨끗했고, 그 차가움은 더 이상 고통이 아니라 새로운 자리로 향하는 길의 문을 여는 감각이었다.

그녀의 발밑에서부터 느껴지던 묘한 떨림은 이제 두려움이 아니라 결의였다. 한때 '엄마'였던 민영은 이제, 그 이름을 놓고 새로운 무조신의 이름을 받아야 할 순간이었다. 먼 곳에서, 바리데기청의 깊은 곳을 관통하는 종소리가 한 번 울렸다. 짧지만 맑은 울림이었고, 그것이 신호였다.

중천의 모든 영혼들이 그 광경을 보고 새로운 바리데기에게 머리를 숙여 인사를 했다. 그건 몸주신들도, 중천의 각 기관에서 일하는, 기관을 관장하는 대감도, 심지어 중천 대제도 허리를 숙여 새로운 바리데기에 예를 올렸다. 민영의 몸주신이었던, 민영의 부모와 오빠, 걸립신까지도 허리를 숙여 예를 올렸다.

민영은 눈을 감았다가 떴다. 긴 숨을 뱉으며, 한 발을 앞으로 내디뎠다. 황금빛 옷자락이 흔들리고, 긴 머리 위의 붉은 술이 살짝 흔들렸다. 그리고 그녀의 입에서 낮지만, 분명한 목소리가 흘러나왔다.

"가자."

이제, 새로운 바리데기의 길이 열렸다.

# 10. 에필로그

중천의 바람은 은빛 먼지를 일으키며 바리데기청 앞을 스쳐 지나갔다. 바람에 흔들리는 붉은 술띠가 달린 큰머리가 그녀의 어깨를 스쳤고, 황금빛 몽두리가 걸친 옷자락은 바람 속에서 부드럽게 일렁였다.

그녀의 눈동자는 검은 바다처럼 깊고 투명했지만, 그 안에는 어떤 이름도, 표정도 담겨 있지 않았다. 이승에서의 삶, 한진이라는 이름, 한때 울고 웃으며 붙잡았던 모든 기억은 이미 기억의 연못 위에서 흩날리듯 사라졌고, 망각의 연못 물결에 씻겨 내려갔다.

그녀는 더 이상 '민영'이 아니었고, 한 아이의 엄마도 아니었으며, 그저 영혼의 길을 밝히는 무조신의 한 사람, '바리데기'라는 이름만이 남은 존재였다.

그러나 바람에 스치는 향내 같은 희미한 잔상이, 기억의 끝자락도 아닌 감각의 끝자락 어딘가에서 스쳤다. 이름 없는 울림이 손끝에, 가슴에, 미세한 전류처럼 지나갔지만, 그것이 무엇이었는지, 누구였는지는 알 수 없었다.

잊은 줄 알았지만, 어쩌면 완전히 사라지지 못한 무언가가 어둠과 바람 속을 맴돌았다. 그러나 그 떨림이 무슨 의미였는지는 그녀의 눈에 담기지 않았다.

대신 그녀는 다시 한번 눈을 감고, 숨을 깊이 들이쉬었다. 그것이 이 자리에 서 있어야 하는 이유조차 모른 채, 하지만 반드시 있어야만 한다는 사실만은 알고 있었다.

그녀의 앞에는 흩날리는 수많은 영혼들이 길을 찾아 헤매고 있었고, 그녀는 이제 그들에게 손을 내밀어 길을 인도해야 했다. 이승의 어머니도, 딸도, 제자도 아닌, 무조신으로서, 이승과 저승의 경계에 서서 모든 영혼의 마지막 길을 인도하는 자로서.

바람은 또 한 번 불었다. 술띠가 달린 큰머리가 흔들리며, 황금빛 몽두리가 반짝였다. 그녀는 눈을 떴다. 어두운 공간 속에서 은빛으로 번쩍이는 무수한 영혼들이 시야에 담겼다. 그들을 향해 손을 내밀었다. 그것이 그녀의 일, 그녀의 이유, 그리고 그녀의 존재의 전부였다.

*

병원 복도의 불빛은 새벽빛처럼 희미하게 흔들리고 있었다. 연화는 한진의 병실 문 앞에 앉아 무릎을 끌어안고 있었다. 긴 밤을 지새운 탓에 눈가가 붉게 부어 있었지만, 그 눈빛만큼은 단단하게 깨어 있었다. 안쪽 병실에서는 기계음이 규칙적으로 울리고 있었고, 흰 시트 위에 누운 한진의 가느다란 숨결이 고르지 못하게 들락날락했다. 그의 손에는 붉은 실이 보이지 않게 걸려 있었고, 그 실은 연화의 손끝으로 이어져 있었다. 보이지 않는 그 인연의 끈이, 이젠 연화의 숨결과 함께 천천히 울리고 있었다.

연화는 손끝으로 한진의 손등을 살포시 덮으며 속으로 되뇌었다.
'엄마… 한진이, 이제 제가 지킬게요.'

한진의 눈꺼풀이 천천히 떨리더니, 길고 느린 숨을 내쉬었다. 그리고 아주 조금, 아주 미약하게, 그의 손가락이 연화의 손가락을 잡았다. 연화의 눈가에 맺혔던 눈물이 이마를 타고 흘러내렸지만, 입가에는 조그만 미소가 떠올랐다. 그 순간, 창밖의 새벽이 완전히 밝아오고 있었다.

연화는 손에 쥔 빨랫감을 조용히 털어 널고, 하늘을 바라보았다. 잔잔한 바람이 불어와 머리칼을 스쳤고, 그 속에는 어디서 들려오는지도 모를 방울 소리 같은 은은한 울림이 스며 있었다. 그녀는 한 번 눈을 감았다 뜨며 깊게 숨을 들이쉬었다. 살결에 닿는 바람이 따뜻했고, 마음 한구석이 묘하게 시려왔다.

한진은 마루에 앉아 작은 나무 의자의 부러진 다리를 맞추고 있었다. 두 손이 서툴게 움직였지만, 그 표정은 진지했고, 무엇보다 숨이 고르게 이어지고 있었다. 가끔 시선이 연화를 향해 머물렀다가, 연화가 눈길을 주면 짧게 웃고 다시 고개를 숙였다. 과거의 텅 빈 눈빛 대신, 이제는 살아 숨 쉬는 눈빛이 자리 잡고 있었다.

마당을 스치는 바람에 빨래가 흔들리자, 연화는 무심히 그 소리를 들으며 잠시 눈을 감았다. 어쩐지 설명할 수 없는 따뜻함이 가슴속으로 스며들어 왔다. 그녀는 한진을 향해 시선을 돌렸고, 한진은 고개를 들어 연화를 바라보았다. 순간, 작은 미소가 서로의 입가를 스쳤다. 그 미소는 너무 작아 금세 사라졌지만, 그 순간만큼은 바람 소리도 멈춘 듯 고요했다.

연화는 속으로 작게 중얼거렸다.

'엄마, 잘 보고 계시죠…. 우리, 잘 살고 있어요.'

그 말은 바람을 타고 어디론가 흩어졌다. 멀리서 들려오는 아이들의 웃음소리가 골목을 지나왔다. 그 웃음에 맞춰 연화의 입가에도 조금 더 큰 웃음이 번졌다. 한진은 연화의 얼굴을 바라보며, 어쩐지 가슴 한쪽이 따뜻해지는 기분을 느꼈다. 그 따뜻함이 무엇인지 알지 못했지만, 한진은 잠시 고개를 숙인 채 눈을 감았다.

어디선가, 아주 먼 곳에서, 은빛 바람이 불어왔다. 그리고 그것은 이 작은 마당의 공기 속으로 스며들어, 가만히 두 사람을 감싸주었다.

# 대만신 大萬神

초판 1쇄 발행 2025. 12. 31.

**지은이** 김재성
**펴낸이** 김병호
**펴낸곳** 주식회사 바른북스

**편 집** 임현정
**디자인** 김민지
**마케팅** 송송이, 박수진, 박하연

**등록** 2019년 4월 3일 제2019-000040호
**주소** 서울시 성동구 연무장5길 9-16, 606호 (성수동2가, 블루스톤타워)
**대표전화** 070-7857-9719 | **경영지원** 02-3409-9719 | **팩스** 070-7610-9820

•바른북스는 여러분의 다양한 아이디어와 원고 투고를 설레는 마음으로 기다리고 있습니다.

**자비출판 투고** barunbooks21@naver.com
**홈페이지** www.barunbooks.com | **유튜브** https://www.youtube.com/@Youtube_brTV
**인스타그램** https://www.instagram.com/barunbooks7/ | **X(트위터)** https://x.com/barunbooks7
**페이스북** facebook.com/barunbooks7 | **틱톡** https://www.tiktok.com/@barunbooks7


ISBN 979-11-7263-779-8 03810